O ARQUIPÉLAGO
DA INSÓNIA

ANTÓNIO LOBO ANTUNES

Obra Completa
Edição *ne varietur* *

O ARQUIPÉLAGO DA INSÓNIA

Romance

3.ª edição

* Edição *ne varietur* de acordo com a vontade do autor
Revisão filológica de
António Bettencourt

DOM QUIXOTE

Publicações Dom Quixote
[uma chancela do Grupo LeYa]
Rua Cidade de Córdova, n.º 2
2610-038 Alfragide • Portugal

Reservados todos os direitos
de acordo com a legislação em vigor

© 2008, António Lobo Antunes e Publicações Dom Quixote

Design: Atelier Henrique Cayatte

Revisão: Eulália Pyrrait
1.ª edição: Outubro de 2008
3.ª edição: Outubro de 2008
Depósito legal n.º 282 277/08
Paginação: Fotocompográfica, Lda.
Impressão e acabamento: Guide – Artes Gráficas

ISBN: 978-972-20-3694-8

www.dquixote.pt

O Arquipélago da Insónia
Romance

3.ª edição

Revisão filológica de
António Bettencourt

Ao Zé Francisco, meu Amigo, a quem devo
mais do que a sua modéstia pensa,
e à Leonor, minha Amiga, a quem devo
mais do que os meus defeitos merecem.

I

1

De onde me virá a impressão que na casa, apesar de igual, quase tudo lhe falta? As divisões são as mesmas com os mesmos móveis e os mesmos quadros e no entanto não era assim, não era isto, fotografias antigas em lugar da minha mãe, do meu pai, das empregadas da cozinha e da tosse do meu avô comandando o mundo, não a presença, não ordens, a tosse, um lenço saía-lhe do bolso e desarrumava o bigode, o meu pai prendia o cavalo na argola e a seguir apenas o restolhar da erva que esse sim, mantém-se, embora seco e duro até depois da chuva, na varanda os campos que conheço e não conheço, o renque de ciprestes que conduzia ao portão e além do portão com um dos pilares tombado os sobreiros e o trigo, a vila cada vez mais distante onde as luzes acentuam o escuro, um sítio de defuntos em cujas ruas trotava abraçado ao meu pai, assustado com os postigos vazios e a certeza que nos espreitavam dos amieiros da praça no tempo em que nada faltava na casa, a minha mãe no andar de cima a perfumar baús, a chávena da minha avó no pires e ela fixando-me com um olhar de retrato que atravessava gerações vinda de um piquenique de senhoras de bandós e cavalheiros de colarinho de celulóide comigo a pensar se toda a gente continuaria aqui em conversas que o relógio de pêndulo afogava no coração pausado, uma tarde encontrei a chávena e o pires num canto da camilha e a cadeira sem ninguém, uma outra tarde os baús do andar de cima cessaram de cheirar só que dessa ocasião automóveis no pátio, senhores que me despenteavam numa lástima amiga

– O órfão

enquanto as empregadas da cozinha amontoavam flores na carreta onde me deu ideia que o cheiro dos baús se evaporava devagar, o meu avô de gravata ele que não usava gravata, usava um botão de cobre a fechar-lhe o pescoço e o meu pai a desprender as rédeas da argola, vi-o parado numa crista antes de trotar de novo, deram por ele do lado de fora do cemitério a assistir às flores mas o que lembro melhor é um tordo num anjo de gesso e a chuvinha de outubro, gotas que não caíam, trocavam de posição sob um céu de barrela, homens com enxadas, as cruzes dos soldados que morreram em França num talhão onde os arbustos cresciam sem que os aparassem e se diria gemerem e o meu pai campos fora acuado por latidos de cachorros e esparvoando galinhas ele que não falava com a minha mãe, não a cumprimentava sequer, dormia no compartimento ao lado da cozinha culpando-a da indiferença do meu irmão que continua comigo nesta casa em que apesar de igual quase tudo lhe falta, as mesmas escadas, os jarrões, as sanefas, o cavalo que não montaram mais e o meu pai no degrau das traseiras, ao fim da tarde, a disparar sobre os coelhos bravos à medida que a vila ia fervendo de espectros e o perfume dos baús substituído pelo grelado da roupa, o meu avô faleceu anos antes e ninguém nos visitou excepto um ou dois homens da sua idade com um botão de cobre a fechar o pescoço que por seu turno ninguém visitava e empurrariam sem flores para o cemitério que os sujeitos das enxadas desertaram deixando-nos no meio do trigo murcho e da aveia crestada e o meu pai sem se preocupar com a aveia, um estranho para mim como eu um estranho para ele semelhantes aos parentes dos retratos no que teimo em chamar casa por não lhe achar outro nome, demasiado grande para nós com duas ou três palmeiras e a minha avó

– O jardim

um hálito de pólvora subia das cruzes dos soldados quando as criaturas da vila, há tantos anos finadas, principiaram a cercar-nos, nos meses da revolução a tropa e os camponeses tentaram furtar-nos a casa

(a chávena da minha avó a tremelicar no pires, não a minha avó, a chávena, a minha avó impassível na cadeira)

queimando o celeiro, degolando a criação e quebrando as patas aos borregos e às vacas

(a chávena contra o pires, a chávena sem cessar contra o pires)

a minha mãe escondida no andar de cima suponho que a chorar como quando o meu pai

— O que me deu na cabeça para te tirar do fogão?

trabalhava na cozinha com as outras até que ele a caminho do armazém

— Leva as tuas coisas para o andar de cima amanhã

e a minha mãe a não entender, a entender, obedecendo a carregar uma caixa pequena pelas escadas acima enquanto as colegas a espiavam caladas com ciúme ou pena não sei, imaginando-a entre baús grávida do meu irmão, de mim e depois num banquinho à espera, não me lembro de nos tocar, lembro-me do pente a descer o cabelo conforme me lembro

(mas serão lembranças ou episódios que invento, provavelmente não passam de episódios que invento)

do meu avô a desafiar a tropa e os camponeses e o meu pai a galopar com a caçadeira, de cavalo arrepiado de medo que se notava pelo suor do pescoço ao mesmo tempo que derrubavam a segadora e o depósito da água, o depósito a jorrar no chão e o cavalo encabritando-se no jorro, uma das empregadas da cozinha

— Os comunistas

que ocupavam herdades e quintas vindos da planície onde as perdizes esvoaçavam gritando e eu supunha a minha mãe no meio delas a esquivar-se ao meu pai

— Leva as tuas coisas para o meu quarto amanhã

uma empregada a quem o meu avô, sem se ralar connosco, filava o pulso

– Chega cá

trancava-se com ela na despensa numa avidez de canário e saía a compor o botão de cobre sem lhe saber o nome ou se importar com a chávena da minha avó contra o pires, os tucanos giravam em busca do vento da fronteira e a gente no meio das leiras devastadas na casa em que apesar de igual tudo principiava a faltar-lhe, as criaturas dos retratos

– Quando é que morres tu?

oferecendo-nos garrafas de vinho e um riso apagado, a sombra da pereira anulava-nos os corpos antes do começo da noite, a minha mãe tentava fugir com a caixa pequena e o meu pai a empurrá-la com o cavalo

– Para dentro

como se enxotasse um bicho, a única mulher que nos sobrava porque um silêncio de abandono na cozinha, as camas das empregadas por fazer, os pratos e os copos no lava-loiças sem um pano que os limpe e a casa no meio das ruínas que os comunistas deixaram, ovelhas e vacas que fomos obrigados a abater e nos observavam aceitando, pássaros

(não os tucanos da lagoa, não milhafres, outros mais gordos, maiores, rasgando-lhes a pele inchada com as unhas e o bico)

um gato a farejar uma lata de não sei quê no escritório e os baús silenciosos dado que a minha mãe imóvel lá em cima, pensando o quê, planeando o quê, desejando o quê, não sei quem você era senhora, uma ocasião pegou-me na cara, tive medo que me desse um beijo

– Chega cá

e graças a Deus não me deu um beijo, largou-me desgostosa de mim, quem me garante que não nasceu na vila com os restantes espectros e não passava de um fantasma como eles, uma ausência de olhos a espreitar dos postigos ou uma ameaça a perseguir-nos da matéria sem carne de que as trevas são feitas de modo que não acredito que tenha nascido de si, o meu irmão talvez postado diante das molduras a tornar-se retrato, não escutando o relógio nem o vento no milho, quer dizer as folhas amarelas agora que só nós dois aqui onde tudo apesar de igual nos falta e na cave, na adega, nos arcos da latada me acontece sentir uma chávena num pires ou um cavalo a puxar uma argola respirando com força, em torno os montes ao Deus dará e o pedaço de celeiro que resiste em cujo ângulo um texugo ou uma doninha se ocultavam ao mínimo som porque tudo receava tudo naquele deserto parado, inclusive os gritos dos tucanos repetindo sem descanso o que eu não percebia conforme não percebi o meu pai quando adoeceu há dois anos e exigiu que o deitássemos na cama do sótão na qual nunca dormiu e em que a roupa da minha mãe se pendurava de grampos, havia um Cristo que se compra nas feiras torto na parede, a tábua de passar a ferro com uma camisa do meu avô e o meu pai para a camisa

— Vá-se embora

o meu pai

— Deixe-me sozinho com ela

não com o meu irmão nem comigo, sozinho com ela, uma palavra que me escapou até me aproximar da sua boca, ia jurar que

— Voltei

ou não

— Voltei

enganei-me, continuava a escapar-me, continuaria a escapar-me, o meu pai não era um Cristo que se compra nas feiras, era um homem ordenando a uma empregada da cozinha

— Leva as tuas coisas para o andar de cima amanhã

e a empregada sem coragem de desobedecer levantando-se a alisar a blusa incapaz de negar-se

— Largue-me

a minha mãe com dezassete ou dezoito anos se tanto que se lavou a chorar para ele, se calçou para ele, se arranjou para ele a equilibrar as lágrimas, quem habitou aqui antes de nós e não nos procura como as pessoas da sala, esqueceu-nos e ao esquecer-nos deixámos de existir, não somos, não éramos, não chegámos a ser, a minha mãe não foi, eu não sou, o meu irmão não é e contudo o meu pai a preveni-la

– Voltei

como se ambos fossem, não nós, no dia do enterro espreitou o cemitério da grade e sumiu-se de estribos a tilintarem nos ferros das correias, o meu pai para a minha mãe defunta

– Deita-te aqui comigo

disso tenho a certeza

– Deita-te aqui comigo

não no tom em que

– Leva as tuas coisas para o andar de cima amanhã

uma voz de desamparo se calhar da febre, se calhar da fraqueza e mais forte que a febre e a fraqueza

– Deita-te aqui comigo

e ninguém ao seu lado, você sozinho pai e todavia à procura, as mãos a segurarem o que julgava as mãos da minha mãe ou as rédeas que não havia continuando a partir do cemitério a caminho da vila onde os espectros moravam a atirar-lhes de chibata no ar

– Não se escondam de mim

sem que lhe respondessem porque não há quem se importe consigo, não peça

– Não me deixes

à camisola e às saias de uma rapariga que lhe obedecia não por afeição, por medo e devia detestá-lo por medo igualmente, inerte à sua beira a ouvir o baloiço das árvores na noite e da terra que subia e baixava consoante as nuvens, o trote do cavalo rodeava a casa detendo-se no lugar em que golpeavam os porcos dando ideia que o sangue do animal ou da minha mãe quando nasci continuava a pingar no alguidar de forma que no momento em que o meu pai

– Não me deixes

a procurei na sua cara, você que sofria quando o meu avô

– Chega cá

a pegar na caçadeira, você à entrada do quarto, o meu avô a fixar os canos enjoado de si

– Idiota

e você a baixar a caçadeira e a ir-se embora vencido, você a disparar sobre os tucanos e cada tucano um botão de cobre a fechar-lhe
o pescoço, cada tucano o dono do trigo e do milho e não se dava ao
trabalho de mandar os cães buscá-los, você, mesmo se a minha mãe
com o meu avô

– Não me deixes

apesar da boca fechada, você idiota pai e nisto compreendi que
não foram os comunistas que deitaram fogo ao celeiro, tombaram
o depósito da água e mataram o meu avô, foi você e não a espingarda,
o sacho, os camponeses e a tropa e as empregadas da cozinha a fita-
rem-no quietos no instante em que

– Senhor

num tom que crescia sem que desse conta do tom a crescer, levantando o sacho

– Senhor

você que nunca

– Pai

você sempre

– Senhor

por submissão, por hábito, o meu avô a troçá-lo

– Já não era sem tempo

sem acreditar nele e a calar-se quando o sacho lhe desfez um
ombro, o segundo ombro, uma perna, a insistir

– Senhor

ainda por submissão e por hábito, o meu avô

– O que é isso?

e o cavalo amarrado à argola a afligir-se com o cheiro dos ossos,
o meu avô de joelhos no pátio, o meu avô deitado

– Idiota

os tucanos em debandada, um dos camponeses

– Jesus

a erva a inclinar-se num murmúrio negro e o meu avô a apoucá-lo
de cara desfeita

– Idiota

com um botão de cobre a fechar-lhe o pescoço, o meu pai sem largar o sacho num último

– Senhor

não já no tom que crescia, no tom do costume ou no estremecimento de uma chávena num pires que conseguisse

– Senhor

e se calasse assustada, os dedos do meu avô fecharam-se e abriram-se e o meu pai beijou-os conforme os beijava antes de sentar-se à mesa, lembro-me de me fitar e sou capaz de jurar que não me via, via o

– Senhor

teimava

– Senhor

espantado com o silêncio a contemplar o sacho e a largá-lo, o meu avô sem majestade alguma com um dos olhos abertos e o outro não

– Idiota

não

– Chega cá

resignado, não montava um cavalo como o meu pai, montava um mulo quase sem pêlo que coxeava de uma das patas traseiras, tão idoso quanto ele e capaz de encontrar sozinho numa certeza lenta as veredas do trigo, quem trabalhava para nós a retirar o chapéu

– Patrão

sem que o meu avô respondesse com um aceno ao menos, estacando junto à cerca a chamar o feitor de boné no peito a escutá-lo enquanto o mulo ia girando as orelhas alarmado com os sapos da lagoa e as cobras que se torciam no lodo assobiando guizinhos, o meu pai pontapeou-o do estábulo

– Desaparece-me da frente

o mulo afastou-se na direcção dos juncos sabendo quem mandava agora e não o tornámos a ver, há instantes em que se me afigura na eira, abro a janela e enganei-me, se calhar os perdigueiros derrubaram-no e meia dúzia de cartilagens nas silvas, o meu pai entre os baús

– Não me deixes

para uma camisola e umas saias de que o meu avô troçaria

– Trapos

sem boca e a troçar das saias conforme troçava do meu pai

– Nunca foste um homem a sério

de mim

– Vê-se logo a quem sais

o meu avô que continua nesta casa a quem tudo falta apesar de igual, lá estão o relógio, as fotografias e ele desgostoso da gente ocupando o sofá em que nenhum de nós se atreve a sentar

– Que triste este sítio

a palma a percorrer a testa e a desistir no bolso, as costas a pingarem até que de súbito uma ordem zangada

– Não me aborreçam idiotas

e a suspeita de lágrimas, já no corredor assoava-se e tenho a certeza que

– Mãe

referindo-se a um dos retratos que eu ignorava qual fosse, que bandós, que vestido enfunado, um mulo por companheiro e é tudo, só não compreendia a ausência de força e a suspeita de lágrimas, lembro-me de um contador onde guardava facturas, no meio das facturas cartas nem sequer atadas com uma fita numa caligrafia infantil, em papel de colégio, a pedir brinquedos, lápis de cor, visitas, não

– Chega cá

não uma mulher, brinquedos, lápis de cor, visitas e após uma despedida cerimoniosa o nome completo no fim comigo a pensar

– Se lhas mostrasse fingia não ver

o mulo a mancar debaixo da janela, ele sozinho e depois a minha avó

(uma chávena num pires)

e depois o meu pai que galopa na vila a interrogar postigos ou persegue na cozinha as empregadas que se recusam escondendo-se na tulha, o meu pai com quem o feitor conversava de igual para igual, de boné na cabeça porque era o meu avô quem mandava, não ele, o feitor ao qual a minha mãe obedecia

– Chega cá

não em casa claro, na arrecadação das sementes enquanto o meu pai na vila como se apenas na vila conseguisse existir, reinando sobre a poeira dos mortos

(há momentos em que me pergunto se não estamos todos mortos salvo o meu irmão a contemplar o relógio de que o esmalte dos números se descolou com o tempo)

a insistir

– Não me deixes

não à minha mãe já, a mim que o espreitava sem coragem de me aproximar e de repente ele

– Senhor

como se o meu avô o pudesse ajudar ou alguma vez tivesse ajudado e no entanto a única pessoa capaz de salvá-lo nem que fosse pelo desdém e a troça, o relógio sobressaltou-se um instante e continuou a mover os ponteiros numa ausência de números de modo que o tempo cessara também, meia noite, setenta e seis da manhã, quarenta e oito da tarde, o que importam as horas, em qualquer uma delas as folhas das oliveiras paradas e nenhum arrepio no milho, uma chávena num pires a tremer e eu a tremer com ela, pode ser que o meu pai desejando que eu trouxesse a caçadeira ou o sacho e o ajudasse a acabar, escutei o cavalo que tentava libertar-se da argola e um sapo do tamanho do homem que eu nunca seria a ferver na lagoa

(o meu avô?)

a bomba do poço em que uma dificuldade de ferrugem corrigia a direcção do silêncio, não o silêncio da ausência de ruído, uma mudez feita das vibrações que se anulavam umas às outras de muita gente a falar e apenas reparamos nas bocas que não têm e nos vapores da terra de que nasciam insectos, desci as escadas para me afastar do meu pai

(o que sinto por si?)

evitando a sala onde a chávena a explicar o quê, a comunicar o quê, a prevenir o quê, um velho surgiu no alpendre

– Cuidado

talvez não um velho, uma criatura que inventei

(devo ter inventado)

visto que não possuía feições e se dissolveu no muro, o meu irmão na cozinha e o meu avô a inquietar-se com ele, dava-lhe a comida, ajudava-o a vestir-se, obrigava o feitor a tirar o boné

– O meu neto

agitando-se de não o ver receoso da lagoa, do poço

– Onde pára o rapaz?

e o meu irmão a sacudi-lo com o braço porque ninguém existia, somos personagens de moldura, sorrisos confundidos com os estalos do soalho, não existimos e portanto o que digo não existiu, que caçadeira, que sacho, que baús, que dedos escrevem isto, ficam os tucanos da lagoa a caminho da fronteira e o meu avô a segurar o pescoço do meu irmão não como segurava o pulso da minha mãe

– Chega cá

em precauções comovidas

– Há-de tomar conta disto tudo

ou seja ausências e eu a perguntar-me qual o motivo de não me escolher para tomar conta disto tudo dando ordens da minha moldura às restantes molduras e elas para mim

– Senhor

de boné contra o peito, o meu avô a verificar o milho, o trigo e a cerca convencido que milho e trigo e cerca e apenas uma extensão de ervas, moscas numa azinheira e um texugo a safar-se da gente, se porventura me apontassem

– Esse infeliz sai ao pai

quer dizer um dia destes pega no cavalo que não lhe obedece que nem para os animais tem nervo e some-se na vila, procurei o bicho na argola e dentro de mim o Cristo de feira dobrado nos seus cravos

– Não me deixes

o relógio que se imobilizava, galinhas poupadas pelos cães a bicarem pedritas e a serra à deriva na distância, o meu irmão debruçado para os limos do poço

– O meu único neto

curioso das feições que o fitavam curiosas também e o único neto fazendo-se, desfazendo-se e refazendo-se na água de bochechas ora largas ora estreitas, orelhas que mudavam de forma, o cabelo que não cessava de flutuar diferente do cabelo lá em cima como se o meu irmão no poço apenas ou eu o houvesse empurrado

– Sou mais forte que tu

na esperança que o meu avô me escutasse e não escutava, o meu irmão que devia ter empurrado

(que empurrei?)

que devia ter empurrado até que imagem nenhuma, lodo tranquilo, calhaus, o poço sem serventia tirando quem se interpunha entre o meu avô e eu

(afoguei quem se interpunha entre o meu avô e eu?)

o cadáver de um borrego

(não o dele, não os deles)

a deslocar-se no fundo e as gengivas do borrego as do meu irmão ponto por ponto, feições que me observavam sem emoção alguma e eu para o bicho tal como o meu pai para a minha mãe

– Não me deixes

uma vez que tudo me deixa, as empregadas da cozinha, o feitor, sobram os fantasmas que me exigem entre eles num resto de cortina que não cessa de pronunciar o meu nome, sobram estevas e estevas até aos penhascos da serra e cabanas de pastor nas dobras do caminho, o assobio das piteiras e o metal dos arbustos raspando as suas bagas de forma que aquele que não era o seu único neto a trazer a sela e os arreios do estábulo pedindo

– Não me deixes

não a uma mulher ou a um filho porque não sou homem bastante para ganhar um filho, a um cavalo, o que não era o meu único neto nem se sumiu no poço e devia sumir-se, de que me serve um idiota a preparar o cavalo que pulava de banda experimentando um coice que se desfez no ar conforme se desfez a casa em que apesar de igual tudo lhe falta hoje em dia, o cavalo acabou por aceitar a manta e a sela, desenredei os estribos, coloquei o freio esmurrando-lhe a cabeça

(repare que eu um homem avô, informe as pessoas que seu neto também, aponte-me a orgulhar-se

— Esse acolá afinal meu neto também)

o cavalo que demora a obedecer rodando no pátio habituado ao meu pai até sentir a mão que lhe puxava a brida, eu com vontade de chamá-lo para que você

— Meu neto também

e os amigos de botão de cobre a fechar o pescoço

(apetece-me escrever mãe agora, mãe, mãe)

a concordarem comigo, eu a deixá-los

(— Não me deixes)

sem precisar de vocês, para quê se ninguém existe, que faço eu com mentiras, recordações, lápis de cor, brinquedos, nunca me visitavam no colégio dos padres entre beatos horríveis na igreja gelada e recreios fúnebres com um padre a desfiar o terço

— Na mansão de Deus não se corre

de maneira que a gente parados sob olaias e nenhuma visita, nenhum brinquedo, nenhum lápis de cor, idiotas como eu que nunca seriam homens e a sineta e o estudo, contornei a casa a trote a despedir-me dela, no pombal uma pluma ia roçando o chão e lá estava o poço e o único neto

(— Esse acolá afinal meu neto também)

que em breve ocuparia o lugar do borrego a desfazer-se e a refazer-se nos limos, tivémo-los às dúzias na altura em que a casa existia e nós não ainda, a casa sim, enorme, e um espectro de manhã junto à cerca a dar instruções ao feitor, provavelmente não instruções, provavelmente

— O meu neto

— O meu único neto

provavelmente

— Há-de tomar conta disto tudo um dia

isto é tomar conta de lixo e do relógio sem números indiferente ao tempo, o que importa o tempo que não existe também, existe o silêncio que nem as patas do cavalo animam e o meu pai perto do Cristo de feira

— Não me deixes

sem ninguém que ficasse com ele numa ilusão de companhia, quem lhe fez companhia até hoje senhor, não a minha mãe, não o meu avô, não eu, este cavalo talvez, dedos que beijava ao sentar-se à mesa, nada e para quê pedir a nada

— Não me deixes

se o nada nunca esteve consigo, apenas fotografias de criaturas tão irreais quanto nós, o meu irmão debruçado para o poço sem compreender quem era e o meu avô satisfeito

— Os meus netos

pronto a abraçar-me se não fosse o cavalo a caminho da cerca e por um intervalo da cerca na direcção da vila cujas luzes se acendiam uma a uma

(quem as acenderia?)

e ruas, azinhagas, largos, o coreto onde dantes uma espécie de vida em que pardais apenas, o burro do almocreve a descer a ladeira, a sumir-se numa vereda e ao espreitar a vereda burro algum, um som de ferraduras que se desvaneceu logo, lembro-me da minha avó

— Menino

e a trancar-se dentro de si arrependida, o bule na camilha e o

— Menino

não eu, ela a interrogar-se surpreendida

— Menino?

sem alcançar o que

— Menino

significava e não se incomode avó, foi o borrego a mudar de posição nos limos, uma camisola e umas saias que nenhuma pessoa usou, coisas de que esta casa era feita e eu a cruzar a cevada onde nunca cevada, terra porosa, giestas, a sensação que uma criatura

(o meu pai?)

– Não me deixes

finalmente em paz e a certeza que era a vila que se aproximava de mim, não o cavalo a chegar, lá estavam os postigos abertos e a agitação das cortinas, as fotografias que me esperavam contentes e ao juntar-me a elas defunto também

(não estive sempre defunto, não estarei sempre defunto?)

alguém que não conheço a perfumar os baús no andar de cima de um lugar que não há.

2

Na vila não se escutavam os cascos embora o cavalo continuasse a trotar conforme não se escutavam os sininhos dos estribos, as azinhagas davam ideia que escuras apesar do dia nos campos que se detinha antes das primeiras hortas onde um balde, um regador, um alguidar quebrado, uma mulher a cantar que se calou de súbito ou mandaram calar-se e um ruído de sapatos numa casa em baixo seguido pelo trinco da porta eu que imaginava espectros em lugar de pessoas e afinal gente mas quem, não camponeses, não ciganos, não pobres dado que apesar dos postigos vazios por vezes numa janela um solitário ou um lustre, um homem num portal a olhar para mim vestido como os parentes das fotografias e na cara dele

— Quem é este?

qualquer coisa do meu avô no nariz, no bigode, qualquer coisa de mim que não sei a quem me assemelho, um homem muito idoso a calcular pelo modo como o corpo se movia

— Acho que sei quem é e não me lembro

óculos consertados a arame que retirou do bolso a embaraçar-se nas hastes, regressou um momento a perguntar

— O neto do meu filho?

porque se distinguiam as palavras apesar da ausência de som, um gato de cerâmica numa camilha que me recordo de encontrar amputado de orelhas na cave, uma senhora espreitando por trás dele, o homem para a senhora

— Não achas?

e o trote do cavalo a escutar-se de novo à medida que a senhora

— Não sei

um milhafre, dois milhafres em círculos e no entanto imóveis como é próprio dos milhafres que flutuam quietos, param, regressam, sobem e descem sem mudar de lugar, é a terra que muda, dobra-se, dilata-se e eles especados salvo quando uma agitação de asas e bicos no pátio, uma poeirazita, um pedaço de tijolo ao contrário

(a senhora que não ligava aos milhafres indecisa

— Não sei)

e os milhafres a galgarem o ar, de cabeça entre os ombros, com um frango nas unhas, descobri que fazem os ninhos em penhascos que não me atrevia a subir não fossem levar-me também arrancando-me as penas, uma ocasião encontrei um deles no topo da chaminé a fixar-me, escondi-me na lenha do fogão

— Um milhafre

uma das empregadas veio ao alpendre com a faca do peixe e voltou-se acusadora

— Não há milhafre nenhum

e realmente milhafre nenhum, a criação em sossego, só o mulo assustando cães e perús dado que o meu avô criava em torno um círculo de receio

— Patrão

(e a chávena com mais força no pires, como era ele com a minha idade avó?)

a senhora sumiu-se a compor o cabelo e nisto recordei-me dela numa fotografia, amparada a uma mesa com um vaso de gerânios em cima, o cavalo a baloiçar os quadris sentindo as pessoas, como era na época em que não havia casa nem herdade nem o que o meu avô

construiu, uma ondulação de estevas, uma capela de quinta sem torre
nem sino e o meu pai a tranquilizar o cavalo impedindo-o de recuar
como se cheiro de mortos, um segundo homem numa espécie de latada

— Voltaste?

convencido que eu pertencia ali da mesma forma que os caniços
e as pedras que eram anúncio de ribeiro com o meu avô criança perto
dele a olhar-me, um garoto descalço que me obedeceria se eu

— Faz isto faz aquilo

por enquanto não

— Aquele não é o meu neto

nem a ordenar à minha mãe

— Chega cá

um miúdo sem autoridade nem feitor, incapaz de pensar que o
sacho do meu pai o desfaria ombro a ombro, não eu para ele

— Senhor

ele para mim

— Senhor

interessado no cavalo, querendo que lho emprestasse para o montar sozinho consoante mais tarde montaria o mulo a fim de examinar
as colheitas enquanto as criaturas das fotografias iam surgindo do
nada, plastrons engomados, mantilhas fora de moda que nem no sótão
se encontram, pessoas a espiolharem-se víscera a víscera, esta trabalha,
esta não e de que me serve que trabalhe, mais tempo vivo para quê, eu
pasmado para os milhafres a engordarem sobre os ovos ou esquartejan-
do um galo aos arrepelos, o comboio ao longe ou o assobio do mato
comigo a decidir

— Vou-me embora

e ficando porque o comboio distante demais e a fronteira a seguir
à lagoa mas onde está a lagoa, falávamos da lagoa sem a termos visto
do mesmo modo que falávamos da fronteira ignorando onde ficava
e o que haveria depois

(padrões, ilhas, estátuas?)

encerrados na herdade e na casa que mudara sem que nada faltas-
se, os defuntos não no cemitério, na vila, lápides que não cobriam ninguém excepto os soldados da França e por conseguinte a minha mãe

(– Amanhã leva as tuas coisas para o andar de cima)

numa travessa qualquer a perfumar baús com a sua caixa a um
canto, não falava com a gente, não se ralava connosco, talvez agora
que falecera me chamasse

– Filho

e para além de

– Filho

que podia dizer-me, o que temos em comum mãe, o que há entre
nós, subia as escadas e ficava à porta sem que ela

– Que queres tu?

quando a minha avó se tornou fotografia um retrato sozinha quase
a sorrir garanto, o desdém do meu avô

– Aquela

se a notava na parede e a minha avó a interromper o sorriso, talvez
nos pudéssemos ter compreendido os dois, mencionado o marido,
explicado

– Fez tudo sozinho

o milho e o trigo e o celeiro e a casa, segredava ao mulo e o animal
a obedecer, o homem da latada

– Vai ser um rico dia

o milhafre gritou e desandei a tropeçar da base do penhasco derru-
bando pedras que desciam até ao centro do mundo sobressaltando as
cabras equilibradas nas saliências da erva, o segundo homem a contar
pelos dedos multiplicando mãos

– Há quanto tempo morremos?

de maneira que eu talvez morto porque lhes entendia a linguagem,
as vozes nítidas dentro de mim somando dedo a dedo os anos do
funeral, sete, oito, decidi

– Não acredito nestes fantasmas

visto que mentem por ruindade e nós defuntos como eles, o

segundo homem confundido com uma nespereira ao ponto de os dedos se transformarem em folhas e eu

– Não se dirige a uma pessoa dirige-se a uma árvore

porque quem me garante que os mortos não misturam as coisas sem acertar com o número, o vento arrepiava a nespereira e trinta dedos, ia-se embora e onze, no meio dos dedos frutozinhos que amadureciam num brilhozito doce, para quê esta casa, este trigo, estas escadas dando a ilusão que muita gente e somente eu ao encontro da minha mãe não a alcançando nunca, aproximava-me do perfume dos baús, não me aproximava dela

– A minha mãe?

e o som da roupa lavada que se dobra em tabuleiros, nunca a via descer à herdade excepto quando o cigarro do ajudante do feitor à espera e então, como no penhasco dos milhafres, pedras que caíam até ao centro do mundo e eu uma cabra aflita amparando-me a um pico de buxos com os tornozelos a dançarem, uma criança descalça

(o meu avô?)

a correr nas estevas, não parecido com o meu pai, não parecido comigo, a perseguir um perú

(e uma mulher de luto

– Esse perú não vem?)

que embatia contra uma espécie de rede, o segundo homem a designar a criança enquanto o vento em silêncio nos postigos abertos

– Disseram-me que eras neto deste meu sobrinho tu

comigo tentando imaginar de que maneira os defuntos comunicam entre si e não acreditando que pudesse ser neto de uma criança daquele tamanho a pegar no perú por uma pata e a trazê-lo de rojo, lembrei-me da família nos retratos da sala a segredar sobre a gente, escutei a minha avó para si mesma

– Não fales

ela que não falava nunca, mantinha-se na cadeira a descontar dias à vida, há quantos anos morreu você senhora e o bule não mais que um restinho de lúcia-lima no fundo, as cortinas dos postigos secretas,

examinando a gente, a minha avó que antes de estar connosco morou
na vila também, no adro de amendoeiras e bétulas onde as cabras se
introduziam a balir nos tapumes, além dos tapumes sebes onde as hortas terminavam e uma carroça de lado que me trouxe à ideia o meu
pai

— Não me deixes

a pedir auxílio não à minha mãe, a mim, ou seja a alguém que não
via e tomava pela minha mãe sendo eu que o fitava, se o meu avô ali
estivesse

— Nem falecer sabes idiota

e grifos nos algerozes à espera, vindos da fronteira onde talvez uma
terra como esta e uma segadora queimada, do tamanho dos milhafres
mas gordos, pelados, escutei os passos do feitor na eira e um frango

— Não me matem

o cavalo que fungava a perceber-lhe a agonia achatando-se contra
os restos do portão, o meu pai que nunca teve uma mulher só dele,
uma herdade, uma família, morava com uma chávena a estremecer
num pires e as empregadas da cozinha que se escondiam na tulha

— Não me abrace que coisa

e se calhar não teve filhos também, interrogava um corpo a perfumar as arcas

— São meus filhos aqueles?

isto é eu, o meu irmão e o silêncio nas pausas do relógio, o

— Não me deixes

para quem afinal, o feitor que o desdenhava, o pai desmembrado
pelo sacho ou o cavalo vila fora a balir de terror, talvez os finados nos
detestassem por ficarmos com o que lhes pertencera, a sopeira, os
talheres e o meu pai com medo que o pusessem entre eles

— Jesus Cristo

para um boneco de feira incapaz de milagres, tentanto recordar
uma oração que não vinha, o meu avô expulsou o padre

— Ninguém precisa de você nesta herdade e o que Deus fez até hoje faço eu daqui em diante que estou cá neste mundo e sou mais novo

e o feitor levou-o no mulo até um par de nogueiras secas depois da vila

— Senhor cura

o padre a mirar a pistola saída sem pressa do bolso e a culatra que deslizou para trás e aceitou uma bala, a buscar auxílio mas nem vozes nem pessoas, deu-lhe ideia que um rafeiro e todavia nenhum bicho nas travessas, só ecos, o dos ramos das nogueiras, um banquito que deslocaram para o ver melhor e os retratos

— O padre

sem que o feitor os notasse, a lagoa fervia como sempre em março com os girinos novos e abelhas incompletas a aprenderem a ser, o padre para o feitor

— Para que queres a pistola?

e o feitor a persignar-se depois de lhe pedir a confissão

— Para o ajudar a partir senhor cura

não exaltado, respeitoso que o Inferno assusta, quase nenhum olmo vibrou com o primeiro tiro esmagado na cancela, o feitor a ajudar a pontaria com a outra mão

— Já me absolveu não já?

e a disparar de olhos fechados, sentiu o padre de joelhos, ganhou força para abrir um dos olhos, viu-o de cara na terra e como estava absolvido abriu a navalha e cortou-lhe o pescoço até à resistência das vértebras, pensou melhor e trocou os sapatos com os do morto apesar do pé esquerdo difícil de entrar e agora as doninhas e os texugos que o comam, o meu avô zangado

— Vai entregar os sapatos ao homem para andar como quiser pela vida

o meu avô zangado

— Nunca impeças um defunto de passear onde lhe der na gana

e o feitor sob as nogueiras a lutar com os sapatos sem dar com as árvores sequer conforme lhe sucedeu pisar o padre que se sumia na terra e uma mulher de alguidar, mais mulheres, um velhote num monte de lama a fazer corpo com ela, ficaram as pálpebras de fora a seguirem-no iguais às fotografias com enfeites de metal, rosinhas, lírios, de meninas falecidas de mal do peito vibrando a harpa dos pulmões, Celeste, Leonora, Angelina a recortar estrelinhas de papel tossindo sem uma queixa, sepultavam-nas em caixõezitos de cetim branco e os milhafres por cima nas suas voltas quietas, em que travessa da vila te escondes a fitar-me, Maria Adelaide, sem pedir nada, te queixares de nada, a boca duas rendas que tremiam

– Sinto-me bem

levaram-me a visitar-te no hospital e não me lembro da enfermaria, lembro-me do jardineiro a regar canteiros com o polegar na extremidade da mangueira a distribuir a água, de uma pessoa a assoar-se trazendo os biscoitos e as maçãs de volta num cartucho e o jardineiro sem atentar nela ocupado com um caule, Maria Adelaide com tranças para a frente do peito e eu apaixonado pelas tranças, depois do funeral a mãe guardou-as na gaveta e o cabelo seco arrepiava enquanto o feitor, com as nogueiras a estalarem, pensava não haver criatura mais difícil de descalçar que um padre, teve de lutar com os tornozelos para os erguer do chão a fim de que não entrasse numa moldura a culpá-lo

– Gatuno

necessitando de mais tempo para habituar-se à morte

– Finei-me

ao dar conta dos torrões de que a pele era feita e de como os paramentos empalideciam devagar, uma coruja raspou-lhe a nuca e desvaneceu-se numa chaminé a que faltavam bocados, num tom parecido com o do meu pai

– Não me deixes

agora que só o meu irmão e eu continuamos na cozinha um diante do outro, à espera, com o cavalo na argola e as luzes da vila que partem e regressam de acordo com as nuvens mostrando um telheiro, dois telheiros, o recreio da escola onde o vento brincava com um papelinho, agora ponho-te aqui, agora ponho-te ali e o papel de roldão com as folhas coitado, o papel vendo bem uma folha igualmente, de onde virão as folhas que quase não há arbustos digam-me, no pátio cactozitos a crescerem das lajes, uma raposa no pombal numa leveza de mindinhos e o meu pai com o seu Cristo de feira no topo das escadas e o cavalo aguardando-o, dei pelo meu irmão a observar-me consoante se observava a si mesmo no poço, na maleta do padre os instrumentos da missa e uma carta de mulher com flores dentro

(que mulher?)

os sapatos principiaram a gastar-se na terra, não tardaria nada uma moldura entre as restantes molduras a denunciar o feitor, a chávena sobre o pires, uma empregada a recolher ovos num cabaz e no entanto o meu irmão e eu sozinhos na casa que se alterou permanecendo igual, um pedido às sombras da vila

— Não me matem

se calhar de um camponês que se perdeu no caminho, na carta da bagagem do padre um perfume parecido com o dos baús e no entanto nunca dei pela minha mãe na igreja deserta

(o meu avô para o feitor

— O padre fala contra nós não pode ser)

porque não há ninguém tirando o meu irmão e eu e esses bichos da noite de que se desconhece o nome, talvez ginetos ou cachorros selvagens, o meu pai vinha espreitar-me ao recreio da escola como espreitou a minha mãe no cemitério, puxando a cabeça do cavalo que bandeava não na direcção da herdade, da vila onde o meu avô nunca ia, mirava-a de longe de vergasta ao alto para se proteger dos defuntos na voz de há muitos anos

— Vocês os mortos não me fazem mais mal

os olhos embrulhados um no outro num nozinho de pálpebras a recordarem desconfortos e medos, uma criança descalça a desejar um mulo para se sumir na fronteira, a mãe que não perfumava baús, se instalava junto à porta à espera

(de quê?)

a Filomena doente e ele da rua

— Filomena

sem que entendesse a razão de o impedirem de vê-la, durante

quantas semanas continuou agachado até cobrirem as janelas de crepes e os olhos do meu avô não embrulhados, áridos, uma moldura com os enfeites de metal amolgados, rosinhas e lírios na arrecadação e no entanto dentro dele

– Filomena

mesmo ao agarrar o pulso da minha mãe ou das empregadas da cozinha para um salto amargo de canário, o meu avô para o meu pai

– Idiota

e o

– Idiota

a doer-lhe porque não era com o meu pai que falava, era consigo mesmo

– Idiota

o idiota que perdeu a Filomena antes que ela o pudesse tratar por

– Senhor

e o temesse, quando o meu pai pegou no sacho não se enervou sequer, calou-se, este ombro, aquele ombro e ele, sem que o meu pai adivinhasse, contente derivado aos mortos não lhe fazerem mais mal, peça a pistola ao feitor e mate os olhos que não conseguem ver, o meu avô a subir a vergasta porque ao perguntar à minha mãe

– De qual dos dois esse é filho do idiota ou de mim?

a minha mãe calada, ele comparando feição a feição à medida que a parteira me limpava e o meu pai o seguia de boca aberta, no fundo do meu avô, enquanto continuava a procurar

– Filomena

um lamento baixinho

– Devias estar no lugar desta Filomena

acabada aos oito anos de mal dos intestinos, com um terço ao pescoço de continhas de vidro a fim de Deus a notar mas as continhas difíceis de distinguir da mobília do quarto e dos ramos de acónito que dão sorte aos doentes e ao fundo a porta negra por onde a morte entrava e saía como as pessoas da casa, tão familiar e humilde que ninguém a notava, uma dessas parentes idosas que começam a nascer nos retratos continuando aqui e com quem a gente se atrapalha por não escutarem já e não conversarem ainda, tia Eduína, tia Mariana, padrinho Roberto, tio Gaspar sempre digno, medalhas na corrente do colete e botas novas

— De carneira espanhola meninos

as patilhas aparadas pelo barbeiro com um flocozinho duro de espuma, nós com admiração

— Tio Gaspar

e o tio Gaspar de prestígio aumentado pelas medalhas a falar do Uruguai onde trabalhou nos estaleiros, o meu avô sem alma de descer à vila com medo de encontrar a Filomena, por exemplo atravessar um beco e ela no beco à espera

— Vocês os finados não me fazem mal pois não?

de modo que a caçadeira para o caso de o chamarem

— Arreda

ao lado da cama durante o sono a combater os fantasmas ou escondido na vacaria onde o não encontravam, a herdade não mais que um mato confuso

(a morte uma parente a quem se tornava necessário ajudar a vestir-se derivado ao reumático e ela enquanto

— Obrigada obrigada

a escolher-nos, a gente aflitos

— Dê-me mais uns meses espere

e ela numa pena sincera em busca do livro no avental onde se amontoavam cheios de erros nomes escritos a lápis

— Não é o meu por acaso?

com uma cruz no fim, de vez em quando pensava um bocado a olhar para nós, mudava a cruz para outro nome e poupava-nos

— Até março rapaz)

o balde ao contrário onde o pai do meu avô se sentava a fumar tombado e a água de colónia das amendoeiras mais espessa, entes saudosos a espreitarem do café na mesma paciência com que o esperavam na sala e em qualquer ponto, no caminho do norte na altura em que

havia caminhos ou na esquina da loja de fazendas de que nem os alicerces sobravam, o mulo a caminhar sem descanso

(– Meta a cruz no mulo em lugar da minha sobrinha senhora

e a morte, que perdia genica com a idade, a concordar apagando
o lápis com o cuspo do dedo)

de arreios soltos, quantas vezes dei por ele a estudar-nos como
o meu avô me estudou e se verificava no espelho depois, o ajudante do
feitor ficou mais tempo que os outros parado na entrada da cozinha
a fixar-me, uma ocasião encontrei um carrito de madeira junto ao tanque, outra ocasião um pássaro numa gaiola e ele à espera, fingindo-se
distraído, que lhe reparasse nas prendas, um homem sem mulher que
dormia no celeiro, percebia-se uma luz entre as tábuas e a insónia a
baralhar ferramentas, um carrito de madeira e um pássaro a que não
liguei e no dia seguinte a gaiola aberta e o carrito desfeito, quem me
garante que o ajudante do feitor

(o meu avô

– Preciso de falar contigo Filomena

de botão de cobre a fechar-lhe o pescoço e caçadeira nos joelhos)

não se comparava connosco igualmente e a minha mãe sem responder a nenhum deles, acabados os baús apoiava-se aos caixilhos
a ver a chuva cair ou a imaginar-se na lagoa entre os discursos das rãs,
a lagoa que ninguém encontrou nunca e a fronteira que se desconhece
onde fica, sabemos da serra, dos campos e pronto, eis o mundo, tucanos nascidos de um charco entre caniços, dois ou três, não um bando,
que os ginetos devoravam e se falei em comboios menti, carroças apenas, a impressão que o ajudante do feitor ia falar comigo, o ruído da
glote

(divertido, glote)

e silêncio, quase mexia na gente e os dedos suspensos

– Perdão

ou apertados com força no bolso a misturar tendões, o meu avô
para a minha mãe

– De qual de nós esse é filho do idiota ou de mim?

não se procure nos meus traços que sou uma gaiola com um pássaro e um carrito de pau, nunca me disseram o nome do feitor nem me ocorreu perguntar-lhe tal como ignorava o nome das empregadas, só tu tens nome aqui Maria Adelaide e tranças a desfazerem-se na gaveta, pedia à tua mãe

— Deixe-me ver as tranças senhora

e coisas bafientas de menina velha, o cavalo de regresso da vila a esta casa onde tudo muda continuando idêntico, o padre absolveu o feitor que se levantou a sacudir as calças

— Estou limpo de pecados agora?

sem compreender o motivo do primeiro tiro falhar, fosse o que fosse na mira da pistola, não nele

— Não em mim

o padre a interromper a bênção e a navalha do feitor a ajudá-lo imitando a madrinha com os frangos, lembro-me dos rebanhos de volta e dos cachorros que orientavam o gado, do meu avô sem necessitar de dar ordens, um braço de vez em quando ou um sinal com o nariz e a Maria Adelaide à minha espera no recreio da escola apartada das colegas que brincavam no pátio, a professora dirigiu-se à sineta da aula, um sujeito a erguer-se na terra

— A sineta

e a noite a engrossar apagando-nos, pensei em visitar a minha mãe

(— De quem é o filho mulher do idiota ou de mim?)

e ela voltada para a chuva de março, o meu irmão

(— Um dia destes há-de mandar nisto tudo)

inclinado no poço a cumprimentar-se a si mesmo

(o meu avô para o feitor encaroçando a voz na esperança de acreditar no que jurava

— Nisto tudo

e quase a acreditar no que jurava

— Nisto tudo garanto-te

numa certeza que emudeceu de repente, o feitor a animá-lo

— É a sua vida inteira senhor

e o meu avô

– Achas que a vida foi vida?

a desejar que o meu pai com o sacho depressa)

e nenhum sacho por enquanto avô, a sua voz feita de pedras
e silvas

– Achas que a vida foi vida?

que nem de orelha encostada à boca se podia escutar escutava-se
o silêncio mas o que afirma o silêncio para além da chuva nas vidraças
lá em cima, o meu avô a tentar levantar-se para montar o cavalo do
filho e regressar aonde veio há muitos anos Filomena, as pedras e as
silvas da voz

– Não te esqueci

isto é acho que as pedras e as silvas

– Não te esqueci

mas também podia ser

– Achas que a vida foi vida?

o feitor sustentou-o nos dois degraus que faltavam, conquistou um
deles, quase conquistou o segundo, viu o cavalo em que o idiota trotava nos becos da vila e os parentes

– Patrão

alegres de saudá-lo porque regressara enfim, viu a mãe dele, o pai
dele, sentiu os ulmeiros a pianolarem as folhas mas o último degrau
faltou-lhe, o feitor não logrou agarrá-lo e caiu de borco a provar o
sabor das raízes, de olhos embrulhados na direcção da camponesa que
fazia os partos, ocupada a limpar uma criança que não lhe pertencia
numa ponta da toalha.

3

O meu irmão e eu continuamos aqui porque a esta hora, na vila, com as pessoas e os caniços a cochicharem sem descanso, passa-se isto, passa-se aquilo, não vais acreditar com quem mora a Eulália, a do lenço que não tirava por vergonha da mancha roxa na cara, passou anos a tapar-se e a pedir à mãe que não entrasse no quarto antes de se esconder na coberta, a mãe

— Eulália

e ela furiosa

— Que quer você agora?

escondendo-se mais, a mancha apanhava-lhe a vista esquerda de modo que só a direita aberta para a guiar nos caminhos do mundo, a Eulália a tapar-se no lenço e a vista que sobrava entristecida como nas manhãs de gripe, a gente

— Eulália

e metia dó vê-la pestanejar, não a encontramos nos retratos porque fugia sempre a não ser numa festa de primeira comunhão atrás da coluna de um vaso, toda ela sob o cotovelo erguido salvo o protesto da boca, a certa altura um homem a conviver com a mancha

— O que é isso?

e a Eulália

— Fecha a luz depressa

dado que no escuro o homem talvez fosse pensar que as duas vistas boas e a Eulália escorreita, não se conhece quem é, nunca o topámos no quintal, de quando em quando numa fresta de persiana um bigode e eu a pensar

— O meu avô

mas não tendo a certeza, tendo a certeza

— Não pode ser

e antes que a gente

— Eulália

a persiana cerrada e os limões da horta sem calor algum, reflectindo melhor acho que o meu avô na ideia de esquecer-se da minha mãe e das outras ele que com o tempo principiou a confundi-las, uma ocasião ao agarrar um pulso

— Filomena

a dar conta do engano e a enxotá-la aborrecido, a Filomena que na sua cabeça teria casado com o meu pai

— Idiota

e o deixou sozinho na herdade e na casa que lhe deu, enervado com a chávena da minha avó a estremecer no pires

— Essa aí

que escolheu sem escolher, encontrou-a nas traseiras de uma capoeira pelando um coelho para o alguidar, o meu avô deu fé das mangas arregaçadas e da saia pelas ancas, a Filomena ausente por momentos e ele

— Essa aí

porque os cotovelos redondos e os gestos todos certos a despirem o bicho, o meu avô, sem pensar na Filomena, um coelho nu e surpreendido de estar nu embora o botão de cobre continuasse a fechar o pescoço, deu a volta à capoeira aflito com a nudez, esbarrou num homem e numa mulher a tomarem o fresco no alpendre, especou-se diante deles a preveni-los

– Vou ficar com a vossa filha

pegou na minha avó que acabava o coelho, mostrou-o com o lábio de cima

– Se quiseres leva o bicho

a Filomena regressou a uma esquina da memória sem aprovação nem censura, o meu avô supondo que a tranquilizava ela que não existia

– Um momento

enquanto a minha avó

(os pais dela calados)

empacotava o passado na mala, novelos de crochet e uma madeixa num saquinho

(o seu cabelo antigo?)

com o coelho à espera num banco, o meu avô trouxe a mala e a minha avó o animal pelas pernas da frente, a vila abria-se para que passassem e cerrava-se logo, tapumes, cabanas, um velho a reflectir

– Onde é que moro?

a contar os postigos e a enganar-se na conta

– Sete ou oito meu Deus?

e o cheiro da terra não mencionando o do coelho que dentro em pouco começaria a cheirar e os próprios cães enfadados, o meu avô mostrou a saleta da casa, ainda não a de hoje, um compartimento de pobre, uma mesa e um palhaço de massa no peitoril da janela

– Agora ficas aí

e quase fotografia alguma, um tio e um padrinho de fatos emprestados a sobrarem nas mangas e as biqueiras mal assomando das calças, ignoro o que sucedeu ao coelho mas lembro-me da madeixa que a minha avó procurava de chávena a estremecer mais no pires, aposto que os pais dela continuam no alpendre satisfeitos com o verão, pode ser que a mãe

– A glicínia

as folhas do chá a encaracolarem-se no bule, a casa da herdade a crescer e depois o meu pai, e depois a minha mãe, e depois o meu irmão e eu que continuamos aqui, a esta hora na vila já sabem que não pertenço aos parentes e nem direito a moldura terei numa imagem de máquina barata que desfoca e torce e quando foca engorda, nem filho do meu pai nem filho do meu avô, filho de uma empregada da cozinha que mandaram dobrar roupa nos baús e do ajudante do feitor que reparava a cerca e alongava os domingos a desbastar caniços com a navalha encostado ao tanque da roupa sem falar com ninguém, se me notava por perto limpava as mãos na fralda

– Menino

de boné pendurado no braço, o meu irmão

(– Um dia destes há-de mandar nisto tudo)

parecido com o meu pai ou o meu avô ao nascer quando a parteira o limpou das membranas e da poeira que a gente traz à chegada, o ajudante do feitor continuava a desbastar o caniço concordando

– Um dia destes há-de mandar nisto tudo senhor

e o meu irmão a gerir cinzas e ervas, o cavalo, tão nervoso, sereno com ele enquanto comigo se desesperava de saltos, o meu pai

– O que se passa com o bicho?

passa-se que me conhece o sangue senhor e compreendeu de onde venho, se entrasse na vila estou certo que calhaus, foices

– Não vieste daqui

não somente as pessoas, o vento das coisas a rejeitar-me zangado, a minha avó numa careta de pena tentando explicar-se através da chávena, adormecia a sonhar com coelhos nas traseiras da capoeira e os dedos a rasgarem-nos sob as laranjas de dezembro, de início deixavam-na ocupar-se do pombal e ela em diálogos misteriosos com os pássaros até que as pernas tolheram, ficou a consolação da madeixa e a memória dos sapos no canavial engasgados de bronquite, suponho que a acompanharam ao falecer dado que no cemitério tosses, o meu avô com medo

– Cala-te

no receio que a minha avó lhe colocasse um alguidar por baixo e lhe espalhasse as tripas, pensou em deitá-la na carroça e dizer ao feitor que a juntasse ao padre mas limitou-se a queimar o pombal e a ordenar que degolassem os pombos, aqueles que se alinhavam no poleiro o feitor e o ajudante do feitor conseguiram mas os bichos a voarem cá fora sumiram-se e adeus, o meu avô deu cabo de um ou dois com a caçadeira que se estrelaram feitos trapos no chão, ele para o feitor suspendendo-os por uma asa

— Na tua opinião estes trapos são pombos?

a jogá-los aos cachorros que se não excitavam que estranho, virando para o lado o fastio do focinho, o meu avô a examinar a madeixa de cabelo

— Foste menina tu?

com a faca que o pelava e o alguidar de regresso, havia noites em que um grito seu

— Estarei morto?

e a caçadeira a disparar contra potes de loiça, dávamos com ele a esgazear-se para a gente no rebordo da cama, cercado de cacos, com a sua voz de menino

— A velha do coelho não me larga a malvada

a mesma com que chamava a mãe por medo do escuro e a mãe nunca na horta ou na cozinha, na igreja com o padre entre os armários da sacristia e os utensílios de Deus, o padre a franzir-se

— Que queres tu rapaz?

partes da mãe que o meu avô não conhecia sem roupa por cima e um Cristo a observá-la de uma veemência de espinhos, o peito, o umbigo e um ouriço de noite no fim da barriga aumentado pelos vidros de cores da janela enquanto o pai fumava com olhos pequenos, pegava na navalha e os olhos mais pequenos ainda, a coragem dissolvia-se

— Pode ser que um dia

e dobrava a navalha pendurado no cigarro a disfarçar a vergonha, o cigarro desaparecia e o pai a cavar como um danado, os pombos degolados caminhavam meia dúzia de garras tortas no pombal, interrompiam-se um momento

– O que faço o que não faço?

e agrupavam-se sobre si mesmos com mais penas que antes, o meu avô a apontá-los ao feitor

– Joguem essa velha aos porcos

sempre de coelho na ideia, não dormia com a minha avó nem comia com ela, almoçava e jantava de pé na cozinha, largava o prato na bancada e apertava um pulso de mulher às cegas

– Chega cá

como se faz com a criação para as canjas, sem escolher, abre-se a porta de rede, salta-se para a caliça e é a primeira que os dedos conseguem, a navalha do pai aparecia e desaparecia com vontade de se espetar no meu avô por ter dado fé do seu medo

– Pode ser que um dia tu

e o meu avô sacudido por uma espécie de desgosto a embater nos umbrais, se já tivesse o mulo manquejava campos fora

(nunca entendi qual dos dois coxeava ou se coxeavam ambos, embora não me considere seu neto tire-me esta dúvida se faz favor, coxeavam ambos avô?)

e o ajudante do feitor atrás dele de boné contra o peito, o meu avô encontrou-o em pequeno no cemitério rodando nas veredazinhas em que dantes malmequeres, a pasmar para os pássaros dos choupos de círio apagado em riste e entregou-o ao feitor

– Este fica aí para ajudar há-de aprender como os outros

e ficou para ajudar e aprender como os outros, de longe em longe enxergava-o no cemitério, dirigia-se a uma lápide, curvava-se para o nome e não era, a uma segunda lápide e não era, espiava fotografias de esmalte em forma de coração e não era nenhuma, até nas cruzes dos soldados da França andou a varejar, regressava ao tanque da roupa afiando o caniço e a remexer na memória pensando que se uma pessoa não tem mortos não tem vivos também, aparecia-lhe na lembrança uma senhora que o embalava mas que senhora e onde, não na vila, noutro sítio e contudo como podia imaginar outro sítio se para além da vila e da herdade não restava senão mato, uma senhora que o embalava e na janela galhos de macieira a crescerem dado que cheirava a maçãs, a senhora e a macieira desapareciam embora o embalo persistisse vindo ter com ele de madrugada nas dobras dos sonhos, tentava nadar até à superfície e atingindo a superfície perdia-o, havia alturas durante a ceifa em que o embalo de regresso, o feitor de mão na orelha

— Não ouves?

e apesar de ouvi-lo respondia que não, aparecia-lhe na lembrança a senhora tratando-o das febres com panos de azeite e rodelas de batata, a mãe do meu avô entrava em casa sem atender às pessoas numa fosforescência de santa e o pai a rodar a navalha fechada no bolso cada vez mais sem importância, mais vago, o que se percebe nas fotografias é um contorno difuso ao invés da mãe nítida, acesa pelos vidros de cores da sacristia e ele não à ilharga dela, ao fundo, tornado ainda mais desnecessário pelo halo que a mãe trazia em redor do vestido, capaz de empoleirar-se num nicho e distribuir milagres

(desempenar gavetas, descobrir tesouras perdidas, curar bolhas da pele)

e no entanto foi o pai quem descobriu a tesoura porque deram por ele encostado à vinha virgem com um risco na testa de quem pesa as ideias num vagar de astrónomo só que os braços pendentes, uma das solas torcida e o meu avô intrigando-se com a sola, isto quase de noite quando as maçãs se acendem, não todas por enquanto, quatro ou cinco no máximo, contou-as e quatro, a quinta ainda pálida, verde, quer dizer entre o verde e o amarelo com o amarelo a aumentar, se a puxasse do ramo a palma dele amarela, o chapéu do pai do meu avô a escorregar cara abaixo, a mangueira nas alfaces volta e meia um cuspinho, o regador que o meu avô entornou sem dar conta um sonzito de zinco e um susto para trás porque o regador vivo antes de ser coisa de novo, o gato deve ter julgado o mesmo porque trepou a cerca, recuperou-o meses depois em tremuras de doente na meia cova de um tronco, a tesoura perdida no pescoço do pai do meu avô onde ele a meteu e o meu avô a sentir a terra mais quente nos calcanhares descalços e raízes que lhe magoavam os pés, não medo nem pena, a ilusão que o pai ia acender um cigarro procurando o isqueiro no colete a bater na cintura com as palmas abertas e isqueiro nenhum, levantou o isqueiro na semana seguinte do coro de vespas debaixo da mangueira, nessa noite apenas deu com um lábio pendurado de banda e um terço dos dentes à vista, logo que pôde mandou o feitor disparar sobre o padre depois da absolvição e da bênção até ficar apenas a lembrança de um coelho a perturbar-lhe os dias, a minha avó despindo-o no algui- dar e a caçadeira arrimada à cama para se defender da morte, sobretu- do depois da doença do feitor que lhe levou metade do raciocínio e o mecanismo da fala, colocaram-no numa barrica e ele de olho duro nas pessoas em lugar de discursos e uma espumazinha a descer para o queixo, manteve a dureza um mês ou dois até que a espumazinha se interrompeu, o olho amável e pronto, o meu avô plantado diante dele a indignar-se

— Só morrem os parvos

presumo que com o pai na ideia e a tesoura da costura em que nenhum homem decente pega, alguns dos pombos da minha avó, des- botados de tão gastos, continuam por aí, poisam nos escombros do pombal à cata de sêmola, vão embora para tornarem horas depois des- memoriados, esperançosos, com a idade perderam a noção do vento e os cachorros à espera deles de boca aberta, já só faltamos o meu irmão e eu na parede para que a família inteira em molduras ou seja há retratos nossos de criança, não de hoje, o meu irmão com o meu avô na eira e eu sozinho no triciclo com uma roda empenada, além das fotografias sobra-nos o cavalo e as vozes dos finados que conversam, conversam, sobra-me a tua lembrança intacta, Maria Adelaide, não mudaste, não mudei e em crescendo chego à vila sem atender aos pos- tigos, explico-me aos teus pais e casamos, tens espaço para as tuas coi- sas aqui, lugar para as bonecas e a caixinha de música com a manivela que é preciso ter cuidado porque girando até ao fim da corda não tra- balha, mal sentires um estalinho páras e depois basta escutar, primeiro depressa e a seguir cada vez mais vagarosa interrompendo-se a meio do refrão e a gente uma melancolia tranquila, sempre imaginei que se morria dessa forma, um sonzito a prolongar-se uns segundos antes de desistir e desistir significa os olhos noutro sítio dado que aquilo que ficou não são olhos

(como não é boca nem nariz nem testa, são fragmentos estranhos)

a extinguirem-se pedindo

— Não me deixes ir embora

e então sim, partimos, repara no meu irmão que não responde a nada interessado na música, apesar de fraquinha estava capaz de apostar que atinge a base da serra misturada nos arrepios das amoras, cuida-se que arrepios, toma-se atenção e entre os arrepios, miúda, tenaz, sem repouso, a música, pode ser que na vila outra sombra acordada a levantar a cabeça

— Deu-me ideia de sentir a caixinha

porque muitas delas a ouviram nas molduras da sala, o meu avô substituiu a manivela, nunca o tinha visto de óculos e de óculos uma pessoa quase amável a consertar complicações todo falanges e eu surpreendido com a delicadeza dele dando por mim quase a gostar desse velho vindo à tona encher as costelas para descer de novo a comunicar um segredo

— Não cresci sabiam?

apesar da morte de indicador espetado

— Vamos lá

e o meu avô a segui-la a contragosto, obediente

— Não me convinha agora

portanto foi o meu avô quem pôs a caixinha em condições, um rolo com picos que batiam em palhetas, a casa alegre palavra e eu esquecido da tua doença, existiam ocasiões em outubro em que um vento mau a entrar-nos na casa turvo de presságios e ameaças, as empregadas

— O vento

mais unidas que as galinhas durante as trovoadas e o cavalo a gemer desconfortos, nessas alturas as luzes da vila apagadas e a mancha dos becos alargando-se a nós, o meu avô guardava os óculos no estojo a tornar a ser o que era

– Idiota

e a sair para lutar com o vento inquieto com a agonia do trigo, não se distinguia o animal a dez metros do alpendre, distinguia-se a voz que o obrigava a caminhar e então tu mais doente, Maria Adelaide, a desistires na cama, os pulsos cruzados e a caldeirinha de água benta com um ramo de loureiro para aspergir a febre, que compridas as noites quando o corpo desiste e os móveis visíveis apesar do escuro, cada acidente dos objectos, cada falha do tecto e tudo longe de nós, o que vivemos, o que fomos, o que nos apeteceu um dia, as pessoas a falarem connosco através de um vidro e tanto faz o que digam porque mesmo que se perceba não é a nós que se destina, é ao que deixámos de ser, frases que se dobram em si mesmas sem nos alcançarem

(o mulo a mancar inclinado para diante com a teimosia do meu avô em cima)

a pedra de musgo do silêncio a ocupar o quarto inteiro, para além do meu avô o ajudante do feitor atrás dele guiando-se pelo ritmo da perna aleijada e a música da caixinha mais viva, ora toques espaçados ora uma chuvita de ditongos comigo a pensar que a chuvita de ditongos a tua voz, Maria Adelaide, necessitando de mim eu que não cheguei a saber como a tua voz era, o meu pai atravessava o corredor não se ocupando de ninguém e no entanto se me plantasse diante dele desmoronava-se como latas mal postas e em cada uma a lembrança da minha mãe escondida, no caso da gente a dormir vinha espiar-nos o sono de sapatos na mão, no rectângulo da janela o contorno da serra e para lá da serra o princípio do mundo que um dos parentes dos retratos, o que erguia a garrafa nos piqueniques a oferecê-la aos fotógrafos, nos descrevia ignorando como fosse e eu abismado

(enseadas, cálices, guindastes)

o meu pai tornava a calçar-se e ia-se embora com os ossos da cara mais brancos, no dia do meu avô e do sacho os seus ossos brancos e ele de cotovelo no umbral para que nenhuma das latas se desequilibrasse da pilha, o ajudante do feitor lavou o sacho num balde e guardou-o no armazém das ferramentas sem acusar o meu pai nem se levantar contra ele, um homem faz o que a alma lhe manda e Deus julga depois, limitou-se a compor o patrão e a transportá-lo para onde o tinha encontrado a vasculhar os túmulos sem dar fé de uma criatura do seu sangue em baixo nem de um sinal a orientar-lhe os passos

— Aqui

pode ser que os parentes numa leira de acaso ou ao comprido da herdade a estrumarem o milho como o gado das febres e os porcos doentes, ao cavar um rego fémures calcinados, porosos, tão leves que se os deixasse no ar não caíam, o meu avô pegou no ajudante do feitor e deu-o na cozinha

— Para alguma coisa há-de servir esse idiota

ficando a olhá-lo como ao pai de tesoura na garganta ou como se o meu avô ele ao tirarem-lhe tudo porque a mãe se mudou para a residência do padre e aparecia quando o rei fazia anos para levar criação ou panelas, o meu avô à espera no quintal, a mãe

— Ainda cá estás tu?

e o meu avô a cozer cenouras num tacho sem se interrogar a si mesmo, durante a vida inteira não se interrogou a si mesmo e perdeu o medo do escuro que o pai aproveitava para o visitar com a sola torcida e os olhos pensativos a tombarem no chão, uma manhã a mãe trouxe o padre com ela, o padre

— Esse quem é?

e a mãe enxotando-o para um lugar indefinido onde um móvel tremeu

— Não vejo nem um rato senhor padre

de modo que a única coisa que o acompanhou ao iniciar a herdade com uns palmos de trigo e de cevada foi a caixinha da música, levantou primeiro uma cabana, a seguir uma barraca e a seguir uma casa, depois com o feitor e as empregadas aumentou a herdade e a casa, a cozinha encheu-se de pessoal e a chávena da minha avó principiou no pires, o meu avô não se aproximava dela com o coelho na ideia, uma coisa magrinha e rosada munida de dois dentes na ponta, o padre para a minha mãe

– Pareceu-me que um miúdo acolá

e o meu avô a reter-se de chorar surpreendido que no interior das pálpebras um desconforto que não conhecia, por um instante o padre e a mãe confusos e logo nítidos de novo, o padre da idade do pai e a mãe uma respiração de nenúfares que a detinha

– Espere

de tornozelos inchados e barriga pendente, o meu avô a pensar quem a teria mudado, lá se foram devagarinho com o padre a impacientar-se

– Então?

a libertar a batina dos galhos e de chinelos enormes que acordavam os mortos, a mãe do meu avô que já não servia para nada de brônquios afogados num lodozito rombo

– Espere

aguardando que os joelhos continuassem a funcionar, o esquerdo mais ou menos e o direito rígido, muitos anos passados o meu avô imaginando como seria a minha mãe se a minha avó a pelasse tal como te imagino comigo, Maria Adelaide, na cama do teu quarto a distanciares-te com a febre até não se notar a pagela e o candeeiro sumido, notavam-se as bonecas consolando a gente de braços em cruz, usavam vestidos verdes

(acho que verdes)

e sandálias e tudo, deste-lhes nomes secretos que só vocês sabiam, o padre para a mãe do meu avô a irritar-se com uma cadela que ladrava num pedaço de estábulo

– É para hoje?

e a mãe na atrapalhação dos musgos a querer trotar para ele, o meu avô, oculto numa lomba com uma pedra em cada punho, furioso consigo mesmo por não se atrever a jogá-las não bem pela tesoura, pela quantidade de trevas que desde então se amontoavam nos cantos, não havia de esquecer o cheiro das saponárias e a mãe a trepar os desníveis da terra, a cadela a trote chamada por um nicho de perdizes de que se percebia o choro das crias e o meu avô, de pura fome, a buscar as perdizes embora o choro das crias mudasse constantemente de sítio, esta cova, aquela cova e aquela cova deserta, nem um escorregar de patas para amostra ou uma fuga de asas, dormia colado à porta no receio de o pai lhe interromper o sono exigindo que puxasse a tesoura do pescoço e o meu avô

— Não me obrigue senhor

até o pai caminhar para o quintal na andadura dos mortos que parece desistir e no entanto prossegue, não se lembrava dele noutro sítio que não a macieira a tentar que o isqueiro acendesse, a pedra soltava uma chispa que não iluminava nada ao mesmo tempo que o ferrolho da sacristia duas voltas imensas deixando-o de fora onde os juncos espiralavam com a brisa da serra, a que senti toda a tarde obrigando a caixa de música a trabalhar sem corda, os pássaros do cemitério encolhidos nos cedros e um dos milhafres a errar o penhasco porque um degrau do ar lhe faltou, decorrida uma semana o enfermeiro na sacristia derivado a que os nenúfares a impediam de ser, o ferrolho abriu um momento exibindo um mártir amarrado a um cepo, difícil de contemplar sem dó com tanta lança no corpo, o meu avô deu com o padre não de batina, em camisa como os homens privados do patrocínio de Deus e a mãe, de boca aberta, escorregando no assento, o enfermeiro a estender-lhe o xarope que não se aguentava na língua, descia as bochechas e não tornou a vê-la, escutou o repique dos sinos sem levantar a cabeça, pás a abrirem um buraco perto dos túmulos dos soldados da França erguendo pedacinhos de uniforme e um bacamarte a que faltava a coronha e o meu avô a assar uma perdiz num pauzito, se por acaso levantasse a cabeça descobria a janela de vidros coloridos da igreja e a cadela a uns metros numa expectativa de restos, ao prender ao calhas uma das empregadas da cozinha

— Chega cá

era a mãe que lhe aparecia a enxotá-lo para um lugar indefinido onde um móvel tremeu e com o móvel umas loiças, uns copos

— Não vejo nem um rato senhor padre

conforme as mulheres não o viam, a minha mãe não o via e ele por seu turno não a via também, rápidos encontros de cegos de que se esquecia logo tal como a Filomena se não tivesse partido, a ideia do coelho que a minha avó pelava a persegui-lo e portanto fugia antes que o jogassem numa caçarola a ferver, via o estado das colheiras e o feitor e o mulo sem mencionar a perdiz ao lume e a espessura da noite, via sobretudo a espessura da noite e a comichão desconhecida nas pálpebras e não tristeza, não desgosto, porquê tristeza e desgosto, era a vida e já está, um desamparo que não saberia explicar feito da chuva no tecto ou da mãe quase de gatas num desnível da terra

– É para hoje ao menos?

tudo assuntos que não lhe diziam respeito, o que lhe dizia respeito era a perdiz e o silêncio, o ajudante do feitor que encontrou em pequeno nas veredazinhas em que dantes malmequeres, não malmequeres normais, umas florzinhas miúdas, o ajudante do feitor que trouxe na garupa do mulo

– Fica aí para ajudar

supondo que o pai dele uma tesoura igualmente ou calculando que o garoto sem dar com a mãe entre as lousas até que o meu pai salvou o meu avô com o sacho do que lhe pesava demais apesar da herdade e da casa e do dinheiro que tinha, alargava-se no alpendre a perguntar

– Para quê Filomena?

as cabras regressavam dos penhascos em avanços de saia travada a caminho do curral, cuidadosas do lugar onde poisavam os pés descalços dos cascos, uma delas com um filho a remexer-se nas bolsas, o pastor prendia o gancho no apoio da cancela e esfumava-se no monte, como se chamava o pastor que não lhe vinha o nome, como se chamavam as empregadas, dizia-lhes

– Tu

e bastava conforme lhe diziam

– Tu

em criança e lhe bastava também, de que servem os nomes e o que se faz com eles, no íntimo de si mesmo aceitava se o feitor e o filho o chamassem

– Idiota

em vez de se inclinarem com respeito

– Senhor

à medida que pensava não

– Sou o dono disto tudo

mas

– Sou um mulo que manca

a enredar-se nas pedras, a perdiz não acabava de girar no pauzito e se pingava sangue evaporava-se logo em bolhas de lacre que doíam na pele, uma mulher menos inchada, mais nova, substituiu a mãe na sacristia e a roupa do padre a engordar e a emagrecer no estendal, o cavalo partia na direcção da vila e talvez encontrasse o meu avô descalço a rondar as vespas da macieira e a procurar entender

– Pai

sem entender coisa alguma, aninhava-se como no alpendre agora, de braços nos joelhos e o queixo nos braços, apesar de dia não se notavam os postigos nem os defuntos a carregarem baldes para as hortas e ele

– Pai

calado, a mulher do padre soltava a roupa das molas e voltava à sacristia, puxava as sombras para si a fim de evitar que o morto o buscasse na ideia de o ajudar com a tesoura, imaginou-se a brincar com os formigueiros do pátio, ordenou

– Sumam-se

não no tom do costume, na sua voz de garoto e ficou acompanhado pelos gorgulhos do milho que se transformavam nas notas da caixinha da música ganhando força à medida que a manivela ia girando e quando a música terminou ele sozinho na sala onde antigamente a chávena e o pires, apertou sem olhar o pulso de uma das empregadas seguro que agarrava a mulher nova do padre a caminho da sacristia com o cesto da roupa

– Chega cá

e a mulher a obedecer-lhe como as restantes sem

– Tu

sem

– Senhor

inerte enquanto o meu avô o seu rebuliço de canário e a fúria de se ir embora limpando o casaco para se limpar dela, o meu avô a pedir ao ajudante do feitor que o ensinasse a construir um carrito de pau

– Como é que isso se faz?

cravando as rodas num arame e a certificar-se que andavam embora uma delas maior e as portinhas incapazes de abrir, deixando-o onde o meu irmão

– O meu neto

o visse, onde o meu irmão o viu sem lhe ligar nenhuma.

4

De maneira que fico aqui à espera porque com um bocadinho de sorte pode ser que alguma coisa aconteça, uma pessoa chegue da vila para ficar connosco ou levar-nos consigo e nem já da vila se calhar, meia dúzia de postigos que resistem e os parentes dos retratos aguardando que a lâmpada do fotógrafo os desperte para regarem as hortas, as empregadas da cozinha em torno do fogão, a minha avó com um pedaço de couve a atrair os coelhos pela porta de rede e a escolher o meu avô entre os bichos, não, que disparate, a encontrar um coelho, a medir-lhe os ossos enquanto o afagava no colo e o animal, sem compreender, um soluçozito feliz, começou a compreender torcendo-se quando a minha avó deixou de afagá-lo e o suspendeu pelas orelhas, compreendeu torcendo-se mais um segundo antes da pancada na nuca e com a pancada na nuca a compreensão acabou nem dando pela minha avó que o estendia nos joelhos afagando-o de novo à procura da lâmina no avental para abri-lo de golpe

– Não te aleijo descansa

separando as vísceras com os dedos para o não aleijar, o que lembro dela é a doença das mãos que mal aguentavam a chávena, se o meu avô passava estendia-se para diante procurando apanhá-lo pelo pescoço ou uma pata na coelheira da sala, o berço do meu pai continua na cave, um cesto de ferro que o óxido impede de dançar e uma almofada suja e portanto o meu pai sem cama nem limpeza não mencionando garrafas vazias, uma polaina desemparelhada e a tigela do gato que não me recordo de existir se é que os gatos existem e sempre me pareceu que não, basta-lhes fechar os olhos e desaparecem, no caso de os abrirem não são eles, é um alheamento que nos interroga sem ligar à resposta como você fazia com o meu pai em pequeno avô, um coelho tão diminuto que não servia para o alguidar, o que se aproveitava daquilo e que partes se podiam comer, às vezes sentia o meu pai rondando a sala à espera de não sei quê que não vinha nem que fosse uma faca que o abrisse e dedos que lhe separassem as vísceras, quando a minha avó morreu ficou que tempos a olhar a chávena, o pires e a manta dos joelhos dobrada, dobrou-a de novo corrigindo vincos e de súbito a manta uma coisa viva, puxe-o pelo pescoço avó, escolha-o depois de nos percorrer a todos entre os bichos da coelheira, o meu avô, o meu irmão, a minha mãe, as empregadas e traga-o para o outro lado do quintal onde vocês dois sozinhos e eu por dó do meu pai com vontade de dizer

– Senhor

não para chamá-lo ou para que reparasse em mim, para saber que eu ali no meio dos trastes

(não existe nada recente neste lugar, tudo velho até as árvores lá fora, a imobilidade dos milhafres, o mesmo vento e os mesmos sons, aqueles que o meu pai escutara em criança e o meu avô antes dele e o pai do meu avô, o mulo que pertencera a parentes mais antigos que os das fotografias, o cavalo em retratos anteriores ao meu pai montado por sujeitos de que ninguém lembrava o nome e daí este silêncio que estagnou, horas que se repetem sem avançarem nunca, os afogados do poço um só afogado que nos maldizia do fundo, percebiam-se sob os limos o chapéu, os sapatos e de repente éramos nós na água passando a mão na cara sem acreditar

– Eu?)

podia ajudá-lo com a manta, trazer-lhe a caçadeira para as doninhas, fazer recados, o meu pai que deve ter escutado o

— Senhor

(é impossível que não tenha escutado o

— Senhor)

que eu não disse e as luzes da vila apagadas

(talvez um candeeiro ou outro oculto por um biombo mas quem
o acendeu?)

o meu irmão diante do relógio, à espera

— O que esperas tu?

mal se dava pelo ajudante do feitor a consertar a bomba da água
e dali a nada o trote do cavalo a desarrumar o milho, se você me fizesse um carrinho de pau não o pisava pai garanto, ficava no alpendre
com ele, talvez o tivesse ainda no quarto e me agradasse olhá-lo

— Foi o meu pai que fez

a portinha que abria e fechava e acabou por soltar-se, pus-lhe tanta
cola que não se abriu mais mas não tinha importância, eu contente,
não com saudades suas que não tenho tempo para saudades de ninguém, contente, quando um dia vierem buscar-nos para a vila

(nunca virão buscar-nos para a vila, que criatura nos quer?)

e o encontrar num barraco perdido acho que embora não falásse-
mos explicava

— Tive de colar a porta do carrinho

e ele a examinar a porta aprovando-me, não vestido da forma que
se vestia na herdade, de fato engomado como os restantes mortos e a
barba feita que até um golpe no queixo, talvez que se a minha mãe
o visse assim catita eu seu filho senhor e o cavalo sem obrigação de
trotar pelos becos a atormentar-se nas pedras, repare nas patas coçadas
e no medo dos olhos, um dos estribos pendente, uma das fivelas quebrada e o meu pai a olhar os fungos entre os tijolos através de mim,
notava-se que um esforço a fim de compreender onde eu estava

— Não te vejo

remexendo objectos que se evaporavam conforme os prendia

– Onde é que páras tu?

e desculpei os parentes das fotografias que nos buscavam na direcção errada, a minha avó incapaz de apanhar-me na coelheira trouxe
um montinho de penugem na palma, eu a aproximar-me do meu pai

– Estou aqui senhor

e apesar dos dedos na minha testa

– Não te vejo

pingos de algeroz mais fortes que as nossas palavras e os primeiros
troncos da serra subitamente claros, castanheiros e acácias, os dedos do
meu pai desiludidos

– Não te vejo filho

numa voz que eu ignorava que tinha e imagino que a minha mãe
ouviu várias vezes lá em cima no perfume dos baús

– Não me deixes

com o ajudante do feitor à espera, o meu pai não a ameaçava, não
se zangava com ela, somente

– Não me deixes

e o meu avô desgostoso dele

– Idiota

a minha mãe a espiar o ajudante do feitor, a espiar o meu pai,
a decidir

– Já venho

e o vestido dos domingos no celeiro, ao regressar faltavam ganchos
e perdera um dos brincos, o meu pai a insistir em silêncio

– Fica comigo

enquanto ela ia enchendo os baús, sozinha apesar do meu pai
e nós dois por nascer, o meu avô

– Pelo menos além de mim há outro homem cá em casa

o ajudante do feitor que trouxe do cemitério onde decifrava lápides com um círio apagado e o meu pai a desprender o cavalo enquanto as empregadas da cozinha falavam, falavam, ele para mim

– Não te vejo filho

pela primeira vez

– Filho

e portanto não sou filho do ajudante do feitor apesar do brinco e dos ganchos perdidos, sou seu filho, gostava que você, que eu, que a gente

– Acha que ainda é possível pai?

e ao poisar-lhe a mão no ombro ninguém, um trote que se distanciava da herdade, qual o tamanho da vila senhor que aumenta e diminui sem cessar, um cordeiro esfumou-se numa moita e perdi-o, atrás dele um cachorro, dois cachorros, um homem com uma forquilha

(o meu avô?)

que não deu por mim, havia alturas em que tinha a certeza que o meu irmão me procurava seguindo-me pelos corredores da casa, parava à espera dele e continuava a andar caminhando sem fim, pegava-lhe no braço e ele quieto, largava-o e caminhava de novo, por que motivo não o abriu de um golpe avó e o não estendeu no seu colo, por que motivo não abriu a minha mãe, aí está ela a voltar do celeiro e o meu pai a esperá-la, os pássaros do cemitério no telhado da casa, viam-se as cruzes dos soldados da França e os quadrados das lousas, não se via o garoto a decifrar nomes, as palavras que dizia não as palavras gravadas e nenhuma parecida com a mulher que tomou conta dele de maneira que o ajudante do feitor

– Não consigo encontrá-la senhora porque não me diz onde está?

e não lhe dizia onde estava, nunca lhe disse onde estava, em certas alturas ao aguçar um caniço a impressão que ela

– Sou eu

num tonzinho nem sequer mudado pelos anos ou as armadilhas da memória, o ajudante do feitor contente dado que iam chegar-se a ele e não chegavam, um ramo de árvore e eis tudo, a tangerineira por exemplo, que em julho imita as pessoas, nos outros meses estalidos sem mistério, demasiado ocupada com as manias do vento para se ralar connosco e em julho risinhos

– Sou eu

obrigando o feitor a pegar no machado

– Mentirosa

ou esmagando as tangerinas até que ela

– Perdoa

a minha mãe para o meu pai, encafuada nos baús antes que

– Fica comigo

numa impaciência atarefada porque o

– Fica comigo

a cansava, para quê

– Fica comigo

se o meu pai um inútil que aceitara a fim de não desagradar ao meu avô embora o meu avô

– Idiota

a minha mãe colocando lençóis sobre lençóis com vontade que os lençóis não acabassem nunca

– Estou contigo não estou?

a perguntar para si se o ajudante do feitor teria guardado o brinco, o meu avô a calcular o milho com raiva

– Como é que aquele idiota nasceu de mim digam lá?

com ganas de pedir à minha avó entregando-lhe o alguidar

– Apanha-o pelas orelhas e mata-o

à medida que as cabras pulavam nos penhascos, de tempos a tempos uma cria a escorregar num grito, crucificava-se nos arbustos onde o corpo um sacão ou dois antes de desistir, o rebanho sem coragem de um passo e de imediato os milhafres a romperem-na, o meu avô

– Ao menos a minha mulher não os aleija

e não aleijava realmente, afagava-os com a palma e os coelhos em paz, arredava a lembrança dela a afagá-lo também até sentir as peças do meu pai a comporem-se-lhe na barriga, segmentos que boiavam juntando-se, uma vértebra, o queixo, o fio de sangue do coração numa tarefa complicada de cambalhotas e lágrimas e o meu avô a levantar-se numa guinada de horror

– Larga-me

a pegar na caçadeira, a desistir da caçadeira, a escapar-se enquanto o meu pai iniciava movimentos de rã e a minha avó fechada sobre ele na teimosia das ostras separadas do mundo, o meu avô para o feitor

— Roubou-me a minha mulher o idiota

que não quis ver no berço, não quis ver depois, viu a selha da parteira e panos com nódoas lilases que mandou enterrar junto à cerca

— Não me digam onde

se o meu pai

— Pai

não respondia, o idiota a abraçar-lhe o tornozelo e o meu avô

— Não te pegues a mim

a escovar a calça com a palma, um inimigo que cirandava entre os móveis carregando as suas peças ainda não completas em passos oblíquos cada vez mais rápidos, choros a meio da noite que transtornavam a casa desabituada de lágrimas

— Mãe

e o meu avô a dilatar-se de zanga

— Roubaste-ma

furioso com os pombos que a minha avó criava sobre a capoeira e se alinhavam no telhado arrulhando de mofa na tentativa de o despedirem como um mendigo

— Não mandas já

o relógio a concordar subindo o peso da direita e descendo o da esquerda

— Não mandas já

as gavetas a desobedecerem recusando abrir, girava as maçanetas das portas em vão, o meu pai a rodá-las quase sem um dedo e elas

— Não precisas de esforçar-te que a gente obedece

tudo pertencia aos outros, não ao meu avô, os objectos retirados do sítio, as facturas do escritório no chão, a terrina quebrada pelo idiota que a despenhou no soalho e o meu pai a fitar os pedaços surpreendido, não conheceu a mãe do meu avô, não conheceu fosse o que fosse e ocupou-lhe tudo, o meu avô para o feitor

— Sou um mendigo aqui

a vigiar o amadurecer da cevada mas sem gosto, cansado, não apertava o pulso das empregadas na cozinha

— Chega cá

procurando sentir a minha avó na sala não se apercebendo nem de uma tosse nem de uma cadeira, que fizeste à minha mulher, idiota, ocupada durante anos a pelar coelhos atrás da capoeira, o meu pai já com as peças todas sem lhe buscar a perna e ele decepcionado

— O tornozelo deixou de interessar-te não foi?

aproximava-o do meu pai em vão, se me abraçares finjo que não dou por ti, não te enxoto, o meu pai entretido com a caixa da costura da minha avó a brincar com os botões e não

— Pai

quando muito

— Mãe

se tinha febre ou não conseguia dormir por não haver uma lâmpada no quarto assustando fantasmas, uma ocasião ordenou-lhe

— Anda cá

não para beijá-lo que parvoíce, para lhe experimentar a submissão, não és melhor que o feitor ou os outros aos quais nem necessito ordenar

— Anda cá

para que venham, antecipam-se ao que desejo, adivinham o que quero

— Aí tem o que pediu senhor

e o meu pai a fazer que não ouvia, demasiado pequeno para reconhecer o dono, comprou-lhe o cavalo na esperança que

— Obrigado

e o ingrato, mudo, a desprendê-lo da argola como se fosse minha obrigação oferecer-lho, calcando o trigo novo e empoeirando as moitas, o feitor enquanto a bomba da água para diante e para trás, mal fixada nos parafusos, a encher a tina dos banhos

— Com o tempo há-de mudar senhor

o meu avô disposto a cortar-lhe a voz com a navalha

– Não preciso dos teus consolos infeliz

de forma que a voz a ir-se embora

– Desculpe

a suspeita que a minha avó o espreitava dado que a chávena com mais força no pires e a Filomena esquecida, embora me custe admitir era contigo que eu e não me importava que a tua faca agora, separa--me as vísceras e esvazia-me do que não presta, o meu pai na herdade sem se maçar com leira alguma, o feitor

– Queres ajudar com o atrelado?

e ele quieto, ou

– Estende-me essa poia

e a poia no anzol, o meu irmão e eu debruçados para o poço com-parando-nos com os afogados que éramos, o feitor nem nas molduras sequer

(pergunto-me se mais alguém morreu naqueles limos porque membros que não nos pertenciam e vozes que não eram as nossas)

no baldio depois do cemitério visto que se acabou o espaço aos defuntos, com o vento a baixar da fronteira a presença deles pegava-se--nos à roupa tão vizinhos que sabíamos o que pensavam, o que lhes apetecia, o que esperavam ainda

(por mais que os desiluda esperam ainda)

a não ser o feitor que não esperava um pito salvo o desejo da filha o ressuscitar um bocadinho oferecendo-lhe mortadela para as fomes da noite que estar defunto aguçam, a filha que trabalhava na cozinha da casa e a quem o meu avô uma ou duas ocasiões por ano

– Chega cá

para agradar ao feitor, esperava um minuto a observar as borbole-tas pelos intervalos das tábuas e mandava-a embora, ela a arregaçar a saia, o meu avô a dar-lhe as costas no celeiro

– Deixa isso

e as mãos da filha despedaçando-se de desilusão, as borboletas iam e vinham em piruetas míopes, um cachorro farejava texugos na eira, apanhava-os no início do milho, dava a impressão de reflectir, desistia, o meu avô

– Desarruma o avental antes de saíres

e permanecia de costas com a minha avó ou a Filomena na lembrança sem reparar nas mãos que se despedaçavam em fragmentos miúdos, a pergunta da filha

– Não lhe sirvo senhor?

de um abismo de decepção que a imagem da Filomena o impedia de calcular, quando o feitor morreu o meu avô deu ordem de o colocarem no meio da sala no topo de um cavalete de flores e alinhou assentos contra a parede para as rezas do velório que só ele e a filha ocuparam, foi a única altura em que julguei perceber-lhe uma espécie de sofrimento na cara, de cabelo penteado por consideração pelo defunto e a gravata de luto sobre o botão de cobre, as mãos da filha continuavam a lacerar-se e os dois de boca mexendo-se em ave marias mudas, o meu avô acompanhou o funeral inteiro, de cabeça descoberta apesar do sol, logo a seguir ao caixão, entregou o casaco a um homem que nem viu, tirou a pá aos camponeses para a primeira terra na cova e continuou sozinho, sem consentir que o ajudassem, com a filha a atormentar-se dedo a dedo, pediu o martelo para enfiar a cruz à cabeceira, acendeu a vela no copo e regressou a casa deixando a filha de joelhos a acabar os polegares, passou pelo meu pai que desmontava o cavalo

– Idiota

e fechou-se no escritório a tarde inteira engrossando o silêncio da casa, as empregadas caminhavam de leve na cozinha embalsamando as vozes no lenço, nem um passo a adiantar-se no soalho, nem um fecho de baú a estalar, somente com o avanço das horas o feitor a exigir a mortadela numa vozita de sono, incomodado pelo aperto da roupa nos ombros, o meu irmão e eu na grade do cemitério a escutá-lo com a agitação dos parentes a turvar-lhe a voz ao ponto de se ignorar quem falava, talvez outro defunto, talvez vários, talvez as lápides onde se concentravam os murmúrios e as iras dos falecidos dos últimos meses indignados com a ausência de companhia e de luz

– Quem é que cuida da gente?

procurando em torno um pratinho de sopa, a filha do feitor continuava de joelhos mas não pensava no pai, pensava no meu avô a dar-lhe as costas no celeiro

— Deixa isso

enquanto a saia lhe escorregava das coxas e as borboletas em reviravoltas de acaso, quatro ou cinco no ulmeiro grande, quatro ou cinco nos repolhos, uma dezena mais longe onde os jasmins secavam, o meu avô

— Desarrumaste o avental?

sem as suas ânsias de canário, o que haverá de errado em mim para que não me queira dado que todas lhe servem, o meu pai a olhá-la com pena

(não uma dezena, sete dezenas, oito dezenas no ulmeiro grande e nas fendas dos muros a tentarem esconder-se, via-se a ponta das asas, não se viam corninhos nem patas)

a prender o cavalo na cruz, a cerrar-se-lhe sem ganas no pulso

— Chega cá

não por ele, pela filha e o feitor agradado, uma madeixa de cabelo soltou-se o vestido de luto, que pertencera à mãe dela, não preto, cinzento e a acinzentar-se mais descosido na cintura, a serra não verde nem vermelha, azul, carregada de fumos de nuvens de uma ponta a outra da herdade

(será que vilas também nos intervalos dos montes e nas vilas postigos em que pairavam ausências e um oscilar de cortinas?)

a cintura descosida e o vestido mais que cinzento, com manchas ocre nas mangas, uma segunda madeixa a soltar-se, o círio tombado e ela preocupada com o círio

— Tome atenção à vela senhor

não o sentindo no corpo, sentindo a respiração do cavalo, não a respiração do meu pai, a alegria dos mortos ao descobrirem a sopa

— Nem dei pelo caldo imagina

vontade de trazer mortadela ao feitor que a mastigava sem dentes com o mindinho a ajudar

— Acabou-se-lhe a fome?

o meu pai a dar pelas mãos e tentando consertar-lhe as falanges até os ossos se unirem de novo, o véu de ir à missa a que faltava a bainha na cabeça outra vez e migalhas que o feitor não engoliu nos ombros e no peito, a filha permaneceu junto à campa até à noite entre o borbulhar dos finados, se calhar a minha mãe com a minha prima derivado a um testo de panela

— Não viste o testo ao menos?

para abafar a cozedura das cebolas, ao regressar a casa em que uma porção de telhado começava a abaular dei pelo meu avô chamando o ajudante do feitor

— Ficas no lugar dele agora

e apenas nesse momento o feitor morto e o meu avô distraído dele por ter mágoas maiores, já não era preciso para os rebanhos e o trigo e ia-lhe esquecendo a semeadura do milho, como tirar as bagas do saco e distribuí-las no chão, tratar os parasitas com a bomba e impedir as lagartas de minarem o pomar, a filha do feitor a achar-se mais órfã em busca do testo, encontrámo-la no dia seguinte estendida na areia com a embalagem do líquido contra os fungos a derramar-se ainda, o meu avô experimentou-a com o pé, uma espécie de visco escorregou-lhe da boca e não cessava de crescer porque uma fervedura no esófago queimado do veneno, jogaram-lhe calhaus e areia em cima para acalmar as tripas e impedir os milhafres e abandonaram-na a engordar a aveia, em setembro umas cartilagens, uns dentes, uma sandália que as doninhas comeram, o ajudante do feitor descobriu um anel de ourives ambulante mas quebrado e sem engaste, não de prata sequer, de metal enegrecido, jogou-o numa calha da rega e sumiu-se no campo, quis encontrá-lo para ti, Maria Adelaide, mas a herdade dissolveu-o, as empregadas da cozinha ficaram-lhe com a escova e a imagem de Santo Estêvão a que faltava o bordão e o meu avô a revê-la no celeiro, não foi preciso mandar

— Despe-te

abriu-se sozinha num risito de esperança com as mãos mutiladas, não tive tempo de te oferecer fosse o que fosse Maria Adelaide, mariposas, compotas, uma pedra de mica, vi o enfermeiro desencostar a bicicleta da parede com o estojo de lata dos remédios, trancado a cadeado, preso por guitas ao selim e a tua mãe a chorar, quer dizer a expressão de chorar e nenhuma lágrima nela, vi as vizinhas nos seus xailes de luto com as franjas emaranhadas e não consegui ver-te, trepei um damasqueiro e o que distinguia no quarto eram os ferros da cama e uma pagela de Nossa Senhora descalça, empoleirada numa nuvem de gesso igual às que passam em março, julguei que tossias e enganei-me, era a luta das galinhas por um lugar no poleiro a fim de se arredondarem de preguiça, a gente a falecer e elas cravando a cabeça pelos ombros abaixo, só com a crista de fora, a minha mãe

— Estou aqui não estou?

enquanto o beiço do meu pai pulando, pulando

(— Como se faz para pular o beiço pai?)

o meu avô entregou-lhe a caçadeira

— Andas à espera de quê para matá-la idiota?

e o meu pai recusando à medida que o beiço pulava

(fartei-me de experimentar arrepanhando músculos ao espelho e o meu beiço moita)

a embalagem do líquido contra os fungos uma gota que demorava a libertar-se, roxa, de modo que calhaus e areia também, uma cobra às manchinhas desapareceu chicoteando-se a si mesma nos caules do centeio

— Desarruma o avental antes de saíres

para que o feitor e as empregadas da cozinha acreditassem e mentira, o que haverá de mal em mim para ser menos que as minhas colegas, em miúda beliscava a manga da mãe

— Sou feia?

e embora a mãe não respondesse a cómoda a que faltavam pegas, de tampo de mármore

(mármore?)

rachado a concordar com ela, no topo da cómoda São Miguel

Arcanjo a picar um dragão com uma lança de arame, o meu avô levou os assentos do velório para a sala de jantar e o alpendre e instalou-se ao acaso num deles a perder os olhos na serra, o meu pai tornou a montar o cavalo mas não a galope nem a trote, a passo, com o perfume dos baús a doer-lhe, o beiço deixou de pular porque os dentes o impediam com força, evitou a cruz do feitor para evitar a aflição da filha

– Sou feia?

tentou lembrar-se do nome dela sem o encontrar, encontrava a Maria Adelaide e o enfermeiro na bicicleta a beber às escondidas, se eu casasse com ela alguém para tratar do meu irmão e de mim, a figueira não vai florir este ano que se adivinha nos galhos, as cabras com os milhafres em torno e nós aqui à espera porque com um bocado de sorte pode ser que alguma coisa aconteça, o meu avô assobiando ao mulo e o ajudante do feitor a aguçar um caniço, olha a minha mãe junto dele com os ganchos de cabelo e os brincos, olha o meu pai a espiá-los sem largar o cavalo e o meu avô

– Idiota

olha todos os defuntos das molduras nos destroços da casa, o meu avô com a caçadeira que o meu pai recusara a encaixar um cartucho e a arrepender-se do cartucho

– Não são assuntos meus

enquanto as mimosas se alargavam no campo do tamanho da noite, a presença da lagoa assustava-o não pelas rãs ou os tucanos, pela água invisível para cá e para lá no silêncio parecida com o sangue que nos anda no corpo, ponham mortadela junto do feitor para o apetite que exalta os defuntos quando a lua lhes roça, o meu avô

– Qual de nós dois viveu mais anos?

a descobrir um gosto de milho antigo e terra seca na língua, custou-lhe levantar-se para entrar na cozinha e encontrar um pulso onde cerrar a mão

– Chega cá

na esperança que o gosto de terra diminuísse e não diminuía, aumentava, não apenas a língua, os braços e as pernas de milho antigo e terra seca também e nisto o pai com a tesoura no pescoço, a mãe na janela de vidros coloridos do padre e o meu avô não indignado, não triste, num ângulo da horta a brincar com pauzitos sem dar fé dos pauzitos, tentou dizer

– Pai

e não conseguiu dizer

– Pai

nunca conseguiu dizer

– Pai

tal como o pai não falava com ele, ajudava-o no pomar sem palavras, fazia o que lhe apontavam, para quê dizer

– Pai

se estava sozinho numa casa vazia, olhou a empregada a quem agarrara o pulso

– Chega cá

e reconheceu a irmã mais nova da que lhe servia o jantar, uma garota que ajudava as colegas com a lenha e os pratos, quase do seu tamanho quando o pai faleceu, agarrou-lhe de novo o pulso não consentindo que fugisse a compor a roupa no peito, subiu-lhe o avental, encostou-a à tulha, lembrou-se do homem a quem não conseguiu dizer

– Pai

nunca conseguiu dizer

– Pai

e em vez de tomar a menina num assalto rápido de canário

– Quieta

foi descendo ao longo do tronco dela até aos joelhos e achatou-se contra eles na esperança que o sabor de milho antigo e terra seca lhe desaparecesse da língua.

5

Quem anda de noite misturado com o vento à roda da casa e eu para o meu irmão

– Não ouves?

procurando os intervalos das janelas para espiar a gente, um defunto que se perdeu sem encontrar a travessa onde mora ou as doninhas que não respeitam ninguém obrigando-me a trazer a caçadeira e a disparar ao calhas, quando de manhã as procuro os milhafres levaram-nas e há um texugo a lamber restos de sangue escondido nas ervas porque são ervas o que hoje temos na herdade de modo que a serra maior, a lagoa nos seus refluxos miúdos e vozes a falarem de uma época em que o meu irmão e eu não havíamos nascido, onde os campos cresciam e o meu avô rico a ordenar isto e aquilo, chegou da vila com o feitor e a mulher do feitor de que se serviam os dois na barraca a partir da qual se construiu esta casa, escutavam bandos de corvos evadidos das nuvens onde se guardam os pássaros por ordem, estorninhos, gralhas, cegonhas que a mão de não sei quem distribui, se chamasse uma das empregadas da cozinha ninguém, no caso de subir ao compartimento dos baús nenhum perfume na roupa, vamo-nos embora amanhã onde o mulo, o cavalo e as doninhas não cheguem, pela mesma vereda que a mulher do feitor seguiu sem dizer fosse o que fosse abandonando a carne ao lume e a agulha espetada no novelo como se fosse voltar, o meu avô e o feitor acertaram no rastro apesar de tanto cardo e tanta pedra porque ao principiar a colina os pés se arrastavam e alguns caules quebrados, alcançaram-na numas hidrângeas de ribeiro a olhar os gafanhotos que saltavam na corrente se é que podia chamar--se corrente a uma linhazita incapaz de contornar os seixos, deu por eles de olhos mansos, viu a agulha de crochet na palma do feitor e per-gunto-me se a terá sentido entre duas costelas absorvida como estava pelos gafanhotos, os olhos, mais mansos ainda, subiram até ao meu avô e tornaram aos bichos à medida que o vento, com a chegada das sete horas, se ia tornando frio, o feitor experimentou a agulha mais acima, no ponto em que o coração vai dando corda ao corpo e inven-tando ideias e a mulher amontoou-se sem cair, ou seja alargou sentada dizendo qualquer coisa como sucede ao calcário se lhe encostamos o ouvido e uma artéria secreta a latir, a latir, a subir de tom, a parar, ao parar a cabeça no peito e foi tudo, embora não falando continuava a ver, perdera o fio do pescoço e uma parte da blusa, a amarela com folhos dos domingos de verão

(a mãe

– Pareces uma desgraçada dos cafés com essa blusa tu)

o meu avô e o feitor deixaram-na no meio do mato para se distrair com os gafanhotos na manhã seguinte, um deles prendeu-se no cabelo e o feitor tirou-o em cuidados de relojoeiro, roseiras bravas, árvores estranhas, um cercado sem porta com um colete que perdera o forro pendurado num cabo de enxada e a mulher do feitor entre as névoas da lagoa a escandalizarem-se com os folhos da blusa, depositaram-lhe a agulha nos joelhos para o caso de ter ânimo de costurar uma barra de lençol ou um ornato de fronha, a filha gatinhava com as galinhas a roubar os grãos que deixavam, quem anda com o vento à roda da casa procurando os intervalos das janelas para espiar a gente talvez com uma barra de lençol ou uma fronha na mão

– São filhos de quem vocês?

ruínas de segadora e campos ressequidos, a mulher do feitor em qualquer ponto do escuro a passear uma lanterna de azeite que modificava as sombras animando-as de vida, se avançássemos um passo recuava com medo, ganhou coragem quando um gafanhoto se sentou num tijolo, estendeu devagarinho os dedos para ele porque lhe faltava o coração e o bicho sumiu-se, tentou a barraca e não encontrou a barraca, um lugar demasiado grande, maior que a vila, de um tamanho que não entendia

(– O que se faz com isto?)

apesar das mesmas vozes que nas travessas, nos becos, a da mãe, por exemplo

– Tira-me essas coisas de cigana das orelhas depressa

discozitos de lata presos com um gancho e o feitor num medronheiro a espiá-la, mandou-lhe ovos de passarinho pelo neto do aleijado e uma carta em que penou dias copiando o livro da escola, ata titi ata a tia atou, com o desenho de uma senhora a dar o laço no carrapito de uma menina loira e o feitor extasiado com o carrapito, a mulher escondeu a carta num buraco de muro com um pedaço de caliça a tapá--lo, o feitor acocorado num sulco de batatas sem que a mulher lhe distinguisse as feições, distinguia uma parte da camisa a respirar depressa, a aba do chapéu mais aflita que a camisa e uma flor quebrada a caminhar para ela, não a gravata nem o chapéu, a flor apenas, o pai da mulher doente em casa a tratar as chagas dos tornozelos com São Gregório a abençoá-lo do armário sem lhe curar as feridas, uma flor, para além de quebrada, a definhar murcha e que ele tentou ressuscitar com uns borrifos de água, a mulher de flor ao alto, embaraçada

– O que faço a isto?

e depois uma viagem de dias com cachorros a ameaçarem-nos de longe, só orelhas e baba, até ao sítio onde o meu avô começara uma barraca e um mulo atado a um galho, o feitor

– Patrão

para um pobre como ele, de boca cheia de pregos, a martelar tábuas e tábuas, o meu avô de que a mulher não se lembrava na vila até

que de repente lhe surgiu na ideia um miúdo que não falava com ninguém a perder-se na janela de vidros coloridos da sacristia na qual con-
tavam que a mãe morava com o padre como se fossem casados, lhe
surgiu na ideia o miúdo a armar aos pássaros nos arredores da vila ou
a disputar aos cachorros um cadáver de gineto, acabaram por levar-lhe
o pai e ele sem reacção, calado, não nos acompanhou ao cemitério,
demorou-se na capela a pensar noutra coisa, chamaram-no e não res-
pondeu, tentaram dar-lhe um caldo e fugiu, a viúva do farmacêutico
quis ficar com ele e ele

— Não

a impedir que o segurassem e a voltar para a miséria da casa, apostava que o miúdo o sujeito de boca cheia de pregos que martelava
tábuas e tábuas a compor uma cabana num deserto de mato, ainda
não importante, ainda não dono de nada, mais novo que os outros
e no entanto o feitor

— Patrão

a mulher sem entender

— Porquê patrão?

e a entender o motivo do

— Patrão

quando o meu avô se demorou nela e continuou a barraca a ordenar ao feitor

— Traz-me essas pranchas aí

e o feitor a juntá-las sob a zanga dos corvos que o vento expulsava
para o sítio onde estavam isto é um despenteio de arbustos, a mulher
sem blusa amarela nem brincos ciganos a recordar-se da mãe

— Desgraçada

e do pai debruçado para as chagas dos tornozelos que pioravam
sempre, sem conseguir andar

— O que se passa comigo?

passa-se que vai morrer senhor e juntar-se aos outros mortos
a cochicharem intrigas ou cuidando das hortazitas deles a encorajarem
os legumes com carícias de estímulo, gente que não conheço de cartola

e guarda-chuva ou com roupa como a gente porque faleceram há pouco a sacudirem folhas, passa-se que custa menos do que se julga, deixa-se de respirar e depois respira-se de maneira diferente sem que os outros nos espreitem com dó e aí está você a coxear no meio deles, de gola levantada a proteger-se das brisas deslocando uma após outra as pernas quase inúteis num vagar difícil

(desculpe perguntar mas como arranjou a sua doença pai?)

que mundo é este em que moramos diga-me, não compreendo as pessoas que esperam não sei quê de mim, não compreendo as vozes, olha a viúva do farmacêutico entre loiças pintadas e móveis com grinaldas de estanho, o meu avô para o feitor sem deixar de martelar

— Casaste com essa?

enquanto o feitor media a terra para os saquinhos de sementes e agora sei quem anda de noite de roda da casa procurando os intervalos das janelas para espiar a gente, não o mulo, não o cavalo, não as doninhas, um vestido amarelo com folhos e uns brincos de cigana

(– Desgraçada)

em busca de uma barraca que não existe há séculos, em que dormia com o feitor e o meu avô, a escutar o milho que ia crescendo em torno aproveitando os regueiros da chuva, de vez em quando o feitor ou o meu avô interrompiam o trabalho para a chamar à cabana e o que parecia à mulher era que um dos corvos, transviado do bando, lhe picava a medula dos ossos

— Não chores

a buscar a sua intimidade aos arrepelos enquanto a mãe de luto tentava desviá-la

— Eu sabia

e ela muda como o pai, de olhos abertos, a pensar numa flor quebrada e num chapéu a tremer, depois da morte do padre a igreja deserta coberta de trepadeiras e urzes e o Cristo terrível a debruçar-se da cruz vertendo sobre nós todos os pecados do mundo, o ajudante do feitor permaneceu que tempos com o meu irmão e comigo antes de desaparecer no poço dado que uma terceira cara menos precisa nos limos, as lousas impossíveis de decifrar na usura do mármore, sobra o trote do cavalo que mesmo de dia não conseguimos ver e o relógio caminhando parado a anunciar que o tempo coalhou, cinco horas eternas e o sol sem mudar de lugar, amanhã pego no braço do meu irmão e partimos destas sobras de casa porque há-de haver seja o que for para além do ribeiro e dos cactos, uma estrada, pessoas, nenhum mulo a mancar, na altura em que a mulher teve a filha o meu avô a apontar uns calhaus

— Mudem-se para o celeiro que não os quero aqui

e a mulher percebia-o cá fora antes do amanhecer a olhar os calhaus mesmo à chuva como se a odiasse a ela e ao feitor ou a odiar-se a si mesmo, uma ocasião deu pela mulher à entrada e escondeu-se na barraca mordendo a própria cara com muito mais dentes do que na realidade tinha seguindo a filha da mulher de longe numa espécie de raiva à medida que a herdade crescia, um ou dois camponeses trabalhavam o trigo e depois cachorros e galinhas e empregadas a quem o meu avô segurava o pulso obrigando-as a uma sebe de mato de onde saía com mais dentes, mais ódio, talvez

— Mãe

em vez de

— Chega cá

e nunca

— Mãe

é claro, a mãe com o padre na sacristia e o pai às voltas com a morte, não quero estas mulheres, quero-a a si senhora, nós três em casa e tudo em ordem de novo, não preciso que falem comigo, para quê falar comigo, preciso que estejam aqui e o comer na mesa, o pó limpo que já me basta o vento a crestar tudo em volta e meia dúzia de frangos que nem para almoçar dão, só cabeça e patas e entre a cabeça e as patas plumas arrepiadas de frio, figos que não amadurecem no bosque acolá, a minha mãe

(não digo

— Mãe

nunca disse

— Mãe)

a ir-se embora para não aquecer só água na panela vazia, um ou outro legume e um pinguito de azeite, só me faltava a criança do feitor ou de mim da qual não me ocuparei porque a detesto, não pensei que nascessem coisas vivas neste ermo tirando o trigo e o milho e eu a mandar na terra, eu

— Chega cá

e a ir-me embora mais amargo do que vim, a mulher a pensar se tivesse a blusa amarela vestia-a para ele embora ele não um homem, uma criança a lutar com o próprio terror consentindo que lhe levassem o pai e com a ida do pai o quarto impossível de habitar, se a mulher com ele nesse momento não a recusava, pedia

— Ajuda-me a esquecer

como se alguém nos ajudasse a esquecer, não ajudam, os meus netos que nem netos são, se o meu filho viesse com um sacho agradecia-lhe, eu com muitos mais dentes do que os dentes que tinha a lembrar-me dos vidros coloridos da sacristia e do Cristo que despenhava sobre a gente a agonia dos olhos, a mulher

— O que posso fazer?

e o meu avô parado sob os gritos dos corvos, não, sob os gritos dos milhafres que afugentaram os corvos, o feitor

— Patrão

a mostrar a colheita escorrendo bagos dos dedos e o que lhe importava o trigo, observava a vila à distância ou percorria no mulo os becos sem ninguém fingindo não sentir vozes nem observar feições na esperança que o tivessem esquecido, incluindo a mulher do feitor com a agulha de bordar nas costas e a filha por ali como um remorso vivo, apertou-lhe o pulso

— Chega cá

para sossegar o feitor, ordenou-lhe que desarrumasse o avental e mandou-a de volta à cozinha, intacta, a garantir dentro dele

— Não quero nada de ti

com ganas de explicar-lhe

– Não posso querer nada de ti

e em vez de falar obrigava-se a assistir às borboletas por um espaço de tábuas ele que não ligava às borboletas e começava a não ligar à herdade, a filha do feitor desiludida

– Não lhe sirvo?

e o meu avô com muito mais dentes que os dentes que tinha a chegar-se às tábuas, sempre de costas, sabendo o feitor satisfeito com o avental desarrumado, pronto a segui-lo verificando os parasitas do milho, acompanhavam-se em miúdos aos pássaros ou introduziam uma caninha nos sapos para os verem inchar, a mãe viúva do feitor na cama desde o ataque a bater a mão no joelho num som de tronco bichoso, ao virem para a herdade a mãe ficou a agitar malefícios que os acompanharam que tempos mesmo quando não podiam escutá-la, voltaram atrás para a calar com uma guita no pescoço e a mão uma última pancada mas vagarosa, doce, mais queda que pancada e a vereda de piteiras tranquila, evidentemente que se ouviu o campanário mas uma tampa de nuvens colocou-se-lhe em cima e afogou o dobre, antes do ataque a mão sem bater em nada, cosia num banquito a perguntar ao retrato do pai todo bem posto, de cigarrilha

– Achas que mereço isto?

e o pai a sorrir inalterável

– Não senhor não senhor

de modo que talvez não lhe fizesse mal uma guita igualmente porque o

– Não senhor não senhor

irritante, o feitor lembrava-o a dar razão ao mundo

– Completamente de acordo

fosse o que fosse que o mundo pensava, volta e meia notava que o feitor existia, procurava uma moeda no bolso com os aranhiços dos dedos, garantia

– Embora não a tenhas podes começar a gastá-la

seguro que a moeda, para além de real, inesgotável e logo a seguir

esquecia-se procurando com a língua e o indicador um molar avariado, assistia-se a manobras complicadas no interior da bochecha que
mudava de forma, ora redonda ora chupada, de indicador a calcular
abcessos

(nota: esqueci-me de falar da palmeira no caminho da serra, aponta a encarnado para a mencionares mais tarde)

— Há aqui qualquer coisa

mais indicadores a ampliarem a boca para um exame ao espelho
em que uma das sobrancelhas subia e a outra descia, o queixo descon-
juntava-se e de súbito tudo no sítio e o pai do feitor a conversar consigo mesmo

— Não gosto nada disto

a desembaciar o espelho para um último estudo, um pássaro cruzou com dificuldade o pessegueiro num ruído de penas molhadas quase embatendo no muro, a roupa do pai do feitor não catita, puída
à medida que ele se afundava na cama

— Pressinto a morte juro

a enfiar-se na boca outra vez, indicador, cotovelo, o homem inteiro e a promessa da moeda esfumou-se, pediu a opinião a um vizinho
que se sumiu por seu turno na boca concentrando-se antes de opinar
e ao concentrar-se o colarinho, que era magro, gordo, ele de duplos
queixos graves a medir o veredicto de forma a poupar sustos supér-
fluos

— É bem capaz de ser a morte sei lá

porque a maligna tem truques, faz-se sonsa e não é, uma borbu-
lha, um inchaço e na semana seguinte a gente à morte de facto, ao
consertar o telhado uma viga desprendeu-se do apoio, caiu-lhe em
cima e a cara do pai do feitor toda à esquerda de vez de modo que lhe
calçaram as polainas que guardava num cartucho na esperança de o
receberem com mais respeito entre os defuntos

— Traz polainas aquele

o pai do feitor para um círculo de finados designando o molar

— Há algum médico por aí que me aconselhe?

e o círculo de finados a discutir o dente, o pássaro cruzou o telhado em sentido contrário sem descobrir um relevo onde aquietar-se
a tremer, o que aconteceu ao meu pai e como e quando, terá sido
a minha mãe ou o ajudante do feitor, o que lhe dói por dentro, porquê tanta desolação nesta casa onde as pessoas não se olham, não se
juntam, não falam, imensos coelhos nus e imensos alguidares de pêlos,
baús de que o perfume se evaporou, só a bomba da água a acordar-me
e o meu irmão no poço a perguntar ao lodo quem era, o que se via
logo na urna do pai do feitor eram as polainas brancas, um dos milhafres pegou-se à barriga de um cabrito, um segundo ao cachaço, o meu
avô trouxe a caçadeira e os bichos caíram de asas desdobradas a ensan-
guentarem o pátio, o meu pai assistia do cavalo que ladeava com os
tiros enquanto o cabrito ia ajoelhando e o meu avô a correr para a base
dos penhascos pegando-lhe ao colo a enfiar-lhe na alma a sua própria
vida, atirou-o ao chão ao dar conta que a gente o observava e perguntou ao feitor

— Achas que dá para cozinhar isto?

e deu para cozinhar só que o meu avô não apareceu à mesa, obser-
vou a terrina da porta

— Não tenho tempo de comer

um dos milhafres mortos apanhou-o a cachorra e levou-o consigo
a escapar da matilha, o meu avô a tapar as manchas do cabrito esfregando as solas no chão, disparou tiros inúteis a pássaros demasiado
longe pendurados do nada por um fio de nada e as molduras abana-
vam nos pregos, o cabrito a saber a leite de recente que era, dê-lhe
mais vida avô para que se torne grande e saiba a carne a sério, o meu
avô

— Idiotas

a acabar de esfregar as solas, a ir-se embora com o feitor e o meu
pai nas escadas para o andar de cima contentando-se com o perfume
dos baús e os passos descalços, basta-me a certeza que estás aí e não te
foste embora, que regressas do celeiro dando por falta do brinco e dos
ganchos sem te importares comigo dado que não te importavas comigo ou escondias de mim

– Deixa-me

porque eu uma criatura sem importância que afugentavas com o simples som da voz, basta-me saber que ficas e um dia destes talvez atentes na minha pessoa à tua espera sem necessidade de falar porque não necessito de falar, apenas tremer de esperança e tu

– Anda comigo

na voz do princípio de nos conhecermos quando tu uma empregada da cozinha e eu a seguir-te pasmado, a maneira de andar, a nuca quando puxavas o cabelo para o alto derivado ao calor do fogão e as tuas colegas

– Olha o idiota acolá

visto que não era somente o meu pai que me desprezava, eram os camponeses, o maquinista do tractor, vocês todos, penso que os meus filhos também e eu a fugir no cavalo com vontade de levar-te para onde ninguém nos conhecesse e pudéssemos, por assim dizer, estar em paz

(não me atrevo a sugerir que felizes)

basta-me saber-te nesta casa para que eu tranquilo, aguardando que me chames e certo que chamarás nem que seja por pena, eu junto dos baús

– Estou aqui

sem coragem de tocar-te e desejando tocar-te, esquecido da Maria Adelaide, do ajudante do feitor, do meu pai

– Porque não me deram outro filho?

pronto a um risinho pateta à medida que chove lá fora e eu que não gosto de chuva

– Tão bom que chova lá fora

as árvores tristes e não faz mal garanto-te visto que nada me pode magoar, a serra cresce até nos cobrir por inteiro e o meu pai à mesa sem reparar nos baús nem atentar na filha do feitor

– Patrão

limpando o que estava limpo para se demorar onde ele estava, o prato do meu pai com mais batatas, as camisas mais engomadas que as nossas, a água do banho mais quente, os vapores da lagoa chegavam com a tarde misturados no frenesim das rãs

(seriam rãs?)

e alteravam-me a direcção dos sonhos através do movimento da água

(rãs ou outros bichos quaisquer não sei quais)

sentia o meu irmão a espiar o silêncio no interior do qual tanto ruído meu Deus, nunca disse o meu nome e nunca chamou por mim consoante nunca disse nenhum nome nem chamei por ninguém

(haverá rãs do tamanho de vacas?)

ao passar na cozinha o meu avô mandou quebrar a terrina do cabrito no pretexto que não gostava dos desenhos da loiça, o meu pai nem dava pela filha do feitor, se acontecia esbarrar nela

– Perdão

e continuava a andar, as empregadas da cozinha

– Queres ser patroa da gente?

e ela não queria ser patroa de ninguém, queria o meu pai no celeiro consigo e o avental amarrotado, que lhe pegassem pela nuca como a um bicho e a deixassem na palha a acabar de falecer enquanto o sangue parava

(não do tamanho de vacas, não me parece que haja rãs do tamanho de vacas, sempre miúdas, magrinhas)

e nenhum filho nela

– Não presto

o meu irmão e eu saímos amanhã, uma vereda que talvez cruze a fronteira não sei, sei da herdade e da vila e dos desníveis da serra em que por vezes luzes e cabanas de pastores, depois do jantar o meu avô demorava-se no alpendre a lembrar-se dos pais e dos objectos da casa, o elefante em cima da camilha com a tromba colada e uma das patas no ar, metia-lhe a mão por baixo e ninguém a pisava, se a pata desse a impressão de ir esmagá-la tirava-a logo, o meu avô a sorrir e a esconder o sorriso

– O que terá acontecido ao elefante?

que um vizinho levou e ele a calcular que vizinho, de qualquer maneira todos defuntos já, se espreitasse os postigos pode ser que o achasse, o elefante no qual pessoa alguma reparava e no entanto era o centro do universo tal como a tangerineira com parasitas nas frinchas o centro do jardim amparando-se cada vez mais ao telhado até quebrar o rebordo inclinando-o para o chão num tempo em que a mãe ainda presente e a irmã ainda viva, davam-lhe chás e rezas, frangos desfeitos no caldo e ao recordar-se do pai dobrado para a cama todo incompreensão e pavor o meu avô despediu a cachorra com um pontapé

– Deixa-me

a fim de medir desilusões dentro de si observando a cachorra com asco

– Porque não fizeste nada pela minha irmã?

um animal que nascera havia pouco e contudo culpado, o meu pai para a minha mãe

– Posso deitar-me ao pé de ti?

mesmo sem ganchos nem brincos, com um botão arrancado e caroços de palha, o ajudante do feitor no pátio a aguçar uma caninha a fitar-nos de viés ou a sacudir-nos com a manga se o estorvávamos

– Meninos

e as feições dele a alterarem-se, sobretudo comigo, deduzindo parecenças

(hei-de esmiuçá-las no poço)

o pai do meu avô cortou a tangerineira para impedir o telhado de tombar no quintal, depois da irmã falecer tudo idêntico em casa excepto uma cama vazia, passados um mês ou dois frangos outra vez desses pequenos, baratos, desprovidos de crista, o meu avô a culpar-
-nos

– Deixem-me

a irmã na parede a pasmar para a gente, se tivesse coragem perguntava-lhe

– Reconhece-a?

para o ouvir gritar

— Deixa-me

o meu pai na beirinha do colchão e o ajudante do feitor sem descanso confundido com o depósito da água, a segadora, o celeiro, nunca dei pelo meu avô no cemitério de visita à irmã, chamava o feitor, montava o mulo, partia, percebiam-se a meio da noite os seus passos no escritório, na sala, no quarto onde as empregadas dormiam sem escolher nenhuma, a filha do feitor erguia-se no cotovelo e tornava a deitar-se, quem anda de mistura com o vento à roda da casa e eu para o meu irmão

— Não ouves?

um defunto sem encontrar a travessa onde mora ou o meu pai lá em cima não respirando sequer, alguém que não sei quem é e me chama

— Tu

torna a chamar-me

— Tu

e eu com medo, sinto o meu pai a descer as escadas porque cessei de ser, não existo, existe o meu irmão quase a dizer o meu nome, a dizer o meu nome

— Tu

não me irei embora amanhã, são eles que me levam, homens que não sei de onde vieram mostrando-me ao meu pai

— É este?

e o meu pai ou o meu avô ou o ajudante do feitor

— É este

as rãs do pântano inquietam-se de tal forma que não oiço as pessoas, oiço os bichos que me ensurdecem e impedem de morrer, alguém que não distingo com dó de mim

— Não é necessário amarrá-lo

a minha mãe a tentar um sorriso e os olhos a descerem a cara, cada lágrima um olho que lhe desce as bochechas

(porquê lágrimas?)

as empregadas da cozinha

– Coitado

e qual a razão de

– Coitado

se eu não doente, interessei-me pela minha mãe

– Onde arranjou tantos olhos?

não se aflija comigo senhora, basta-me a certeza que não se foi embora e um dia talvez dê por mim à sua espera sem falar com você dado que não preciso falar, chega o perfume das arcas e sabê-la nesta casa para que eu à espera que me ligue um dia, seguro que me ligará nem que seja por piedade

– Aqui estou

enquanto chove lá fora, eu que não gosto de chuva

– Tão bom que chova lá fora

e não tem importância visto que não conseguem fazer-me mal

(o meu irmão para os homens

– Estão à espera de quê?)

à medida que o ajudante do feitor se afasta e a serra nos esconde por inteiro, o meu avô para o meu pai

– Foi menos difícil que eu pensava

a casa enorme senhores, como é grande esta casa, o meu irmão

– Não te aflijas que um dia destes temos-te aqui de novo

e as gotas da chuva a brilharem no trigo, no meu pai, no ajudante do feitor, eu para a minha mãe

– Não se vai embora pois não?

e graças a Deus ninguém se foi embora, ficam à espera que eu volte, o poço lá para trás, o celeiro, o pomar, os homens comigo no automóvel à procura da fronteira que não sei onde fica, lembro-me do meu irmão para o meu pai

– Não podia estar connosco mais tempo

de uma cria de cabrito a escorregar de um penhasco e a minha mãe a balir, a aproximar-se de mim distanciando-se e eu a perdê-la de vez, de uma agulha a procurar-me um intervalo entre costelas ou seja um dos homens com uma seringa a prender-me o braço

– Um momento

ou seja a minha avó a pegar em mim como se fosse um coelho e não dei pela pancada na nuca nem pelo alguidar aos seus pés, dei pela palma que me afagava o lombo avaliando-me a carne, interessei-me

– Não ando magro senhora?

e a minha avó sem responder a pegar-me nas orelhas, a erguer-me no ar e quando o meu avô

– Depressa

a abrir-me de um golpe desde o pescoço à barriga.

II

1

Visitam-me um domingo por mês no que terá sido um jardim com uma fonte de pedra sem água, grades em torno a fingir que não grades, a seguir às grades um muro

(para quê?)

a janela do quarto onde durmo grades igualmente e aí estão o meu pai, a minha mãe com os ganchos todos e os brincos direitos, o meu irmão, o meu avô, ficam comigo falando disto e daquilo uma hora ou duas

(depois explico melhor)

e vão-se embora calculo que pelo mesmo caminho ao longo do qual os homens me trouxeram, iguais aos que servem o jantar no refeitório puxando os pratos de um carrinho de alumínio torcido dos anos, uma estrada que não passa pela lagoa nem pela fronteira, perguntei-lhes

— Acreditam que há rãs maiores que nós?

e eles calados, quer dizer um dos homens deu-me uma palmada no ombro

— Não te preocupes com as rãs

e no entanto ia jurar que lhes distinguia o som, a estrada transformou-se em ruas, prédios e pessoas que não estão nos retratos, parentes de outros, não meus embora me parecesse que por vezes um cavalo a galope em que a minha família não reparava, conversando a meu respeito de mão diante da boca julgando que eu não via, a minha mãe mais pálpebras que olhos a verificar-me o pescoço como a minha avó os coelhos

– Emagreceste

trazendo-me geleias de tampa coberta por um paninho aos quadrados atado com um cordel, o meu pai a acender o charuto ao meu avô, de mão em concha apesar da falta de vento, o isqueiro tardava em funcionar até que o meu avô se impacientava

– Dá cá isso

e logo à segunda uma chamazinha amarela seguida de uma fumarada azul e o cheiro do escritório da herdade outra vez, lá estavam a secretária, os papéis, uma rosca de ferro a segurar facturas, o meu avô devolvia o isqueiro ao meu pai, o meu pai tentava repetir o milagre falhando sempre e sepultava-o de castigo no mais fundo da algibeira onde uma agitação de chaves e trocos ou só chaves ou só trocos não sei, o meu irmão a observar o jardim procurando girar a torneira empenada da fonte e a desistir da torneira para cirandar ao acaso

(o que fez ele na vida senão cirandar ao acaso?)

para além dos canteiros desfeitos gatos empoleirados na lata de sobejos da cozinha e um ou outro olmo de que principiavam a morrer as folhas que todos os anos vi nascer na herdade, o meu avô extraiu-se das brumas do charuto para me apertar nos dedos um pacote de chá com um lacinho

– A tua avó manda isto

e imaginei a minha avó a compor o chá sobre a manta dos joelhos, enganando-se e recomeçando numa tenacidade lenta a perguntar ao meu avô rodando o embrulho para a direita e para a esquerda

– Ficou bonito assim?

com um anelzinho para enfiar no mínimo

– Não o amarrotes

ela que apesar de velha e necessitada de mudar de lentes conforme necessitava de mudar quase tudo, o coração, o pâncreas, a memória, exigia que a penteassem todos os dias e a perfumassem com um frasco munido de uma espécie de pêra que impregnava o quarto de um relento da idade dos móveis ou seja um bocadinho de óleo de cedro e um bocadinho de bafio, o armário e a cómoda vindos de idades que as fotografias conheciam e eu não, o espelho que só servia de espelho fora das nódoas amarelas do vidro tornando o mundo uma espécie de enigma a que faltavam bocados tal como à minha avó faltavam dúzias de episódios, enrugava-se à procura

— Será o baile da quermesse?

e como não era o baile da quermesse

— Não me lembro

de queixo a adormecer no peito, quando morrer não morre quase nada com ela dado que faleceu aos poucos até restarem lembrançazinhas difusas, instantes da primeira comunhão

(— Não trincar a hóstia nem a dobrar no céu da boca para não magoar o Jesus)

uma música de coreto não se recordava em que altura nem onde, recordava-se da luva esquerda defeituosa no anelar e a minha avó com a certeza de que o povo inteiro notava, dobrava o anelar, escondia-o e as senhoras de idade nas cadeiras encostadas aos buxos debruçando-se umas para as outras escandalizadas

— Que feio

o médico de quando teve anginas a examinar-lhe a boca com uma colher

— Não me empurres catraia

a garganta quase a espremer-se de vómitos e o médico demasiado perto, via-se-lhe a barba mal feita e um dente estragado, castanho, a ordenar

— Faz ah

a minha avó a lutar com a colher que bem a vi nas partes não amarelas do espelho, não compreendo bem se uma miúda de camisola de algodão ou uma rapariga de vestido comprido com a luva estragada no anelar, um domingo trouxeram-na a visitar-me e ficou no táxi embrulhada na manta, muito mais pequena que na poltrona de casa, a espreitar os canteiros e a fonte e a tratar-me por Jaime eu que não me chamo Jaime, o meu pai inquieto

— Não quero a janela aberta muito tempo se não a tua avó constipa-se

e lá ficou diminuindo no assento a fazer

— Ah

para o médico armado de uma zaragatoa terrível, quem disse que não havia rãs do tamanho da gente que bem as oiço ao compasso da lagoa e dentro de mim a luz da manhã na herdade a alegrar a cozinha, o que os cobres brilhavam santo Deus não mencionando os azulejos, as loiças e coisas em que não tinha reparado

(uns chinelos junto à tulha)

a existirem de repente, mesmo de janela do táxi subida a minha avó

— Jaime

o meu avô a intrigar-se

— Jaime?

e as rãs, ainda que não acreditem em mim e não acreditam em mim, sem descanso, se uma delas viesse aqui dava um saltinho e devorava-nos, talvez sobrasse o meu irmão às voltas com a torneira sem dar fé que o relevo da gente na traqueia do bicho, a minha mãe a sossegar o meu avô

(há alturas em que gostaria de estar em casa de novo e não só pelo brilho dos cobres, não vou contar porquê, eu cá me entendo, pode parecer esquisito porém até das doninhas sinto a falta, as pedras que lhes joguei sem acertar em nenhuma)

— Deu-lhe para ali com a xéxézisse não ligue

que repetia

— Jaime

desconfiado, sem ligar ao charuto, aposto que logo à noite vai remexer as gavetas em busca de prendinhas, flores secas, búzios, indícios que o fizessem despenhar-se no sofá, de mão no peito, a implorar por gestos um cálice de vinho, o meu avô a baixar a janela do táxi indiferente à minha mãe

(já que falamos de táxis o ajudante do feitor fez-me um carro de pau, não, dois, e eu estendido no tapete a estragar o soalho com eles)

– Qual Jaime?

teve um primeiro mulo que faleceu na altura em que comecei a andar e foram obrigados a dobrar-lhe as patas com um martelo para sepultá-lo sem que nada ficasse de fora a chamar a atenção dos texugos e a avivar a saudade, não me esquecem os olhos do bicho abertos, não me esquecem as moscas, a minha avó surpreendida consigo mesma

– Jaime?

consoante não me esquece o barulho da terra na barriga inchada e o meu avô vibrando a cada golpe da pá, no verão, quando a coluna não o incomodava, passeava nele pela herdade e depois, já se sabe, uma vértebra fora do sítio, estendíamo-lo na cama com uma almofada nas costas desconsolando-se com o jornal, o meu pai censurava-o

– Acha que ainda tem ossos para correrias senhor?

o meu irmão conseguiu desempenar a torneira e nem um pingo para amostra que este é um lugar sem vida onde se respira mal por causa dos limos da lagoa ignoro se a norte se a sul

(inclusive em momentos de descrença, felizmente raros, quase admito que lagoa nenhuma)

a maçarem-me com fungadelas turvas, a minha avó de luva defeituosa no anelar

– Jaime?

a estudar o meu avô pasmada, devem ter-se conhecido em dias melhores, sem manta nos joelhos e vértebras firmes no sítio, o meu pai subiu a janela do táxi

(três tucanos, por uma unha negra não mencionava os tucanos a ladrarem muito alto, a minha mãe sem acreditar em mim, de mão em pala na testa

– Que disparate tucanos)

e a minha avó a dançaricar lá dentro

– Quer matá-la você?

com o seu Jaime numa zona do entendimento a que ninguém tinha acesso sob camadas e camadas de nomes mais recentes perdidos também, se a chamasse

– Avó

uma peça qualquer, secundária, principiava a moer-lhe os interiores que se notava pelos movimentos da boca, isto é a minha avó a procurar escapar-se da colher do médico pedindo auxílio à indiferença das coisas, tão egoístas os objectos, cientes que acabarão, sem ninguém que por seu turno os ajude, a esfarelarem-se sozinhos

(será isso a que se chama morte?)

no sótão e uma camioneta transportará um dia desconheço para onde com um par de maçanetas ainda capazes de abrir

– Ainda somos capazes de abrir

e uma vez abertas mostrando caruncho e garrafões sujos de modo que seguras do seu futuro que obrigação têm as coisas

(caixas de chapéus, potes de caramelos, bibelots a não se darem por achados a fim de durarem mais)

de estenderem uma mãozinha enquanto a mãe da minha avó lhe segurava a cabeça

– Está quase

apertando a nuca contra a barriga dela e estava quase o tanas, nem começara, o meu pai observando pela janela do táxi a confirmar que respirava e de facto o colar subia e descia em pressas sem ritmo, o meu avô olhava-a como ao mulo se julgava que o não víamos e poisava-lhe o braço no ombro, o meu pai não se chegava à minha mãe, ficava a escutar os ruídos da casa ou seja o silêncio onde os ruídos se escondem, os cachorros buscavam no pátio, num movimento descendente de parafuso, a atitude de dormir, os homens do automóvel preveniram a minha família que a visita acabou e de imediato as rãs de volta latindo ou então os afogados da lagoa ou então o medo de perder os meus

pais, a lembrança dos bichos a arrendarem a madeira tão viva em mim
e que me aflige deixar, a minha família de regresso à herdade com
o meu pai a ajudar a minha avó a endireitar-se no assento do táxi

(quem terá pago o táxi?)

– Qual herdade?

e eu um coelho a quem a pancada na nuca impedia de agitar-se,
tenho a certeza de que uma chávena a estremecer num pires, baús no
andar de cima em que dobravam roupa, o meu avô a cruzar-se comigo

– Idiota

a minha mãe a subir as escadas sem os ganchos do cabelo e um
brinco a faltar-lhe e por conseguinte tudo em ordem, a vida exactamente como era e que o

– Qual herdade?

abalara, não tentem confundir-me, não conseguem, tenho a casa,
os retratos, as empregadas da cozinha, o que fui juntando ao longo dos
anos como o feitor e a filha do feitor guardados no meu quarto onde
não podem roubar-mos e o vento amigos, sobretudo o vento a ator-
mentar-me e calculo o que atormentaria os soldados da França e as
suas cruzes tombadas, proíbo-os de me tirarem o que me pertence,
o que fabriquei palmo a palmo para me defender de vocês, esta extensão de milho, esta cevada, estas cabras, o que poderia dizer-vos acerca
do vento que dobrava o celeiro e o depósito da água e baralhava as
árvores

– Qual herdade?

uma pergunta tão injusta a mim que a construí sozinho às escondidas de todos quando tinha a certeza que dormiam e se calhar acor-
dados a espiarem-me, um trabalhão com a serra, a lagoa, o pomar,
galinhas feitas a lápis uma a uma, cada pena, cada bico, cada cor eu
que apenas concebia o cinzento e o branco e as inventei a custo, as
enxotei para a capoeira batendo as palmas e prendi o ganchinho da
cancela no prego, por que razão querem ficar com o que tenho
e pretendem que eu sem nada como vocês sem nada neste andar para
uma rua de amoreiras desmaiadas com um café de um lado e um

talho do outro, vocês que não sabem dos postigos da vila e do restolhar do trigo

(saberei alguma coisa do restolhar do trigo?)

a minha mãe para o meu pai

— Ainda te dói?

porque a vesícula dele, ia à consulta, vinha da consulta, não
melhorava nunca de mão desconfiada debaixo das costelas

— Quem me garante que isto não é um cancro?

e uma espécie de pavor nos olhos, descanse que o ponho junto dos
soldados da França onde o que sobra das pessoas se transforma num
instante em erva e a erva a falar de noite de maneira que se quiser falo
consigo, escuto-o mas um nó de silêncio entre nós, o meu irmão a
escrever esta história e o meu avô a contar o dinheiro da reforma,
a guardá-lo no envelope e a puxá-lo do envelope para o contar outra
vez comparando-o com o impresso e mesmo que estivesse certo

— Gatunos

chegar-me à minha avó, suspirar-lhe ao ouvido

— Jaime

e assistir à sua agitação e aos destemperos da manta, o que eu seria
capaz de dizer sobre o vento, explique-lhes quem era o Jaime avó, não
se faça de lucas, os bilhetes postais no fundo falso da escrivaninha,
o cartão escrito à pressa vou casar-me desculpa, o meu avô a entregar
o envelope ao meu pai que aceitava um copo de água e um comprimi-
do entre o polegar e o indicador e ficava a estudá-lo sem esperança

— Que miséria

não, o meu pai a soltar o cavalo da argola, a sumir-se a galope e o
meu irmão continuando a escrever, uma tarde perguntei-lhe

— És tu quem escreve isto não és?

e a caneta parada a fitar-me, o meu próprio irmão que debrucei
por caridade no poço a fim de que conhecesse quem era e nada nos
limos já que não existes na herdade entendes, existes na mesa da sala
de jantar

(sala de jantar que pretensão)

a emendar páginas inteiras, a desesperar-se com o livro

– O que significa isto?

e não significa seja o que for, falecemos há que tempos mesmo que pareçamos vivos e se parecemos vivos é porque faço convosco o que fiz às galinhas, uns pinguinhos de azul, uns pinguinhos de verde, o esforço a que isto obriga e a paga que recebo é um domingo por mês, conversas que pensam que não oiço e faço de conta não ouvir

– Estará melhor o pobre?

que ausência à minha volta e que fragmentos de vozes são estes de que não compreendo o sentido, se me abraçassem recusava indignado e no entanto abracem-me, há alturas, não quero exagerar e no entanto há alturas em que, não interessa, adiante, o meu avô

– Que miséria

a lembrar-se do envelope da reforma e no fundo falso da escrivaninha vou casar-me desculpa para uma senhora de manta nos joelhos que não se recordava do casamento nem de bilhete postal algum, quando muito um sujeito cujas feições perdera, numa escada quase sem luz, sorrindo-lhe, a porta da rua a bater e ela a dissolver-se na parede, costas, braços, mãos, até restar a boca que a parede dissolveu igualmente e o meu avô, também sem cara, de bata, respeitoso

– Mademoiselle

a mostrar caixas de botões do outro lado do balcão, ao menos comigo era rico e mandava na herdade, se agora chegar à janela não vejo a minha mãe a entrar no celeiro, vejo prédios e ruas e pessoas mas imprecisos, mudos, nem um milhafre no céu, uns pardais e aposto que o ajudante do feitor a aguçar a cana à nossa espera e a sombra da vila a crescer com a tarde, não há escrivaninhas na sala da minha avó, há a cadeira, a camilha e a chávena de chá no pires, nem um traço de Jaime, é claro, o meu avô, já o disse, conheceu-a a matar coelhos nas traseiras junto a uns pés de legumes e a casa da herdade enorme de novo, o centeio crescido, o tractor que funcionava e se o meu irmão escrever a verdade hão-de ler tudo isto, não exa, não exagero, é assim, a filha do feitor, por exemplo, que me agarrou no pulso

– Chega cá

como se ela o meu avô ou o meu pai e no celeiro a lâmpada junto ao tecto naquelas traves em que a falta de telhas se remenda com pedaços de cartão, abaixo da lâmpada sacos e palha, a carroça a que faltava um varal, não sei porquê um manequim de alfaiate que era um tronco de mulher sem cabeça nem braços nem pernas, espetado num cilindro de madeira que perdera o verniz e eu a escutar as árvores e o passo do mulo em que o meu avô dirigia as colheitas ou emendava os regueiros da chuva, a sensação que o mulo se detinha a observar-me e o meu avô e o feitor com ele, uma rola desapareceu a grasnar e portanto talvez não uma rola, outro pássaro visto que não faltam pássaros aqui, mencionei os tucanos e os milhafres e podia continuar a lista com tordos, gralhas, corvos, cheguei a ter um corvo a quem cortei as asas passeando-se no chão da cozinha a morder as empregadas numa raiva tenaz, acabei por o soltar no alpendre ou alguém que não eu

(não fui eu)

soltou-o no alpendre e um dos cachorros veio de manso e levou-o a torcer-se primeiro e inerte depois, exactamente o que me acontecerá uma destas manhãs quando o mundo à minha volta ainda não nítido, turvo, se cansar de mim, quantas vezes acordei a essas horas a pensar

– Quem sou eu?

e em lugar de resposta a lividez do silêncio e um esboço de móveis de que não reconheço a forma ou o cheiro, a certeza que só parte do corpo me pertence, uma fracção da cara, uma fracção de gestos parecidos com a desordem do corvo que o cachorro arrastava, vi-lhe o bico um momento no que supunha um grito e não grito, um arrulho que se calou e deixarei de ver o bico logo que os homens do automóvel vieram buscar-me para uma dessas injecções com que nos desembaraçam da vida e sobrar de mim, como ao corvo, uma garra mas pendente, oblíqua, na tentativa inútil de respirar ainda, o celeiro com a lâmpada junto ao tecto, a tal rola perdida e abaixo da rola a filha do feitor e eu, tão órfãos, o mulo quase cego a juntar-se-nos em passitos indecisos, o meu avô

– Qualquer dia pego na caçadeira e acabo com ele

comigo a imaginar um tiro e o mulo a vacilar de pé ou a ajoelhar sem pressa quase grato acho eu, quase em paz, de crina depenada e as ancas agudas, até no pescoço se distinguiam as vértebras como as minhas durante a injecção, de joelhos também a fitar-vos, a herdade a evaporar-se em torno e se calhar eu

– Jaime

pensando no bilhete postal da escrivaninha, vou casar-me desculpa, na ideia que o mandaram não à minha avó, a mim, eu um coelho despido que nenhuma palma afaga, a minha cabeça minúscula, o meu peito parado, um dos homens do automóvel

– Morreu

e afianço que não morri, oiço-os num ponto que não sei onde fica, ora distante ora próximo, ora dentro de mim e depois dentro de mim muito tempo a mirrar enquanto o dia devolve o corpo que me falta tirando-mo de seguida e o vento

(o vento!)

a atirar-me contra os postigos da vila até me crucificar num degrau, a minha mãe

– Coitado

não, a minha mãe calada, quando a porta da rua se fechou nem a boca da minha avó sobrava na parede consoante nem a minha boca sobrará na herdade, o mulo de joelhos a tombar por fim, quer dizer não propriamente a tombar, quase a tombar por fim, a mandíbula presa por um tendãozito que cede, um dos homens do automóvel a apontar-me o queixo

– Nem a mandíbula aguenta

e ao contrário do que eu pensava não o dia em torno, lembro-me de uma fonte, um canteiro, a porta por onde o Jaime saiu a bater e sapatos que desciam a rua, no celeiro nem um pássaro agora, eu e o meu irmão a escrever isto sem que consiga detê-lo, a filha do feitor

– Espere

a colar-me restos de palha na camisa, nas calças e a desarrumar-me o cabelo

– Pode ir-se embora menino

enquanto a rola de novo e desta feita uma rola autêntica, com cauda e gemidos de sapato molhado, não terna como as rolas de loiça, assustada e violenta, enganando-se no pombal que o meu avô não destruíra ainda, uma espécie de coreto ou pagode chinês com enfeites metálicos, a chocar nos enfeites procurando fugir e o sapato molhado que multiplica protestos, animais miúdos a ferverem nos sacos, cheios de antenas e patas, nodoazitas de sol iam e vinham lá em cima ou ameaçavam cair sobre nós, uma coluna de formigas empurrava grãos de trigo na direcção de um orifício minúsculo e o sorriso do Jaime a aumentar nas escadas, o mulo deitado diminuía e aumentava a barriga e o resto dele quieto, o meu avô para o feitor

– Dispara-lhe na cabeça

e o feitor, sem aceitar a caçadeira, a olhar o mulo, a olhar-me, a filha de cara no interior das mãos movendo os ombros para cima e para baixo e não somente os ombros, a cintura, as costas, eu a pensar

– O que faço agora?

à medida que ela de lenço contra o nariz para afogar os soluços

– Não sou menos que as outras pois não?

parecia-me que o cavalo de volta pelo tilintar dos estribos e um tiro finalmente, ignoro se o meu avô ou o feitor e o peito do Jaime, o peito do mulo parado de vez, a filha do feitor

– Não leve a mal querer ficar sozinha menino

o vento às carreiras no fim da latada

(o resto da herdade tranquila)

e as empregadas da cozinha surpreendidas comigo a sacudir-me da palha, quantas ocasiões me perguntei a que cheirava o vento, em certos momentos cheirava a pomar, noutros ao perfume das arcas do sótão, noutras ao meu corpo que se crucificava na cerca

(foi o meu irmão que escreveu estas páginas muito mais devagar do que se passou de facto, não fui eu quem o disse)

a filha do feitor que eu seria capaz de, não, não seria capaz de, nem sonhar, que me dava uma espécie de pena, expressão errada mano, uma indiferença indulgente, também não, um sentimento em relação a ela que não consigo exprimir, aqueles olhos na agonia, aquelas pantufas de homem, o corpo desajeitado perto da lenha do fogão, separada das outras empregadas a quem nunca vi o feitor agarrar-lhes no pulso

— Chega cá

passava sem se deter no tanque ou na capoeira ou no estendal com qualquer coisa num dos calcanhares que tremia antes de assentar no chão, parecido com o mulo, orientando-se pelo cheiro como os restantes bichos a palpar o silêncio com as narinas, de madrugada dava por ele às voltas no terreiro apoiando-se no depósito da água se calhar na esperança que a mulher voltasse porque existem defuntos que regressam, a filha vinha chamá-lo e ele a princípio alegre e desiludido depois

— Não eras tu quem eu queria

foi a minha avó que me ensinou o fundo falso da escrivaninha, disse

— Carrega no botão de madrepérola quebrado

e surgia uma gaveta por baixo da última gaveta, depositei-lhe os bilhetes postais na manta enquanto ela num fio

— Não digas aos outros é um segredo nosso

não a observá-los, afagando-os apenas, passando a palma devagar como fazia aos coelhos, a mandar-me guardá-los e ao guardá-los uma porta a bater mostrando e ocultando um sorriso e a minha avó a sorrir ao sorriso, quer dizer não ao homem, à lembrança do homem e a episódios que eu não supunha quais fossem, o meu pai a descer do quarto dos baús que bem o sentia à minha esquerda, perto do louceiro que no outono não cessa de mover-se possuído pelas dores do caruncho, pasma-se diante de tanto frenesim enquanto os copos e os ferrolhos chocalham, a casa da herdade uma vida que nem ao meu avô obedece ele a quem tudo obedece, fotografias, paredes, soalho, as empregadas da cozinha alarmadas

— Que tem a casa hoje?

a minha família passou o portão e um dos homens que me trouxe a mangar comigo

– Lá vão eles para a herdade .

onde a casa viva sem a minha presença, os milhafres, as cabras e os parentes dos retratos à minha procura nos becos

– Que é dele?

o meu irmão a escrever becos e o meu avô a contar e a tornar a contar o dinheiro da reforma demorando-se numa nota julgando que uma segunda se colou à primeira, tentando separá-las com a unha e afinal uma nota apenas

– Gatunos

entregando-as à minha mãe que as escondia num saco dentro da caixa do pão para as despesas do mês

(não compreendo o motivo da casa a mover-se, o que se passa com ela, que pensamentos, que ideias, o que haverá no cimento que não desiste de sofrer e por que razão o carácter das coisas mudará tantas vezes, enchem-se de asperezas, perseguem-nos, aleijam-nos e noutras alturas arredam-se para consentir que passemos, tenho a certeza que se quisessem nos esma)

juntamente com o ordenado do meu pai

(gavam entre duas mesas, duas cantoneiras, duas arcas de cânfora, vontade de prevenir a minha mãe por causa dos baús

– Tenha cuidado se)

e as moedas que o meu irmão de vez em quando lhe entregava por favor numa careta maçada

(nhora

ela, para quem os objectos não possuíam malícia, a dobrar a roupa numa leviandade insensata, acreditava na serenidade das nuvens e na inocência do pomar sem dar fé da crueldade das árvores que sufocam os pássaros ou os entregam às co)

a olhar-me de banda

– Não faz nada este

(rujas, aos te)

e para além dos ordenados as facturas por pagar aumen

(xugos ou à cachorra do meu avô que se despedia da reforma

— Olhem-me esta miséria

adormecendo na cadeira de palhinha que tomava cada vez mais a forma do seu corpo, curioso como as cadeiras acabam por aceitar--nos sem protestos, envelhecendo connosco)

tando, volta e meia o meu pai tirava do gancho o quadro do naufrágio que representava um navio à vela a desfazer-se nas rochas e marinheiros de camisola de listras gesticulando de horror e sem o quadro os defeitos da caliça enormes, pelo andar da carruagem um dia destes o andar tomba-nos em cima, trazia umas notas não sei donde e acrescentava-as ao saco dentro da caixa do pão, semanas depois regressava com o quadro embrulhado em papel pardo, metia-o no gancho e quase defeito nenhum, o apartamento nosso que alívio

(um dos marinheiros de barba e uma mulher com uma criança ao colo erguendo uma das mãos ao céu onde flutuavam pedaços de amurada e restos de vela, herdaram-no de uma pri)

só um pingo castanho de ferrugem, vindo de um sítio misterioso no tecto a despenhar-se na toalha, colocávamos uma caneca na vertical do pingo e a ferrugem lá dentro, a intervalos certos, salpicando os pratos

(ma que me pegava no nariz num tom de censura a respirar-me em cima não propriamente ar, papéis velhos

— Este aqui não se parece com nenhum de vocês

e os papéis ofendidos, durante anos a minha mãe contou herdar--lhe o serviço de casquinha ou a sevilhana do tremó mas só o quadro é que veio a descascar-se de tinta, ondas enormes, negras, espuma negra, gritos, a impressão que o marinheiro de barba nos pedia ajuda quando nos calávamos e a criança soluçava em voz alta, um cheiro de oceano que podia vir de um vizinho e não vinha, era nosso

— Este aqui não se parece com ninguém

e embora não me parecesse com ninguém eu vosso igualmente, pertencia àquele reboco e àquelas janelas que não vedavam e era a olhar para mim que as pessoas se calavam na rua esperando que continuasse a andar para conversarem entre elas, durante o almoço a minha mãe ia-se pregueando de zanga até tirar o garfo ao meu avô

– Não se cansa de comer senhor?

e ele sem coragem de responder, de guardanapo ao pescoço, onde foi buscar tanta fome meu Deus?)

a filha do feitor a designar a segadora, o alpendre, o cavalo que puxava a argola, percebiam-se chaminés, telhados, um fulano com uma enxada a trabalhar numa horta

– Vocês não moram aqui?

carregando lenha para o fogão a dançar sob o peso

(como se podia notar um fulano numa horta se a vila tão longe?)

se pudesse mostrar-lhe o quadro do naufrágio e ela ouvisse a criança, a aliança da minha mãe cada vez mais larga no dedo e nenhum ajudante do feitor a aguçar caninhas, a rua terminava num muro junto a um barraco abandonado, sem porta, com cobertores e panelas no chão, pombos não gordos, magros, a escolherem detritos difíceis de comer, calculo eu, com tanto lixo no estômago, uma rapariga paria no barraco respirando sopros e nunca mais esqueci a expressão dela, o meu pai a subir as escadas de volta do trabalho arrastando o mundo e não conpreendíamos que a minha avó permanecesse viva, de tempos a tempos uma contracção dos cotovelos, uma pausa, nós suspensos da pausa e ela a endireitar a cabeça continuando a existir porque tosses, murmúrios, um

– Jaime

inesperado, a minha mãe

– Jaime?

e dessa ocasião não um murmúrio, palavras que se atrapalhavam, a filha do feitor

– Tem a certeza que não está a troçar comigo menino?

a parir no barraco sozinha e a expressão que nunca mais esqueci semelhante à de um cabrito antes de tombar do penhasco quando a primeira pata falhou, a segunda pata falhou e os olhos, amigos, que não se queixavam, não pediam, um adeus apenas, a minha mãe

– Jaime?

por não saber do fundo falso e dos bilhetes postais, de um homem a descer as escadas

– Perdoa

e o vento da herdade

(tinha posto quinta, emendei)

no quadro do naufrágio, tanto trigo inclinado, tanta macieira a rasgar-se e o homem a desaparecer na rua, se a filha do feitor me fizesse companhia com a braçada de lenha e não penso em intimidades, penso nela aqui

– Tem a certeza que não está a troçar comigo menino?

entre cobertores e pedaços de jornal no barraco onde latas vazias acho que não me aborrecia que os homens do automóvel me mandassem deitar entre pessoas deitadas, penso no meu avô não a contar o dinheiro, a desprezar-me

– Idiota

e o feitor a aprová-lo, o poço onde a minha cara se aproxima de mim

– Este não se parece com ninguém

e este que não se parece com ninguém um cabrito, prima, que os milhafres romperam, observe o meu fígado, as minhas tripas, o que sobra dos músculos, a filha do feitor

– Menino

só uns fios de palha na camisa, nas calças, só

só um marinheiro de camisola às listras que a próxima onda apagará do quadro, a minha mãe para o meu pai

– Aposto que o dono dos penhores nos ficou com um grumete

e eu no barraco com a filha do feitor à

eu no barraco com a filha do feitor à espera e nisto um dedo seu na minha bochecha

– Menino

não mais que um dedo seu na minha bochecha

– Menino

e no quadro do naufrágio, entre as macieiras em desordem

(não latas vazias)

o perfume dos baús a aumentar para mim.

Há meses que o táxi não chega porque se acabou o dinheiro na caixa do pão e vejo daqui a minha mãe a sacudir o meu avô procurando-lhe à força nos bolsos das calças como se ele, rico como era, dono de tudo entre a vila e a lagoa, precisasse de uns trocos

– Foi você quem roubou para jogar às cartas com os amigos?

e nos bolsos um canivete de lâmina encravada, pontas de cigarro, o brinco julgávamos nós que perdido ou antes que sabíamos em qualquer sítio na palha do celeiro, a minha mãe a revolver o cesto dos colares

– Não acredito

mais pedaços de colares que colares inteiros e até de gatas debaixo da cómoda andou, quase a encostar-lhe o nariz

– Ia empenhar o meu brinco você?

não, de outra maneira, há meses que o táxi não chega porque granizo na herdade e o meu irmão, o que escreve, inclinado para o poço sem ajudar o feitor, nunca se preocupa connosco, nunca fez nada por nós, fartei-me de pedir e não se veio embora comigo, quando o meu pai ergueu o sacho nas escadas não mexeu um ded

não, de outra maneira ainda, há meses que o táxi não chega porque tanto trigo para semear, tanta roupa que falta nos baús, tanto coelho à espera da minha avó atrás da capoeira, de focinho cheio de tiques, enganchavam legumes nos intervalos da rede e os tiques a aumentarem frenéticos, um incisivo rápido, um olho de vidro que mastigava também e portanto eu sozinho diante da fonte a pensar em casa não por saudades, saudades de quê se continuo no alpendre, se o cavalo na argola, uma das cabras mudando de penhasco num pulinho de ponteiro dos minutos a avançar um traço e a vibrar um momento com os milhafres à roda ao passo que na fonte

(julgava que se lhe apoiasse o ouvido escutaria a lagoa)

uns salpicos de penas sem descanso ou umas folhitas com molas, vai-se a ver e pardais e aparecem-me logo as maçarocas de boina em cima, no topo de uma cana, com que o ajudante do feitor acreditava assustá-los, algumas um colete, outras uma espécie de saia e eu a dar-me conta

— São as fotografias da parede que estão ali meu Deus

a cochicharem sobre mim aldrabices, maldades

— Não é da nossa família

— Não tem um traço da gente

— De qual deles será filho?

e ratando, ratando, uma senhora de casaquinho de veludo, um sujeito de bochechas azuis porque a maçaroca pintada, o ajudante do feitor trazia a brocha da arrecadação

(as vértebras daqueles gonzos amigos)

e virava-os contra mim ao desenhar-lhes a boca, acrescente meia dúzia de bocas aos retratos já agora, que me persigam, me desprezem, me troquem, que diferença me faz, a sombra da serra há-de comê-los a todos, fico eu a caminho da vila e os meus passos nos becos até que quando menos se espera a minha avó de alguidar aos pés e repare que a gente tão magros avó, a cada visita da minha mãe

— Definhaste

e é claro que definhei com o que a minha avó me tira, não é que não me dêem de comer, dão-me de comer, é o que a minha avó me

tira, o fígado mole, o estômago perdido, não diga à minha mãe a pendurar-me o corpo sem músculos nem sangue

— Definhou coitado

e o meu irmão a escrever o mais depressa que é capaz na mesa de
jantar enquanto os marinheiros se iam afogando um a um afogando-
-me também, em que parte das rochas ficará o que sobrar de mim,
uma ponta de tecido, um sapato, não o sapato completo, o que se des-
cobre haver sido um sapato e quem, olhando o sapato, me reconhece-
rá, o meu irmão a concordar com a minha avó e a garanti-lo nesta
linha

— Definhou coitado

a criança do barco uma blusa apenas, puxe-lhe a blusa avó, faça-
-lhe mal, não a estenda no colo, deixe que os por dentros da filha do
feitor e das empregadas da cozinha que se escapavam de mim escorre-
guem no alguidar, não foi o meu pai, foi a minha mãe a levantar o
sacho ao meu avô

— Ia empenhar o brinco você?

para jogar às cartas com os amigos numa tábua junto ao barraco
onde se percebia o Tejo

a lagoa

não a lagoa, o Tejo, a rapariga que pariu de gatas nos cobertores
procurando não sei quê, um esfregão onde limpar-se, uma toalha e o
meu avô num gesto imenso, descido do vértice do mundo, a bater
a manilha, é o Tejo de facto com os seus vapores, as suas rãs, bichara-
da nos recessos do lodo a reproduzir-se e a crescer, no mais escuro da
noite ameaçam-me de antenas, asas, bicos e eu redondo sobre mim
mesmo incapaz de falar, não posso nada contra eles, comam-me, uma
ocasião segredei ao feitor para que os bichos não dessem pela voz

— Conheceu a lagoa?

e as antenas, as asas e os bicos dirigidos a mim, se o táxi chegasse
protegia-me, o meu pai para um dos homens do automóvel

— Tem melhorado ao menos?

não desta forma, respeitoso, tímido

— Acha que pode melhorar qualquer coisinha ao menos?

ou seja a vila insignificante e a herdade a dissolver-se, a rapariga que pariu secou-se nuns jornais e reuniu-se a um canto, não se trata de uma imagem, foi assim, reuniu-se a um canto, membros sobre membros e a cabeça escondida

(se a levantar antenas, ela um insecto da lagoa que me esmaga?)

qualquer coisinha ao menos e eu neste apartamento com vocês dificultando a esfregona à minha mãe

— Parece que estás em toda a parte tu

que se me entala nas pernas e me desequilibra, ao armário que serve de despensa falta a porta

(está no corredor encostada à parede)

conforme falta uma ampola ao candeeiro da sala com aqueles arames aos ziguezagues partidos, janta-se a ampola em acabando o dinheiro e as pregas que eram o meu avô do nariz ao queixo fugindo com a sua parte de refeição na esperança que não lha tirássemos, o homem do automóvel para o meu pai

— Qualquer coisinha ao menos talvez se arranje

aproveite o casquilho e os arames, que alimentam, aí vem ele no mulo a dar ordens sob os gritos das gralhas e os camponeses de boné no peito

— Patrão

ao passar por mim vai soltar pelo canto do charuto

— Idiota

enquanto o perfume dos baús me alegra, melhorar qualquer coisinha e regressar aos cheiros de vazante do Tejo onde metade de uma gaivota escurece no lodo por culpa do petróleo ou do alcatrão, de tempos a tempos o que me parece um sino na vila a fabricar novembros e os retratos a alargarem-se e a encolherem com a respiração dele, meu Deus o que desenhei com o dedo no hálito das vidraças no inverno e nunca ninguém leu, palavras que acabavam por descer até aos caixilhos, incompreensíveis, saía expulso pela esfregona da minha mãe e o balde onde a torcia, eu uma água turva no fundo, a minha mãe

– Desampara

e junto ao barraco o meu avô sem os colegas das cartas, a fumar

– Que é do mulo senhor?

que mancava nos atalhos do centeio, o barraco deserto, nem rapa-riga nem filho, só um gato cheio de maneiras, com patas de almofadi-nha de alfinetes, a experimentar o telhado, se eu fosse mulher e usasse brincos entregava-lhos avô, não me indignava que os seus amigos os ganhassem, em pequeno levava-me de barco à Trafaria

– És um homem rapaz

de maneira que nós dois homens e eu sem medo do rio, não se deve lembrar das garças

– Lembra-se das garças?

e não se lembra das garças, as memórias que você perdeu, uma espécie de ilha, um pontão, na herdade eram o mulo e o feitor que o acompanhavam, não eu, uma espécie de ilha, um pontão, não sou um idiota, sou um homem

– És um homem rapaz

um dia destes uma das empregadas da cozinha comigo, eu

– Chega cá

e elas obedecendo sem se esconderem na tulha nem se rirem, na Trafaria as ondas afastavam-se do pontão e avançavam conforme eu avanço na direcção da vila a tranquilizar os retratos, sobretudo a madrinha freira da minha mãe que a gente visitava na Páscoa e a madri-nha da minha mãe de touca e crucifixo no peito, beijava-se-lhe a mão de joelhos e pronto, a mão não como as nossas, um artefacto de cera que desaparecia no hábito, os homens do automóvel fechavam a grade e um braço prendia-me o ombro a aleijar-me

– Onde pensas que vais?

tantos ossos em mim, não um ou dois naquele sítio, centenas a romperem-me a pele, a madrinha da minha mãe muito velha acho eu e no entanto sem idade, seiscentos anos, quarenta, de tempos a tempos

– Sim sim

na imobilidade da cara e a bronquite de um órgão ao longe, ora dificuldade em inspirar ora som, isto num compartimento com um Jesus na agonia a pingar sangue da barba e o género de uma fralda a cobrir-lhe as vergonhas, sombras de tília severas e o órgão, sufocado, a teimar, se a fralda de Jesus escorregasse o que seria de mim, vi o meu pai nu numa vez e no caso de me tocar eu cinzas que gritavam, a minha mãe sem entender

– O que se passa com ele?

o meu avô na Trafaria no que chamava praia isto é mais caniços que areia, uma cadela a coçar-se e ovos num buraco dos insectos da lagoa ou das rãs que cantavam, porque não eram as empregadas da cozinha, as empregadas caladas, só lhes escutava a voz para mangarem comigo

(tudo manga comigo)

e a jurarem que não mangavam comigo

(– Não mangamos com o menino palavra)

eram as rãs que cantavam suspirando o meu nome, outros nomes

(de quem?)

o meu avô na Trafaria a designar-me a ilha, o pontão, o que chamava Lisboa tremendo ao contrário na outra extremidade da água de forma que casas

(e o meu avô

– Não é tão grande o mundo?)

transformando-se em manchas que se sobrepunham no interior de escamas e as ondas no pontão, como o órgão, ora dificuldade em respirar ora som

(se a madrinha da minha mãe na Trafaria coçava-se e depois seguia a trote imobilizando-se enervada a morder os quadris?)

dava-me ideia de distinguir outras freiras no claustro com a mesma mão de cera a nascer-lhes do hábito para que a beijássemos, tudo amortalhado em odores de incenso que demoravam semanas

– Sim sim

as unhas terríveis de Jesus buscando-me nos cantos a sofrerem, o homem do automóvel largou-me o ombro para trancar o portão

– A gente a trazê-los ao colo e só pensam em fugir vocês

e os ossos afinal um ou dois quando muito

(a caneta do meu irmão acabou por concordar comigo, escreveu um ou dois, olhou-me, vacilou e repetiu um ou dois)

deslizando um pelo outro num restinho de dor e eu não pensava em fugir, pensava em despedir-me dos tucanos

(é setembro)

que só daqui a meses voltarão à herdade a partirem do que deve ser a lagoa para o que deve ser a fronteira porque não conheço a fronteira

(ninguém conhece a fronteira)

na Trafaria casas também, quer dizer vivendas de pobre submersas nos chorões e uma mulher a descascar batatas diante da margem, por muito que procurasse não achava o feitor nem o mulo, achava o meu avô a puxar as calças para cima porque a tiróide o emagrecera e com uma camisa do meu pai a sobrar-lhe nas costas, veio da consulta, espreitou a embalagem dos comprimidos e guardou-a na despensa sem a abrir, ainda lá está de certeza com a data do prazo caducada enquanto um motor invisível trabalhava a seguir a uma duna, recordo-me de um par de indianos com um cabaz

(não estou a inventar)

apanhando o que calhava da lama

(como não encontro um espelho há que tempos ignoro se me tornei indiano)

a conversarem entre eles ou seja o maior falava e o pequeno baixava-se e entregava-lhe uma pega de gaveta ou um pedaço de regador, nunca descobri nada de jeito na herdade ou aqui que merecesse guardar, no barco do regresso o meu avô interessado num rim

– Tenho uma coisa a torcer-se nas costas

derivado ao desconforto do mulo acho eu, de há tempos para cá ou o rim ou a perna ou zumbidos na cabeça, o meu pai ajudava-o puxando-lhe a lapela para o tirar do táxi e lá vinha um pé sem encontrar o chão, o corpo que ao demorar a dobrar-se lhe esvaziava os olhos, tornavam a encher-se depois de cinco ou seis passos mas uma das íris permanecia oca

(quando as freiras morrem sepultam-nas onde, nunca dei por um enterro de freira com os cortejos das meninas que elas educam, todas de luto, com gardénias)

a minha mãe a ralhar com ele escancarando-lhe as pálpebras

– Só me faltava que perdesse uma vista

às terças-feiras os homens

ainda não, um momento que o meu pai está a subir as escadas a caminho dos baús tentando que os degraus não o atraiçoem, o perfume não aumente e a minha mãe no celeiro com os ganchos do cabelo e os brincos, a caninha do ajudante do feitor numa barrica à entrada e um cão de focinho alto a raspar uma prancha assustando as rolas

às terças-feiras os homens do automóvel levavam-me a um homem que não me trouxera no automóvel, mais bem vestido, mais penteado, a bater a ponta de borracha do lápis num tampo medindo-me sem interesse

– E nós?

nós, que remédio, a espiarmos o celeiro enquanto as rolas voltavam dilatando-se de amor nos barrotes do tecto, nós, o meu avô e eu, de regresso e a minha mãe logo, era inevitável

– Abra a goela

no caso do ajudante do feitor sorrisos, carinhas, um movimento das ancas que eu nem sonhava existir a estudar-lhe os sopros em bicos de pés e ele que metia medo ao mundo ao percorrer o trigo a mostrá-los submisso

– Não bebeu seu malandro?

à medida que eu perdia as casas a transformarem-se em manchas sobrepostas

(casas realmente ou uma ilusão de casas, quantas vezes me enganei senhores, o depósito da água seria o depósito da água para não mencionar o trigo ou o feitor que talvez não passasse de uma maçaroca pintada, um risco para o nariz, um risco para as sobrancelhas, a gente

– Uma pessoa

e se calhar cada um de nós um risco para o nariz, um risco para as sobrancelhas e pronto)

no interior de escamas de luz, o que se me afigurava um mosteiro, o que se me afigurava um cais e nem cais nem mosteiro, estilhaços que unidos não significavam nada, o meu avô a limpar-se da areia com os dedos que por pouco não se despregavam das palmas, não os perca senhor que não os encontra a seguir, se o entregasse à minha mãe sem polegares calcule-se o sermão, ela de repente feições de criança a esconderem-se no lenço

– Que vida

não apenas feições, toda ela indefesa, miúda, a minha mãe a menina do naufrágio a entrar no frigorífico

– Desapareçam daqui

e mesmo assim o lápis

– E nós?

sempre que tocava no tampo, aquele que me multiplicou os ossos do ombro avan

(na parede um sujeito de bata pareceu-me que severo e de livro em riste mas não tive tempo de me inteirar melhor)

çou um passo mesureiro

– Quis fugir anteontem

a minha mãe a abandonar o frigorífico fechando-se no quarto, escutámos a cama porque a madeira gastou-se e os pregos também, que empresa de demolições o tempo, veja-se a minha avó

– Jaime

e a seguir à cama não sei quê contra a almofada, soluços que subiam da garganta e sacudiam o corpo, o lápis interrompeu-se um momento a ponderar as lágrimas e recomeçou a bater

– Quis fugir anteontem?

um milhafre na giesta que encimava um penhasco fitando por cima da serra o que não alcançávamos, baías, golfos, coretos, o lápis tornou-se horizontal sobre a mesa

– Quis fugir anteontem

numa espécie de sonho do qual tardou em voltar comigo a interrogar-me o que pensava ele e o que me surgia era uma criança a apanhar moscas entre o reposteiro e o caixilho, a fechá-las na mão e a
sentir as cócegas das asas ou uma mulher num sofá para quem o lápis
se inclinava desapertando a gravata numa ferocidade lenta

– Tão doida

a dar por mim, a apagar o

– Tão doida

com vergonha e aí estava o lápis de novo e as moscas a escapa-
rem-se

– Quis fugir anteontem

(a mulher a interessar-se do sofá

– Algum problema ursinho?)

agora não era a ponta da

(não seria capaz de ir à Trafaria sem ajuda, não dava com o trans-
porte, enganava-se, continuarão a existir os indianos e a paciência das
ondas?)

borracha que batia na mesa, era o lápis completo a meditar

– Anteontem

(a mulher assomou um momento e foi-se)

na tela, à esquerda do sujeito de bata, uma caveira e enciclopédias
de Medicina com os títulos doirados em cabedal nobre e eu a palpar
a minha caveira notando que faltava o nariz e sobejava queixo não
mencionando os pêlos mas lá irei descansem, um segundo milhafre
juntou-se ao primeiro a grasnar, o lápis atravessou-me de golpe na
direcção dos homens do automóvel, inquisidor, pontudo

– Injectaram-no?

com a mulher a insistir numa monotonia de boneca que se endi-
reita e inclina

– Algum problema ursinho?

de súbito gordíssima mostrando uma alça que a tornava mais feia
e o vinco no pescoço de uma cicatriz antiga

– Algum problema ursinho?

tão imbecil meu Deus, como é que eu pude e depois os modos, os gestos, a amiga que encontrava às vezes na sala e ria o tempo inteiro a torcer o medalhão do colar com o perfil de um imperador romano de um lado e arcos de Coliseu do outro

– Ai doutor

nunca

– Ursinho

doutor, se calhar dívidas nas lojas, aflições, uma alegria com a tristeza mal dissolvida no fundo, percebia-se um restinho idêntico a esse pó dos remédios na base do copo que por muito que se mexa com a colher continua

– Injectaram-no?

o primeiro milhafre arrumou-se nas mangas das asas, as omoplatas do segundo curvaram-se mais e partiu deitado no vento, inquietava--me a hipótese de não regressar à Trafaria

(não foram as ondas que me impressionaram foi a mulher das batatas vestida com um blusa de senhora e calças de fantasia se calhar trazidas pelo rio ou furtadas do cabaz dos indianos)

ao barraco, à herdade, o meu pai de cotovelos na toalha a seguir ao jantar, com os punhos nas bochechas, não respondendo à gente, que vida, a minha avó a desalinhar a manta em guinadas sem nexo e por baixo da manta os tornozelos inchados, se lhe entregassem um coelho não reconhecia o bicho, daqui a cinquenta anos ninguém se lembra de nós e ao afirmar que ninguém incluo os retratos da mesma forma que esquecemos o mulo antes deste, mais pardo, não manco, com uma das orelhas tombada e a ponta de borracha do lápis a bater sem convicção, interessada numa mosca entre a cortina e o caixilho que a fazia sorrir enternecida, se lhe caía um dente de leite colocava-o sob o travesseiro e no dia seguinte, no lugar do dente, uma moeda que um ratinho cúmplice lá pôs ou então prendiam o dente numa linha de coser à maçaneta da porta, fechavam a porta e um intervalo mesmo à frente da boca que a língua não conseguia abandonar, como é que um dente tão pequenino na ponta de uma linha ocupava quilómetros de gengiva dificultando a fala e já que estamos nisto por que motivo outro dente por baixo que se palpava a serrilha, quantos dentes terei escondidos desejando nascer, se a mulher no sofá perguntasse naquele instante

– Algum problema ursinho?

apontava-lhe os molares, quando ficar só ato um fio à maçaneta e empurro a porta do gabinete a ver o que sucede, talvez não apenas o dente, eu todo pendurado da porta, há manhãs, palavra de honra, em que levanto o travesseiro em busca de moedas e a desilusão de nenhuma à minha espera, um espaço interminável entre a fronha e o lençol, como a existência se torna sem gosto ao deixarmos de ter medo do escuro, o lápis via-se grego para arredar a infância, principalmente a mosca de caixilho em caixilho e o primo que o ensinou a andar de bicicleta em redor do castanheiro, ao largar o castanheiro um muro aproximou-se, o primo

– Vira o guiador palerma

e ele incapaz de virar enquanto o muro ao seu encontro mais rápido que os pedais, pormenores do muro em que não atentara

(fissuras, visgo, uma mensagem num papelito sujo

para quem?

num buraco)

a ganharem uma precisão afliti

(– Algum problema ursinho?)

va

(no papelito sujo talvez

– Algum problema ursinho?)

uma pedra mais saliente que a borracha do lápis contra o tampo alinhou e um aranhiço microscópico a correr, a bicicleta, independente dele, apontada ao aranhiço e a seguir nem aranhiço nem muro, a canela presa, o pé preso, uma ordem dentro de si

– Não chores

o planeta ao contrário

(a certeza de se achar de gatas no céu a mastigar terra pelo que sobrava do lábio)

um dos homens do automóvel

— Duas seringas senhor

e em consequência das seringas eu não junto da fonte às voltas com a torneira, no poço da herdade a combater os limos, o reflexo da minha cara e a minha cara uma apenas que se recompunha e perdia, qualquer coisa no coração do coração a avariar-se, a deter-se, a continuar aos trambolhões

(o único órgão que tinha, não sobrava um centímetro para tripas e isso)

no ritmo das muletas que explodem em soalhos desertos arrastando um aleijado, o muro da bicicleta não quando eu pequeno, agora, esbarrou em mim e desfez-se, o homem do automóvel ao mesmo tempo longe e no interior do meu ouvido

— Raios o partam que se apaga

na altura em que uma das muletas cessou de caminhar ou então era o lápis no tampo que a mosca distraíra ou então o primeiro milhafre a bicar-me ou então a faca da minha avó do pescoço às virilhas e comecei a sentir o cavalo a acalmar-se na argola como antes de adormecer de pé encostado à bomba da água, o perfume dos baús mais que uma lembrança, autêntico, o poço e eu a jogar-lhe pedrinhas, escutava as rolas no celeiro, a mão do homem do automóvel no meu ombro por uma vez cuidadosa e portanto eu um único osso

(quem me garante que no corpo todo não um único osso?)

não um castanheiro na janela, plátanos, depois do frigorífico e da almofada a minha mãe regressava à cozinha a pegar nos objectos como se os não conhecesse demorando-se neles, a decepcionar-se com o dinheiro na caixa do pão e a aumentar as bochechas diante das notas, à noite ouvia-os dormir nos tabiques e a convicção que a minha família multiplicada por duzentos, a dúvida sobre qual dos duzentos

— Jaime

não um cicio, uma voz clara

— Jaime

que a páginas tantas não era capaz de afirmar se fora se no

(— Agarra o autista desse lado para o estender no colchão)

bojo de mim, quantos coelhos mortos, quantas cruzes de soldados da França no cemitério e eu uma poeira de cartilagens e umas ervas em cima, nos tabiques

— Jaime

percebia os movimentos dos meus pais

(ou dos soldados da França?)

cheiros que se fundiam e não achava o meu, onde é que eu estava, aqui, na herdade, no barraco que se encostava ao prédio, se beijar a mão de cera não irei para o Inferno, nunca uma maçaneta me ajudou com os dentes de leite, mostrava-os à minha avó que os lançava no balde, se a filha do feitor me dissesse

— Menino

eu melhor, ficava a censurar-me muda por lhe não ordenar

— Chega cá

neste sítio que os tucanos desertaram pelo Egipto ou a Somália, o homem do automóvel

— Já está óptimo aquele

e a minha avó a tossir, durante quantos anos ainda a tosse dela comigo e nisto deixou de chover na herdade e em casa, o meu pai retirou o púcaro da toalha após o último pingo e nós quietos à espera que outro pingo ainda, embora nada no tecto uma gota a formar-se ou seja uma humidadezinha que engordava a tremer, unida à caliça por um pedúnculo ao princípio a prendê-la e cada vez mais ténue a seguir, notavam-se-lhe os esforços a fim de manter a gota no alto e o cansaço, a desistência, o meu pai tornou a colocar o púcaro na toalha e a esferazita de água que acabáramos por desejar que descesse não vinha até que de madrugada um som quase humilde a achatar-se na sala e a posição do naufrágio a alterar-se, o meu pai aproximou o púcaro da lâmpada para o examinar melhor e tudo longíssimo de mim como a herdade, a serra, a vila onde talvez me esperassem não sei ao certo quem, não o meu avô

– Idiota

não o meu pai centeio fora a trote, o ajudante do feitor encostado ao tanque de lavar roupa aguçando a caninha sem coragem de falar, se por acaso me fitassem os olhos dele esquisitos e a navalha a enganar-se com receio de mim como se eu o meu avô palavra, a pegar num saco de sementes de que não precisava e a ir-se embora logo, vi-lhe o perfil contra o armazém das sementes, depois deitado nas urzes e as urzes cinzentas, depois nada e as urzes verdes de novo, enfim quase verdes, mais castanhas que verdes porque os cachorros as secavam, uma ocasião visitou-me em segredo num domingo sem táxi e o meu irmão a riscar as palavras ajudante do feitor

– Que ajudante do feitor?

porque no espírito dele não há ajudante do feitor nenhum, há a minha mãe de cabelos na cara, sem ganchos nem brinco, com a aliança de casamento demasiado larga no dedo

– Que vida

a arrumar a loiça e a esfregar a bancada usando o mesmo pano desde que nasci, apesar do meu irmão insisto que o ajudante do feitor me visitou num domingo perto da Páscoa e as nuvens de leste por cima da lagoa desassossegando as rãs, ignoro porque diabo a lembrança da caveira resolveu incomodar-me trazendo consigo uma tia inesperada de lenço sobre a cara no velório da igreja de modo que apenas lhe sobravam os sapatos num ângulo de sessenta graus em cuja graxa os círios brilhavam mais que nos pavios, os parentes dos retratos sentados em torno inclinavam uns para os outros segredos aceites num sorriso triste, a minha mãe colocou um ramo de flores sobre outros ramos de flores e recuou a benzer-se enquanto o meu pai cá fora se admirava com as serpentinas de Carnaval que teimavam nas árvores diante do talho fechado, o que recordo da prima era oferecer-me chocolates apontando-me à minha mãe

– O teu filho não cresce?

comigo a desejar ter vértebras elásticas empertigando-me o melhor que podia, chegando a casa a minha mãe encostava-me a um umbral, aplicava-me uma régua no cocoruto e riscava um tracinho, o papel dos chocolates metia-se nas gengivas e eu a desenganchá-lo com a unha, nunca vinha inteiro, sobrava sempre um resto que nem o palito alcançava e no dia seguinte, molhado e insosso, me surgia na língua, a prima, que sempre vira de pantufas, a estranhar com lástima

– O teu filho não cresceu

obrigado a servir-me do banco para as prateleiras mais altas onde inutilidades rachadas, um grelhador, uma malga, o filho da rapariga no barraco se não morreu nos cobertores maior que eu hoje em dia, os riscos com a data ao lado, apesar de ténues, continuam a humilhar--me, deixei nascer o bigode na esperança que me aumente

(aumentará de facto?)

desvio sempre os olhos, desgostoso de mim, ao passar por eles, a quantidade de vezes que decidi apagá-los com a esponja e não apaguei porque

e não apaguei nunca, o homem do automóvel

– Tens um saloio à espera

e o ajudante do feitor a acanhar-se sob os plátanos não vestido como na herdade, de gravata aliás torta e uma das pontas do colarinho erguida

(se a prima o conhecesse um franzir desdenhoso, ela que nem pelo ombro me dava

– Nunca cresceu também)

o ajudante do feitor que parecia continuar no cemitério, criança ainda, a decifrar as datas e as letras dos túmulos em busca da família

– Onde param vocês?

tão desajeitado, tão vulgar, incapaz de girar a torneira da fonte a verificar se trabalhava, com uma dúzia de ameixas que o impediam de aguçar a caninha ocupando-lhe as mãos, a pedir desculpa de ter vindo

– Perdoe

de ameixas esquecidas nos dedos, era ele quem seguia agora atrás do mulo e do meu avô, obediente e grato

– Patrão

invejado pelos camponeses e as empregadas da cozinha, o ajudante do feitor que no tempo das lápides devia dormir na capela mortuária ou num dos palheiros que os ciganos deixavam na extrema da herdade onde brasas mortiças sob dois paus cruzados, suponho que comia na aldeia, às escondidas, latas de sobejos e grilos, veio-me o remorso de ter quebrado os carritos e o perfume das arcas, que julgava perdido, tingiu-me a memória, gostava que se comovessem ao ler isto e me observassem com dó, o ajudante do feitor deu conta das ameixas e qualquer coisa entre o nariz e a boca a deslocar-se em palavras que não diria nunca, a gente os dois temendo uma frase que felizmente não veio embora a sentíssemos engordar como a gota no tecto e nem ele nem eu um púcaro onde pudéssemos guardá-la, a tornar-se pesada, a aguentar-se a custo, a diminuir, a sumir-se que alívio e em lugar da frase a memória de um brinco que um de nós afastou

– Deixa-nos

o seu pavor que eu caísse no poço ou o cavalo na argola me pudesse aleijar, um sujeito de gravata sem importância, ridículo, preocupado com o neto do patrão como se fosse seu filho calcule-se, munido de frutos que à primeira vista se me afiguraram verdes, tirados do pomar na pressa de quem rouba, deve ter desperdiçado o ordenado inteiro para chegar aqui que não sei onde fica, além da fronteira talvez, nem um vento que eu conheça, nem um eco que entenda, grades e grades, o ajudante do feitor e eu calados com as ameixas no meio, ele a olhar a torneira e eu a olhar para nada apreensivo que a gota resolvesse sei lá por que capricho tornar a existir, a gota, o brinco, os ganchos, a minha mãe a entrar ou a sair do celeiro e o meu pai nas escadas desviando-se para lhe dar passagem incapaz de zangar-se, julguei distinguir o perfume dos baús na roupa do ajudante do feitor e enganei-me, só o cheiro de fundo de armário do casaco, vontade de perguntar-lhe pelo tractor avariado, a segadora, os milhafres, apetecia-me que se fosse embora e me deixasse em paz e em vez disso aquele palhaço especado nos plátanos a reter dentro de si o que não me interessava o que fosse

(não me interessava o que fosse?)

descanse que não tombo no poço nem o cavalo me faz mal, nenhum milhafre aguarda que me desequilibre de um penhasco para me lacerar com o bico, nenhuma esfregona se me entala nas pernas

— Parece que estás em toda a parte tu

não sou uma gaivota na vazante do Tejo a voltar-se devagar e a seguir para a foz onde o meu avô me levava no barco da carreira a afiançar-me apesar dos riscos da minha mãe tão próximos uns dos outros que o mesmo risco sempre

— És um homem rapaz

de maneira que nós dois homens juntos e eu sem medo do rio, julgo que não se lembra das garças senhor

— Não se lembra das garças pois não?

o meu avô a fumar junto ao barraco

— Garças?

e todavia eu lembro-me, a quantidade de episódios que você perdeu com os anos sem mencionar a herdade, a Trafaria recorda-se, o pontão de que as ondas se retiravam para avançarem de novo conforme eu avanço na direcção do ajudante do feitor sob as árvores do pátio

— Espere aí

sem que um braço me prenda o ombro a aleijar-me

— Onde pensas que vais?

e tantos ossos naquele sítio, não um ou dois como eu esperava, centenas a romperem-me a pele, o que o meu avô chamava Lisboa a tremer ao contrário na outra extremidade da água de maneira que casas

(– Não é tão grande o mundo?)

transformando-se em manchas que se sobrepunham no interior de escamas de luz e as ondas, como o órgão ao visitarmos a madrinha da minha mãe, ora dificuldade em respirar ora som e quando som a dificuldade em respirar acompanhava-o numa agonia aguda, na Trafaria casas também, quer dizer construções de pobres submersas na terra e uma mulher a descascar batatas junto à franja da margem, se procurasse não achava o feitor nem o mulo, achava o meu avô a puxar as calças para cima porque a tiróide o emagreceu, um motor invisível a falhar, a acertar, a falhar para lá de uma duna

(estou a repetir o que escrevi há bocado e não era nada disto que eu)

um par de indianos

(queria dizer)

com um cabaz apanhando lixo depois de o voltarem ao contrário conversando entre si, ou seja o maior falava e o pequeno

(a mãe dele riscaria o umbral também?)

baixava-se e entregava-lho

(não era nada disto que eu queria dizer)

um fundo de gaveta, um pedaço de re

(dizer)

gador, o que eu queria dizer e não consigo, ajudem-me, a vida difícil para mim acreditem, mesmo que eu não seja grande espingarda pode sempre dar-se um jeito que mais não seja por pena, vou tentar mesmo que vocês ocupados a segredar uns aos outros apontando-me os guarda-chuvas, o dedo, os chapéus

— Filho de quem aquele?

e o cavalo que não pára entre a herdade e a vila, o tilintar dos estribos ou uns guizos quaisquer, não importa, o meu pai a espiar o celeiro, a esperar nas escadas, a pedir

— Fica comigo

e a minha mãe a limpar a bancada da cozinha

— Que vida

não, a minha mãe a contar o dinheiro e as facturas por pagar

— Que vida

não, a minha mãe a olhar-se adicionando sardas

— Já não sou nada agora

a dar por mim e a correr para a cama

— Larga-me

para se abraçar à almofada, o que nos aconteceu mãezinha

(mãezinha que patetice)

porque seremos assim, graças a Deus que o trigo bom este ano, graças a Deus nós ricos e que diferença faz perder um brinco se você imensos brincos, gargantilhas, cachuchos, esqueça a almofada que estamos bem, não precisamos seja do que for, somos felizes não nota, o que eu queria dizer e não consigo, ajudem-me e os retratos, vá lá, a ajudarem

— É o que vai ficar com isto tudo mandar na gente e salvar-nos

o que eu quero dizer são os plátanos, o pátio, os gabinetes dos médicos, o que eu quero dizer é que não é o ajudante do feitor, claro que não é o ajudante do feitor, não existe nenhum ajudante do feitor, é o meu avô à minha espera a tentar rodar a torneira, a deixar de tentar rodá-la

— Não consigo

o meu avô não

— Idiota

com orgulho em mim

— És um homem rapaz

os dois no vértice do pontão com ele a mostrar o que chamava Lisboa e Lisboa a serra ou a vila, pouco importa, ao contrário na outra extremidade da água a transformar-se em manchas que se sobrepunham no interior de escamas de luz, o meu avô a puxar as calças para cima porque emagreceu derivado à tiróide perguntando orgulhoso

— Não é tão grande o mundo?

o mundo inteiro que lhe pertencia e já agora, se não lhe fizer diferença, agarre-me no pulso, ordene

— Chega cá

e leve-me consigo alheado dos homens do automóvel que não se atrevem, consideram-no, é o patrão, a caminho de casa.

3

Talvez o que seja mais diferente aqui é o silêncio porque quase não tem sons lá dentro, de tempos a tempos passos no corredor que apesar de distantes nunca se aproximam, afastam-se o que me leva a pensar que o corredor interminável e continuo a escutá-los muito depois de desvanecerem, minúsculos e precisos, ordens cujas palavras parecem censurar alguém acompanhadas de um correr de ferrolhos que tardam em encaixar-se e a seguir nada salvo os plátanos que não fazem parte do silêncio, o sublinham apenas, uma baga que cai ou uma pausa de folhas enquanto na herdade o meu avô a esmagar a insónia com as botas para cá e para lá não mencionando o relógio que à noite ocupa a casa inteira indignando-se connosco, carrega o tempo aos sacões

– De que estão à espera para avançar comigo?

como se uma pessoa com dois dedos de testa lhe apetecesse avançar para a morte dado que para nenhum outro sítio nos transportam as horas e na janela os candeeiros da vila que parecendo que não também contam, e as botas a olharem-nos um momento antes de recomeçarem o seu fadário no soalho, adivinhava a minha mãe sentada na cama

– Que vida

e o alvoroço do mulo na cerca a rodar, julgo que as ondas se imobilizam na Trafaria, não existe Lisboa na outra extremidade da água e por consequência não existimos nós tirando a minha mãe

– Que vida

a pensar na falta de dinheiro na caixa do pão e no ajudante do feitor que a esperava no tanque da roupa com a porta do celeiro aberta, os tucanos da lagoa nem pio, se calhar foram-se embora a caminho da fronteira, em que trabalharia o meu avô antes de jogar às cartas no barraco, numa oficina, num quartel, numa garagem e eis o vento no pomar amedrontando as galinhas que se apequenam de suspiros, não trabalhava em nada, ia aumentando a herdade e dali a pouco a chávena no pires nos intervalos dos coelhos, por que razão não me apanhou do berço e não me deu uma pancada na nuca, avó, a estender-me no colo numa carícia comprida, o que poupavam em bandeiradas já viu e você sem sair do táxi nem conhecer quem eu era, se a chamava uma pergunta a tactear

– Jaime?

vasculhando nas funduras de uma emoção confusa em que me esquecera, o meu pai a afinar-lhe as bielas da lembrança

– O seu neto senhora

e você num eco baço

– Neto?

com um senhor que lhe pegava ao colo na ideia, imerso entre tantos vultos, tanto crepúsculo ido, tanta presença cujo nome perdera acumuladas umas sobre as outras no sedimento dos anos ou a acenarem-lhe numa familiaridade estranha, a amiga da mãe que cuidava perdida numa dobra do passado que outras dobras ocultavam e a ensinava a bordar sempre a desfazer-lhe os pontos e a corrigir a agulha

– Não fazes nada que preste

o senhor Neto, que lhe pegava ao colo, empregado no notário

(desse afinal recordava-se, como explicar o mistério dos pormenores que persistem, insignificâncias cuja tenacidade apavora) cheirava a sabão de barba e a tinta da china

(o cheiro do sabão de barba e da tinta da china empestavam o táxi empestando-nos a nós)

e aleijava-a com o anel ao agarrá-la de maneira que a minha avó a tentar ao mesmo tempo proteger-se com os cotovelos e acertar um malmequer num guardanapo enquanto o senhor Neto a elogiava ao largá-la no chão

— O que ela pesa meu Deus

os pais da minha avó comovidos com a gordura da filha, corria mais devagar que as outras, demorava a levantar-se, não resolvia os malmequeres mas felizmente pesada e a minha avó a sorrir de orgulho a si mesma

— Sou tão gorda

o meu pai espantado com a alegria debruçando-se para o interior do táxi

— Perdão?

onde o sabão de barba e a tinta da china o intrigavam obrigando-o a farejar os estofos

— Que é isto?

os tucanos da lagoa, cobiçados pelas rãs, nem pio, elas só bocas abertas que cobiçariam o meu pai no caso de se aproximar da água, os parentes dos retratos preveniam

— Cautela

o cavalo puxava a argola na intenção de o ajudar à medida que o meu avô ia esmagando a insónia com as botas num ritmo que se confundia com o do relógio

— De que estão à espera para avançar comigo?

de forma que se calhar o relógio apenas e o meu avô a dormir, adormecia a seguir ao jantar, de guardanapo ao pescoço, pingando o nariz sobre o prato, adormecia no mulo e o animal a caminhar sem rumo calcando trigo e legumes, adormecia no barco da carreira, derivado à monotonia das ondas, a conversar com a emoção confusa das suas funduras, no caso dele não um senhor nem a professora de borda-

dos a emendar malmequeres, um quarto onde um homem numa
cadeira de baloiço, com a caçadeira que tínhamos na herdade atravessada no colo, a perguntar

— Quem és tu?

na vila, suponho eu, dado que postigos abertos para um céu de
desastre, o lápis na secretária

— Repita

e eu postigos abertos para um céu de desastre, uma horta só terra
onde outrora legumes, o homem a espetar a caçadeira para o meu avô

— Querias roubar-me tu?

e o lápis mais depressa

— Que homem?

como se eu pudesse responder-lhe e não posso dado que não sei
nada da fundura dos outros e muito pouco da minha, de gatas no
chão entre brinquedos baratos, em todo o caso vejo o homem sim
senhor, isto é aquele que me mostram e não sei se existiu, vejo um
quarto sem móveis e a serra a cheirar a árvores e mato, vejo o meu avô
com catorze ou quinze anos a deslocar um losango do sobrado retiran-
do uma caixa, vejo a caçadeira que disparou para o tecto dispersando
os corvos de um olmo que emagreceu sem os pássaros, eram os corvos
que lhe davam a ilusão de ser olmo, ao menos aqui os plátanos autên-
ticos em redor da fonte e a torneira da qual algum dia me jorrarão as
lágrimas que apostava não ter, tudo seco inclusive o sangue nos tubi-
nhos, o homem

(e eu para o lápis

— Não me pergunte que homem)

tentou levantar-se da cadeira

— Querias roubar-me tu querias ser rico não era?

(gostava da Trafaria porque não tinha corvos avô?)

e o braço torto a falhar-lhe

(nem corvos nem gaivotas, poupas e acabou-se)

a perna sem força, a caçadeira que nem de bengala servia na mão
do meu avô e o feitor, com catorze ou quinze anos também mas mais
pequeno, mais magro, da entrada da porta

– Rápido

de maneira que de facto o que talvez seja mais diferente aqui é o silêncio porque quase não tem sons lá dentro, os passos do meu avô e do feitor a caminharem depressa e transformando a caixa no que viria a tornar-se a herdade, o homem estendido ao lado da cadeira com uma bala no pescoço e o losango do soalho no seu lugar de novo, perdido nas emoções confusas do meu avô que não se recordava delas, sou eu que lhas lembro e ele no pontão da Trafaria, surpreendido pela ausência de corvos

– Tens a certeza rapaz?

sem perceber porque a ausência de corvos lhe agradava nem ter presentes a caçadeira e o homem que se me afigurou encontrar em duas ou três das fotografias da sala, a de um almoço numa mata onde a nódoa dos anos borrava criaturas, frigideiras e cabazes sobejando o que se julgavam dedos que tudo é possível nos retratos antigos nos quais almofadas de risquinhas e uma toalha bordada, dedos a acenarem adeus porque os defuntos continuam a despedir-se da gente e uma outra de casamento e aí sim, o homem na última fila dos degraus da igreja com os noivos em baixo e ao centro, ela quase tão gorda como a minha avó, prestes a alimentar-se do marido com a ferocidade do sorriso que resistia ao tempo, havia os nomes das pessoas nas costas da moldura em maiúsculas trabalhadas e uma placa de caliça a cobrir o do homem, um primo se calhar, um vizinho, o pai, porque não o pai embora o imaginasse órfão num ângulo de casa com medo dos mochos ou das telhas que se estrelavam no chão, uma tarde na Trafaria, quando o meu avô se extasiava com o tamanho do mundo, procurei-lhe nas funduras e nas emoções confusas e trouxe à tona uma menina que não faço a menor ideia a que episódio da sua vida pertencia, a menina, semelhante ao meu pai, numa acusação cuja intensidade me assustou

– Porque me deixaram falecer?

e para quem o meu avô estendia o braço num sobressalto comovido

– Quem era o homem da caçadeira senhor?

no momento em que um barco de pesca nos ocultava Lisboa de forma que o mundo menos grande do que o meu avô dizia, começava nas casas de pobres e terminava no navio logo adiante, que embora se deslocasse no sentido da foz permanecia imóvel e eis o mundo, não me venham com infinitas extensões geladas onde a alma se perde, um esconso em que mal cabemos de mistura com os indianos do cabaz, talvez as emoções confusas e as funduras do passado sejam comuns a todos, as mesmas imagens de pataco e os mesmos acontecimentos sem nexo que graças a Deus se perderam e o que fazer com materiais desemparelhados que no entanto nos pesam de um remorso que cresce, a menina

– Porque me deixaram falecer?

zangada comigo por a haver esquecido e por a haver esquecido defunta, se lhe perguntasse quem era não respondia, como podia responder sem boca e no entanto

– Porque me deixaram falecer?

que me recorde não tive uma irmã, um irmão sim que escreve isto e portanto a menina do meu avô ou de um estranho, por instantes deu a impressão de ser capaz de me auxiliar a sair daqui para a herdade, não para a cozinha onde a minha mãe

– Que vida

sem ganchos nem brincos, cada vez mais informe na blusa

(não acredito que a menina a minha mãe e todavia quem sabe?)

e portanto nenhum ajudante do feitor lá em baixo a abrir a porta do celeiro e a aguçar uma cana, só os velhotes jogando às cartas ao fim da tarde diante do barraco e logo a seguir arcos de pedra e o Tejo cujos fumos nos enevoavam a sala que durante as enchentes baloiçava a caminho do mar, eu para o meu pai

– Já viu?

e ele em lugar de chamar o cavalo e levar-me consigo sentado à mesa do almoço a ir-se embora com as ondas, a um metro do meu pai, ocupada com não sei quê ao lume ou a tentar desentupir um dos bicos do fogão com o gancho que dali a pouco perderia no celeiro a minha mãe

— Que vida

a invejar as colegas na cozinha da herdade que por seu turno a invejavam a ela ao verem-na regressar dos fardos de palha sem compor o penteado ou a roupa, outro cheiro no seu cheiro, outra cor nos seus olhos, o meu avô a rondar a caixa do pão a pensar nas moedas

— Para que as quer se você tão rico senhor?

que bem o vi a contá-las no escritório e a guardá-las no cofre, o lápis para os homens do automóvel

— O avô rico diz ele?

espiando-o a sair do táxi a custo, primeiro as pernas e a cabeça, quer dizer a perna direita, depois a esquerda procurando o chão e a cabeça cega

— Espera

resistindo ao meu pai que lhe segurava a lapela, os dedos a apertarem o braço que o guiava

— Tens a certeza que não vou cair?

(tão inseguro, tão fraco)

e a seguir o resto com o botão de cobre olhando bem ridículo, provavelmente nem cobre, lata, a fechar-lhe o pescoço quando deveria atravessar a herdade no mulo apontando ao feitor um pau da cerca quebrado

— Consertem amanhã

e consertavam amanhã, ou no pontão da Trafaria a comandar as marés juntando de um só golpe os reflexos de Lisboa na palma

— Somos dois homens rapaz

separando com o médio

(não se enerve se o meu irmão escrever que pouco limpo)

uma catedral ou uma avenida muito mais pequenas que a herdade porque tudo muito mais pequeno que a herdade e a devolvê-las com desdém ao rio

— Para que quero eu isto?

deixando-as a estremecer entre correntes, um dos homens do automóvel, impressionado

– Pode ser que seja rico quem sabe?

à medida que as rãs da lagoa palravam, continuo a escutá-las a subirem do lodo ao meu encontro, geladas, se chamasse os meus pais ninguém ouvia e portanto eu escondido na cama de joelhos dobrados

– Não

a espreitar por um cantinho de lençol e uma rã ou o prédio depois do nosso a transformar-se em rã, pálpebras que se fechavam e abriam

– Tu

e daqui a nada uma falange a prender-me, daqui a nada manhã e rã alguma, camisas no estendal

(do meu pai, do ajudante do feitor, minhas mas como do ajudante do feitor se o ajudante do feitor na herdade, de uma pessoa que não conheço?)

uma aranha acolá que descobriu uma passagem, vivem no interior dos tijolos, não gostam de mim, a minha mãe

(a camisa do ajudante do feitor no domingo em que me visitou tão presente ainda, um cisco de fuligem junto à gravata e não me irrito com ela nem a troço, emociona-me)

a abrir

(do fundo do coração emociona-me, interessarem-se por mim atrapalha-me, chega de pieguices, siga a banda)

a porta num estalo exagerado, a minha avó sem acordar

– Jaime?

e em vez de Jaime o meu avô a extrair-se do colchão como do táxi não encontrando apoio, de casaco de pijama torcido, calças a escorregarem da cintura, um pedaço de umbigo ao léu e olhos perdidos nas sobrancelhas

– Meu Deus

quando Deus em parte alguma senhor, não perca tempo com quem não se rala consigo, não espere seja o que for, desista, talvez consiga levantar-se no caso de se agarrar à cómoda, um osso que oscila e apesar de tudo aguenta, um músculo quase inexistente que não é capaz, é capaz, você abraçado ao tampo a subir devagarinho, os joelhos direitos, a espinha a resistir, o feitor orgulhoso

— Patrão

como sempre que você se equilibrava no mulo a ordenar

— Vamos lá

o meu avô contra a cómoda a ganhar fôlego, a gaveta de cima do lado esquerdo não se movia um centímetro de modo que desistimos há séculos do que tinha, no outono um borbulhar de vida e a minha mãe num fiozito para que a gaveta a não escutasse

— Sentiste?

esperávamos um bocadinho e nada, a minha mãe tocava-lhe devagar, tocava com mais força e como o borbulhar calado íamo-nos embora olhando para trás num resto de desconfiança ou de medo, volta e meia o meu pai trazia um banco e sentava-se à espera, ele e a gaveta a desafiarem-se não dando pelo trigo e as nuvens de Espanha, a casa morta, a herdade morta, nem a suspeita de um táxi no portão, depois da morte do meu avô não regressei à Trafaria e por conseguinte o pontão deserto e Lisboa no interior dos seus reflexos na outra extremidade da água, se o casal de indianos por ali o pequeno mostrava-me ao grande e enfiava-me no cabaz, lembro-me das tuas tranças, Maria Adelaide, não me lembro de ti, o enfermeiro e a tua mãe apareciam e desapareciam com o que me pareceu uma botija, o teu irmão mais novo brincava nas cebolas e o teu pai a chegar ao degrau e a expulsar--me arrancando o cinto às guinadas, lembro-me dos sinos depois, flores brancas no caixão branco aos tropeços no beco, quis chamar a minha avó que caminhava com um círio num copo de papel a estremecer mais que a chávena e os lábios, não a voz

— Cala-te

(a Maria Adelaide um coelho?)

enquanto eu jogava pedras aos pássaros para que morressem também conforme eu ia morrer logo que as pás de terra baixassem, cada vez mais terra no pescoço, nos braços, na tua cara a pensar noutra coisa como sempre os finados, o meu pai frente à gaveta como se a menina

– Porque me deixaram falecer?

a ralhar e ele de ombros a diminuírem e a aumentarem e o caroço da garganta maior

– Mana?

enquanto a minha avó tornava a surgir no beco a proteger o círio com a manga

– Cala-te

de forma que apenas sapatos e sapatos nas lajes, o meu avô no mulo a amedrontar o meu pai com a vergasta

– Idiota

cachorros enrolados no chão e depois dos cachorros o silêncio parecido com o silêncio daqui porque quase não tinha sons dentro, só a ferrugem do mundo cumprindo os seus giros, os coelhos que desistiam de torcer-se quando a minha avó lhes encontrava a nuca, de pupilas iguais às do meu pai

– Mana

cegas e contudo capazes de enxergarem os rostos já sem nome que esquecemos a quem pertenciam conforme esquecerão o meu perguntando-se à socapa

– Quem era?

não te deixes abater, não desanimes, continua, tiraram-te a herdade mas hás-de recuperá-la um dia sossega, o quarto onde dormias de janela para o armazém das sementes e a mancha da serra sempre à mesma distância por muito que se ande, ao recuperá-la fecharei o colarinho com um botão de cobre, puxarei sem a escolher uma das empregadas

– Chega cá

furioso com ela e comigo ou antes furioso com ela porque furioso comigo a perguntar

– O que é isto?

ou a garantir

– Deus sabe que não era isto que eu queria

sem me entender com a roupa descosendo-a mais que a abrindo, rasgando-a, rasgando-me, com ganas de pedir desculpa ou de ser pequeno e portanto não ter de pedir desculpa para ser desculpado e continuarem à minha espera, necessitarem de mim, me tomarem nos braços rogando-me que não voltasse a ir, que ficasse mesmo fazendo-os sofrer, egoísta, cruel, indiferente, desiludindo-os com a injustiça do meu abandono e atravessando a cozinha no fim daqueles assaltos amargos a embater nas tulhas repetindo

— Maria Adelaide

porque com ela e só com ela eu de certeza, eu talvez, fitando a minha avó com receio do marido ou com a filha morta na alma, dúzias de círios que cercavam um buraco entre cruzes e no buraco

— Porque me deixaram falecer?

a menina ou eu que as pás iam cobrindo, pedras, torrões, cadaverezitos de insectos, a chama dos círios a continuar para os outros e terminada para mim, o consolo do ajudante do feitor

— Descanse que não me vou embora

e sem poder valer-me, adivinhava-o de palmas nos joelhos para soletrar as lápides não dando com a minha, nunca dará com a minha, para quê afiançar

— Não me vou embora

a dirigir-se a um resíduo de tecido e ossos que me não pertenciam ou a ossos nenhuns, o que fazias com a minha mãe no celeiro, qual o motivo de te preocupares comigo, se pedisse à minha avó para ensiná-lo a interrogar as campas ela para trás e para a frente

— Jaime?

alguma vez passearam juntos no pontão da Trafaria avô, ripas de madeira apodrecida que o rio levava uma a uma descolando-as dos pilares de tijolo e as ondas um mulo manco a cirandar sob a gente com os dentes compridos e a cauda depenada, o mulo que depois da morte do meu avô conduziram ao limite da herdade, isto é o meu pai e eu dado que o meu pai

– Dá aí uma ajuda

conduzimos pelo pedaço de corda da rédea ao limite da herdade onde o centeio se transformava em calhaus, as ogivas do que devia ter sido um convento em cujos restos se adivinhavam vestígios de raposa

(pêlos, cartilagens de texugo, uma espécie de ninho)

e o mulo tranquilo porque não movia as orelhas, com aquelas lágrimas dos bichos idosos que não significam tristeza, significam que a vida os deixou da mesma forma que a baba das doninhas não significa cansaço, nenhum indiano na Trafaria, dunas e o telhado das casas, o meu pai com não sei quê na mão

– Segura-lhe o freio

e palavra de honra que nunca vi tanto pombo bravo num desespero de asas como depois daquele tiro

(onde se esconderiam antes?)

o mulo limitou-se a estremecer a garupa antes de estremecer os flancos, de perder as patas, ficarem o tronco e a cabeça e depois nem tronco nem cabeça, as patas de novo, de início curvadas e por fim estendidas, os cascos amarelos, as juntas salientes, as dunas da Trafaria que o meu avô jurava sumirem as pessoas e que graças a Nossa Senhora não me sumiram a mim, depois das patas estendidas o focinho, depois do focinho uma órbita, depois da órbita crinas, depois o mulo de banda, depois o campo livre de pombos, depois o meu pai com o não sei quê pendurado da mão, depois estorninhos a aproximarem-se do mulo vindos de um bosque de figueiras anãs, depois o meu pai a olhar o não sei quê numa espécie de remorso e a deixá-lo cair na mudez que se dilata no interior de nós a seguir a um tiro, parecido com o silêncio daqui porque quase não tem sons dentro, no corredor passos que nunca se aproximam, se afastam o que me leva a pensar que o corredor interminável, continuo a escutá-los após se desvanecerem, miúdos e precisos e depois um primeiro estorninho na anca do mulo, um segundo na barbela, as figueiras anãs quase arbustos, sem frutos, uns caroços de espinhos, o primeiro pássaro rompeu a pele do mulo engordando e emagrecendo a garganta e o meu pai a tanger-me na direcção da herdade ele que nunca me tocava, evitava-me e se não conseguia evitar-me os olhos de mim para o ajudante do feitor ocupado com os sacos de bolbos na carroça, o meu pai que preferia bater na gaveta a insistir

— Mana

na esperança de uma resposta

(como se uma gaveta pequena pudesse conter mais que meia dúzia de objectos ou peças de roupa miúda)

e foi tudo, já que estamos no mulo será mania minha ou é realmente ele quem se desloca à volta da torneira do pátio, de pata aleijada mais vagarosa que as restantes e com um som oco, o lápis a reflectir

— Um mulo?

espreitando a janela onde apenas os plátanos e a enervar-se consigo mesmo por acreditar em mim, edifícios todos iguais onde pessoas como eu nas suas herdades também e para lá dos edifícios suponho que praças, avenidas, gente e ao dizer isto o mulo à roda da torneira com o meu avô a baloiçar em cima ou então o cortejo dos parentes demorado, sério, uma criatura de bengala

(prima Hortelinda que apesar de um problema de barriga e dos receios do enfermeiro a tirar-lhe líquido com uma espécie de bomba e a mostrar o líquido

— Esta saúde não está nada bonita dona Hortelinda

nos sobreviverá a todos com os seus vasos de goivos, encostava uma flor à lápide de cada um de nós como ao enfermeiro que não precisou de um tiro para se despenhar de costas na rua, uma veia do cérebro resolveu o assunto)

a minha avó dirigindo o cortejo a ordenar-me

— Cala-te

de forma que vou calar-me enquanto a minha mãe, que plantava salsa em boiões, conta e torna e contar o dinheiro da caixa do pão e eu a pensar no que permitiu que os anos fizessem de você senhora, recordo-me do meu irmão ao seu colo e de a ouvir cantar, da expressão do meu avô ao olhá-la e da minha avó desejando que ela fosse um coelho a fim de a abrir da garganta às tripas, o lápis tornou a espreitar a janela com o mulo na cachimónia e pode ser que tenha visto o meu pai e o bicho a estremecer a garupa antes de estremecer os flancos e os estorninhos nas figueiras anãs, que entendesse e me entendesse, me acompanhasse à Trafaria

— Somos dois homens rapaz

e ordenasse que abrissem o portão

(longos sons de ferrolhos que tardavam a encaixar e após encaixarem os plátanos que não fazem parte do silêncio, o moldam apenas, uma baga a cair ou uma hesitação de folhas)

para regressar onde pertenço, às fotografias dos parentes na sala

— Este é filho de quem?

numa das quais a prima Hortelinda, de chapelinho com véu, sorria para nós sem que nos desse vontade de sorrir de volta dado que uma expressão nela que nos assustava, os parentes

— Esqueça-se da gente prima Hortelinda

e o sorriso, em lugar de diminuir, maior, um aceno amigável que tentavam não ver encolhendo-se na roupa a desejarem que as nódoas da película os ocultassem e não ocultam, aí estão vocês indefesos, expostos, sem que um tronco ou uma parede os defenda, mortos e no entanto apavorados pela ideia de falecerem de novo, a agonia, o terror, tudo longe e apesar de eles longe também algo que os ia buscar onde estavam, pegavam-lhes ao colo e saudades, memórias, um episódio da infância em que choravam sozinhos e um cano a pingar num ponto invisível obrigando-os a contar as gotas, dez nove oito sete e chegando ao um nada excepto os dedos que se abriam e permaneciam quietos, uma pessoa que lhes cantava ao ouvido e se calava de súbito, um esforço para acordarem e se acordassem

(não acordam)

ninguém, desapareceu o cansaço, desapareceram as dores, flutuamos, não flutuamos mais

— Fecha-lhe a boca e compõe-lhe as mãos

tão magros, serenos, penso que a prima Hortelinda gostava de mim visto que repetia

– Oxalá não me obrigues a cortar um goivo

a apontar o vaso no meio da sala com o cartucho do fertilizante ao lado, o lápis a recuar à cautela

– É sua prima mesmo?

e reflectindo melhor de quem era prima senhores, de uma cunhada do meu avô ou mais afastada talvez, uma maneira de dizer que a aproximava da família sem uma intimidade exagerada, prima, não morava na vila o ano todo, chegava na Páscoa com o chapelinho de véu, o condutor da camioneta da carreira ajudava-a a descer os dois degraus de ferro, o chapelinho torto e a prima Hortelinda com meia cara de fora a penar com a bengala, a vila nessa época, ao que me contam, acácias choupos salgueiros e alguns vivos ainda que se percebia pelos postigos fechados, a coelheira da minha avó intacta e cinco ou seis focinhos na rede, nada que se compare aos fantasmas de agora, o meu pai a cavalo no largo com a prima Hortelinda a avisá-lo

– Continuo aqui filho

indicando-lhe o último goivo do vaso, fuja para a Trafaria que é onde o mundo termina num pontão que entra no rio e no pontão o meu avô e eu a pensar em ti, Maria Adelaide, não doente, parada na horta de laço no cabelo, lembro-me tão bem desse laço e o que ele me exalta, palavra, movendo-se ao andar, olhavas para o meu irmão, não para mim, decidi

– Vou matá-lo

e a minha mãe

– Deixa as facas em paz que te aleijas

ou então conduzo-o ao limite da herdade onde o centeio se transforma em calhaus e por tua causa nunca vi tanto pombo bravo como depois daquele tiro, o meu irmão limitou-se a estremecer

não, mentira, perguntei à prima Hortelinda

– Por acaso não lhe sobra algum goivo?

e mentira também, deixei-te com o meu irmão na horta e corri para casa de forma que nem dei pelo meu pai a roçar na gaveta a pontinha dos dedos

– Mana?

ou a minha mãe a contar o dinheiro na caixa do pão

– Que vida

desejando que vocês dois defuntos, entendes, com a certeza que vocês dois defuntos e dúzias de círios em copos de papel, vocês dois defuntos e eu deitado na cama sem me despir, de persianas descidas para não sentir a noite

mentira, para não sentir o som de um beijo que de todas as maneiras não poderia ouvir, ocupado a segurar as lágrimas até que derivado ao sono e à esperança que no sábado havia de estar na Trafaria com o meu avô que prometeu ensinar-me a segurar Lisboa inteira na palma e a deixá-la cair na água enquanto as ondas iam soltando pranchas e nós dois homens rapaz, comigo a pensar

– O que interessa Lisboa o que interessa a Maria Adelaide?

me fui esquecendo deles.

4

Deve ser o fim ou qualquer outra coisa parecida com o fim porque não vejo a serra, vejo alguém que não conheço, não o meu avô,
não o meu pai, não o meu irmão, não o ajudante do feitor, a olhar-me
do poço, ainda pensei que a prima Hortelinda para me estender um
goivo

– Já vai sendo tempo filho

com pena que se lhe percebia na cara

– Se dependesse de mim não estava aqui hoje

pronta a pegar-me na mão e a ajudar-me

– É mais fácil do que se calcula sabias?

e no poço águas profundas à espera, também gosto de você prima
Hortelinda, não a censuro palavra, compreendo o seu trabalho, dê-me
só um instante para calar o relógio abrindo a portinha de vidro e imo-
bilizando-lhe o pêndulo, que sentido faz preocupar-me com o tempo
que de resto nunca entendi o que era

– Em que consiste o tempo relógio?

e já vou ter consigo, feche as águas depressa quando eu chegar lá
baixo, não quero ouvir ninguém, a casa mudou tanto de tamanho
com o relógio parado, os móveis imbricados uns nos outros, nenhum

eco a lembrar-me quem fui, eras assim, eras assado e impedindo-me de esquecer, só o vento ao rés do chão a deslocar a poeira

(eu poeira?)

acolá as árvores mas não falam comigo, falam umas com as outras, deixei de conseguir comunicar com as coisas, olha o tractor nem reparando em mim, a porta do celeiro, livre do trinco, que razão a desloca, sinto o cavalo à procura do meu pai e o meu pai onde, se por acaso disser

— Pai

a prima Hortelinda de palma na orelha

— Não compreendi filho

sempre filho, nunca o meu nome, filho, o meu pai num dos retratos com o vidro em cima e portanto mesmo que lhe apetecesse, e não faço ideia se lhe apetece ou não, incapaz de responder, o ajudante do feitor respondia ou pelo menos aproximava-se a indagar consolando-me com ameixas, despedimo-lo e não protestou sequer, um dos cachorros seguiu-o meia dúzia de passos e sentou-se no terreiro, as águas do poço aguardaram-no em vão dado que os cachorros embrulham-se numa serapilheira, abre-se um intervalo nos ulmeiros lutando contra as moscas que se lhes encarniçam nas feridas e pronto, aí está o intervalo a ferver de bichos e as moscas por cima que não desistem, um texugo passou no alpendre e afinal vejo a serra, nenhum fulano no poço

— Adeus prima Hortelinda

a casa no fim de contas talvez viva e o pêndulo a guiá-la de quarto em quarto de hora

— Por aqui

ao comprido das semanas, hás-de durar centenas de semanas rapaz até que os goivos te interrompam, o que significa dúzias e dúzias de táxis no portão e nos táxis a minha mãe a beliscar-me a orelha exibindo-me aos outros

— Está mais ele hoje não está?

(águas profundas à espera de você senhora que não fica cá para semente descanse, a gente debruça-se e tremem com ganas de agarrar-

-nos ou seja um braço a erguer-se e a puxar enquanto as ondas da Trafaria, ao contrário, nos expulsam na direcção da margem sujos de petróleo e de limos e recuam logo, enervadas, o que se passa com as ondas capaz de explicar tanta má vontade contra nós?)

e eu pequeno na cozinha com ela a binocular as compotas

(à noite dá ideia que uma única onda vinda do fim do mundo que não acaba nunca, tentamos vê-la e não vemos, sem espuma, sem reflexos, humilde)

oscilando na prateleira a cada passo seu, tudo vibra nestas construções baratas, o bengaleiro nos dois pregos em anzol, os caixilhos quando uma camioneta os sacode e o meu avô a entornar pedaços de pão no café sem mencionar o gato a espreguiçar-se zunindo, na primavera levava sumiço uns dias e regressava esquelético, orgulhoso de misteriosas vitórias, a minha mãe para o lápis, com medo da resposta

— Está mais ele hoje não está?

à medida que a segadora ia cortando o trigo, uma das empregadas da cozinha não se chegue à máquina que se aleija menino, o lápis a ponderar

— Mais ele?

e mesmo que fosse o lápis quem falava águas profundas com os meus ossos entrechocando-se dissolvidos em ossos anteriores aos meus, os plátanos da fonte

— Mais ele?

a minha mãe diante do lápis, cerimoniosa, de pé, pegando-me no cotovelo como se tivesse afecto por mim e não tinha, o meu filho que não trabalha, não conversa connosco, peço

— Traz isto

ele parado a ecoar-me

— Traz isto

e não trazia coitado, demorava-se na sala, de luz apagada, a dizer frases sem jeito que era outra forma de silêncio, não aceitava o que lhe estendíamos, não se interessava por nós, interessava-se pela concha da cómoda a verificar-me os brincos ou a limpar a minha roupa de palhinhas invisíveis que guardava na palma, eu para ele

— Abre a mão

e surdo, esticava-lhe os dedos e o punho vazio, quais palhinhas, metia-se na cortina para o barraco onde o meu sogro jogava às cartas com os amigos tão inúteis quanto ele e eu escrava de toda a gente que vida, um dia destes morro antes do tempo, entontecida pelos pombos que não largam o bairro e estou para ver como se aguentam com o senhorio a exigir-lhes as rendas atrasadas, o meu marido às voltas com a caixa do pão sem encontrar dinheiro entre as facturas, hão-de morar todos na Trafaria a disputarem o lixo aos indianos e a buscarem ovos de gralha na areia, o meu sogro achando o mundo grande quando o mundo sem espaço, minúsculo, esta casa, este bairro, a Trafaria vá lá, junte-se a Trafaria e a máquina avariada das ondas lançadas ao acaso, raios partam as ondas, para além da Trafaria, como num poço de herdade eu que nunca morei numa herdade, águas profundas à espera que dançam chamando-nos e o meu filho sem atentar em nós, dava ideia que enxergava o que não enxergávamos e se preocupava com o que não ouvíamos, examinava-me os ganchos do cabelo, examinava--me o vestido e esquecia-se, não se despedia da gente ao despedirmo--nos dele e a sua mão a apagar a minha boca da cara

— Quem és tu?

a minha mãe que não cheirava à minha mãe, não cheirava ao meu pai, não cheirava aos boiões da cozinha, cheirava ao ajudante do feitor isto é aos fardos do celeiro, peças de máquinas, foices, talvez a prima Hortelinda a um canto

— Já vai sendo tempo filho

que é das arcas do sótão e da roupa dobrada tardes a fio lá em cima, que é do meu pai nos degraus, via o táxi com a minha família, reparava na minha avó, se calhar já defunta, numa ponta do banco, o meu avô

— Somos dois homens rapaz

eu, agradado de sermos dois homens rapaz, a descobrir entre a minha avó e o meu avô a prima Hortelinda que sorria com um feixe de goivos, lá estava o chapelinho de véu e de certeza que a uma ordem dela as águas do poço iam subir e afogá-los, simpatizei consigo avô, simpatizei consigo pai, encontramo-nos por aí nos retratos da sala ou numa travessa da vila que ninguém habita, no hospital

ainda não, calma, não antecipes o fim, luzes a aumentarem as trevas e tu, Maria Adelaide, quase sem peso de tão leve no corredor da casa, adivinhava-a ao passar por um rumor de chitas, de quem é esta voz que conforta, quem me acompanha até ao poço, solícita como se eu uma pessoa importante imagine-se

— Faz favor faz favor

por entre os caules altos e os insectos dos charcos, olho em redor e não encontro, procuro as rãs e silêncio, o meu avô ao largarmos o barco

— Vamos lá

tinha de ajudá-lo a caminhar segurando-lhe as costas, o médico a medir o baço

— Atenção

referindo-se, julgo eu, ao que o tempo estragara, os joelhos incertos, os pés que faltavam, as pálpebras não logrando enxergar

— O pontão?

Lisboa no outro extremo do rio e o meu avô sem acertar com a cidade, não tarda muito a pergunta enovelada de espanto

— Quem sou eu?

a buscar-se entre ruínas, encontrando uma cara que não lhe pertencia ou pertenceu em tempos e jogando-a fora, o feitor

— Esse era você patrão

e ele a pegar-lhe de novo, incrédulo primeiro

— Isto?

e a impacientar-se depois

— Não acredito

achou um pião e demorou-se no pião de súbito sem rugas, vá lá que acertou no nome

— Pião

a vasculhar em torno num entusiasmo infantil

– Os berlindes?

com os milhafres girando nos penhascos a perseguirem cabras, desprenderam-se-me de certeza umas palavras soltas porque a minha mãe a franzir-se para o meu pai indicando-me com o queixo

– Deste fé?

enquanto me vigiava saleta adiante

– De que Maria Adelaide é que ele fala?

quase sem peso de tão leve que não davam por ela, em lugar dos berlindes um camafeu de esmalte e o meu avô

– Madrinha

a passear no oval amolgado com uma cercadura de pedrinhas azuis em rodelas de arame, conheces alguma Maria Adelaide tu, de que Maria Adelaide é que ele fala e o meu pai

– Não sei

um camafeu com crisântemos pintados e o alfinete rombo, aposto que deixava um buraco na gola e o meu avô sem se incomodar com o buraco a mostrá-lo ao feitor, não precisas de pegar para ver, não lhe mexas

– Madrinha

comigo a pensar na quantidade de defuntos que são necessários para compor uma vida, não só pessoas, bichos por quem a gente se interessou e os perdemos, um dente do meu avô

– Madrinha

dado que se alguma coisa se sensibiliza nos velhos são os dentes, negros, sem saúde mas capazes de lágrimas, assim de repente, no meu caso, um porquinho da Índia, borboletas numa caixa de sapatos em que eu abria furos para que respirassem

(não se calcula a quantidade de oxigénio que as borboletas requerem)

os grandes cães silenciosos que nos perseguem nos sonhos e ao saltarem para nos morder acordamos, pensa-se

– Sonhei

e no entanto um resto da saliva deles no pijama, o meu pai para a minha mãe

— Pelo menos de vez em quando fala

o porquinho da Índia que mastigava o tempo inteiro, desconfiado, rápido, um dia cessou de mastigar e amanheceu defunto na gaiola com um cordel ao pescoço, a minha mãe para o meu pai, receosa de mim

— Tenho a certeza que o matou

e não fui eu quem o matou senhora, foram os cães dos sonhos, tentei impedir as minhas mãos garanto, ordenei-lhes que não, escondi--as atrás das costas a manietá-las com força e desobedeceram-me, o porquinho da Índia chiava na gaiola, não um dente como o meu avô, dois, as orelhas sem cor e as minhas mãos que não repararam nas orelhas a segurarem o corpo gordo onde o coração mais rápido que qualquer pulso, sugeri às mãos que apertavam o cordel

— Larguem-no

à medida que o animal uma espécie de espasmo, reparei na promessa de manhã no peitoril, quer dizer uma árvore sem folhas a que chamarei pláta

a que chamarei tipuana e a cozinha sem necessitar de luz, as patas do bicho que sossegavam por fim e o coração quietinho, o meu pai não para a minha mãe, para a sopa

— Há alguma Maria Adelaide no bairro?

porque o pensamento lhe vinha quando os outros não pensavam já, em vincos que desciam a testa e diminuíam os olhos

(os do porquinho da Índia a esvaziarem-se, côncavos)

— Há alguma Maria Adelaide no bairro?

quase sem peso de tão leve que nem davam por ela acenando para mim do louceiro de modo que lápide nenhuma, não vale a pena procurar, está viva, não consente que eu adormeça, converse com vocês, vos pertença, qual o motivo de teimarem em visitar-me aos domingos se não necessito seja do que for, do meu avô talvez não enxergando Lisboa

— Onde está a cidade?

para cá e para lá em reflexos de tal modo separados que nem uma casa inteira nem uma rua completa, o meu avô a apontar ao acaso as dunas, as barracas, o casal de indianos

– É aquilo?

sem o feitor para o ajudar

– Patrão

trazendo-lhe as empregadas da cozinha que ele já não via quase que ele já não via, para quê mentir

(a partir de certa altura se não somos nós que desistimos as partes de que somos feitos desistem sozinhas, vou-te perdendo Maria Adelaide ao perder o som da mobília, não te afastes agora que os círios nos copos de papel caminham ao meu lado)

as empregadas da cozinha pescoços que o meu avô não tinha força para estrangular mesmo que lhe emprestasse o cordel e emprestava-lhe o cordel ou pedia à prima Hortelinda que lhes sorrisse do véu, nenhum guincho, nenhum espasmo, nenhuma promessa de manhã no pátio, os olhos a esvaziarem-se côncavos, o meu avô para as empregadas

– Que idade tens menina?

e o feitor a ordenar-lhes

– Tapa a cara com o braço

para as impedir de se aperceberem que não era o meu avô, era ele a desarrumar-lhes a roupa, a cumprir o serviço e a garantir satisfeito, compondo ao patrão o colete composto e penteando o cabelo penteado

– Continua macho senhor

de maneira que o dente a apoiar-se-me no ombro

– Somos dois homens rapaz

enquanto o feitor me pedia em silêncio

– Não o atormente cale-se

não o atormente menino, cale-se, não lhe diga que o trigo seco, não existe a herdade, eu não existo, é pobre, que na caixa do pão se acabou o dinheiro e a sua mãe

– Que vida

a mendigar no talho, diga-lhe que para o ano um celeiro novo e um acrescento na casa, mais empregadas e o cofre do escritório maior, Lisboa no lugar para onde ele aponta ao acaso, que diferença lhe faz, o feitor

— Ampare-o

como se eu soubesse amparar, as gralhas da Trafaria poisarão na gente conforme poisam nos cardos se continuarmos aqui, não há nenhuma Maria Adelaide no bairro, inventei-a, inventei-vos a vocês e inventei tudo isto porque tenho medo de

porque tenho medo, a minha mãe para o meu irmão

— Não pára quieto já viste?

a caminhar sem descanso entre a cozinha e o quarto, que quer ele, foge de quê, que vida, dá ideia que muitos passos nos seus passos, sapatos e sapatos ao comprido de um beco, os defuntos da vila não vestidos de domingo como nos retratos, de luto, o meu avô a duvidar dado que qualquer coisa no entendimento a funcionar ainda

— Tens a certeza que fui macho eu?

e nas costas do feitor as empregadas da cozinha a troçarem, empurravam o meu avô obrigando-o a encostar-se à parede

— Sente-se mal patrão?

enquanto a herdade morria, roubaram-nos os tapetes, os cálices, os lençóis, quase nenhum garfo no armário e daqui a nada as telhas que faltam, as tábuas do

— Não o atormente cale-se

soalho quebradas, nenhum mulo, nenhum cavalo, a serra que não vejo e as ruínas da vila, a prima Hortelinda a estender-me o seu goivo

— Já vai sendo tempo filho

supõe-se que a morte nos quer mal, vai-se a ver e mentira, não gosta do que faz, águas profundas à espera e ela

— Tenham paciência

fechando-as sem a gente, a poupar-nos, quantas ocasiões deve ter pedido

— Porque não entregam este serviço a outra?

aguardando uma resposta que não vem, a prima Hortelinda con-
formada

— Se dependesse de mim não estava aqui meninos

mas infelizmente não dependia dela

— São ordens

ou pode ser que me engane, gostava do que fazia, ajudava a escolher os nomes sugerindo

— Este

despovoando os retratos e nas molduras ninguém, o telão do fotógrafo apenas e a prima Hortelinda para quem lhe dava instruções

— Estamos sozinhos meu Deus

ocupando o mundo com o seu sorriso

— Filho

a desejar que nós mortos e o esquecimento a pesar-nos, roupas que
se ignora de quem foram, chaves na mesa da entrada e de que serviam
as chaves, a quem pertenceu aquela caneta, aquela agenda e aquele
relógio de pulso a que falta um ponteiro enquanto desconhecendo tudo
isto o feitor depositava o meu avô à secretária esperando ordens que
não vinham, o pomar definhava à esquerda do pombal tombado

(um metro de arame, uns poleiros)

pardais a bicarem nêsperas no caso de serem nêsperas e não acredito que pardais, não há pardais onde não há pessoas, chamava-o

— Avô

e ele sem tocar no dinheiro da caixa do pão a responder

— Estou cansado

embora a boca se movesse não afiaço que sons, sacudia-o

— Senhor

com receio que se me esfarelasse nos dedos a pensar num camafeu

— Madrinha

que uma criatura há muitos anos usava e pode ser que continue
numa das arcas da cave, o que amámos restos, o que quisemos restos,
o que fomos restos, coisas partidas, cheiros que a prima Hortelinda
limpou, já vai sendo tempo filho de não cheirares a nada conforme os

cadáveres dos bichos passados meses não cheiram, lembro-me de um texugo ressequido no centeio, de mim que não me sinto mau grado a minha mãe

— Está mais ele hoje não está?

e eu com a minha família aos domingos como se lhes pertencesse, o meu avô

— Rapaz

o dente que ao comover-se abanava contra o lábio ele que na herdade, com mais dentes

— Idiotas

para o meu pai e para mim recusando-se a aceitar-nos e o feitor a concordar calado, era o meu irmão que ia ser dono de tudo, não eu, nunca o vi agarrar numa das empregadas da cozinha

— Chega cá

e partir com ela para a copa ou a tulha, se pudesse explicar e não consigo explicar, tento falar-vos e por causa de mil assuntos em mim as palavras negam-se, se ao menos me compreendessem por um gesto, um soslaio, a postura do corpo que me não obedece, desliza, os homens do automóvel

— Que quer ele agora?

deixe-me sossegado prima Hortelinda, não me persiga mais, se pudesse ir à vila espreitar onde moraste, Maria Adelaide, encostar-me ao muro da horta na esperança de te ver e a tua forma de andar inclinando a cabeça, os teus passos a aproximarem-se do meu irmão, não de mim, procurar uma pedra e atirar-te a pedra, vingar-me, o meu irmão doente, não eu, vocês todos doentes, a minha mãe a tossir de mão no peito, que vida, a minha avó no sofá se calhar morta há anos

(há-de haver uma lagoa na cidade e uma rã que a coma)

o meu pai dias inteiros de palmas no queixo sem responder às pessoas

— Apetece-lhe o cavalo paizinho?

(que esquisito paizinho eu que nunca paizinho, nunca pai, eu nada) quer galopar entre a vila e a herdade e esquecer-se de nós, alguém no corredor, aposto, pronto a descer as escadas, durante um momento demos por ele na rua e depois os pláta

e depois as tipuanas e uma hora qualquer, não interessa qual, três, dezanove, cinquenta e cinco, num relógio de igreja, os parceiros das cartas do meu avô intrigados

– Não vem?

um deles com um fumo de luto e um problema no braço, colegas das docas ou viúvos que o desamparo juntava para se abrigarem da falta de memória e do pavor dos hospitais exibindo o baralho, perplexos

– Isto é uma manilha não é?

uma manilha, um ás, valetes pestanudos como os condes nos museus, cheiravam a caldo frio, a tabaco de mortalha e a fronhas por lavar, a visita de uma filha na Páscoa que os não beijava Deus me livre, os examinava à distância

– Bem podia cuidar-se você

ela que dantes ao nosso colo e o carrossel, uma ida à praia, o baloiço no parque, findam tão depressa os carrosséis e os baloiços, as filhas evaporam-se durante anos e regressam intratáveis a distribuir ordens e ralhos, o que as une à infância é o pavor das lagartixas e dos besouros na herdade queimando-se na lanterna num barulhinho de fritura transformados numa cinza que soprávamos da toalha e não tombava no chão, deixava de ser conforme o Tejo na vazante, oculto de nós pela fila de prédios onde uma miséria colorida de caboverdianos e música e gritos, um ou outro tiro à noite e a polícia a metê-los em furgonetas, aos tombos, diante de uma assembleia de crianças descalças, estofos de automóveis onde dormiam bêbedos de cão ao colo a seguirem a gente com os olhinhos sarnosos, se a Maria Adelaide não tivesse morrido talvez eu uma filha que me varreria as folhas do túmulo, já com dificuldade em curvar-se

(os baloiços tão fugazes porquê?)

espera um segundo, não te vás embora, faz-me sentir que

perdão

faz-me sentir que te lembras de mim, do carrossel, da praia, da gaivota doente que te fez cho

(e tu zangada com o mundo

— Não quero que as gaivotas morram)

que te fez chorar, uma filha em que alguma coisa minha, não peço muito, um trejeito ou a forma da mão, se prolonga e eu dessa maneira um pouco

vivo, eu vivo, o meu avô e o meu pai pareciam-se com as fotografias, o meu avô com um cavalheiro de fraque escoltado por uma senhora alta, o meu pai com uma rapariga magrinha, devem ter-lhe ordenado

— Põe-te aí

e ela a pôr-se ali, espantada, além de parecida com o meu pai parecida com a prima Hortelinda e de imediato, no fundo do poço, águas profundas à espera, cabras a descerem dos penhascos tacteando, tirei a moldura do prego, mostrei-lha

— Quem é a rapariga magrinha prima Hortelinda?

e a prima Hortelinda calada, pendurei a moldura depressa

— Perdoe

com receio dos goivos, até o meu avô, se ela nos visitava, lhe oferecia a poltrona, fazia questão de ocupar um banquinho onde lhe custava instalar-se porque magoava a hérnia e sem coragem de queixar-se da hérnia

— Estou bem

a oferecer vinho fino, bolachas, ele tão orgulhoso, proprietário do mundo

— Davam-me arranjo mais uns meses sabia?

com o botão de cobre que lhe fechava o pescoço a latir, a prima Hortelinda de bolacha entre o prato e a boca e nós presos à bolacha

— Vai comer não vai comer?

as águas profundas presas também, não esqueças o amieiro coroado de vespas nem o modo como o sol atravessava os galhos, a prima Hortelinda poisou a bolacha e nós

– Não comeu

(o sol atravessava os galhos de roldão com a brisa)

– Não prometo nada vou ver

os rebentos do amieiro verdes e amarelos ou azuis e amarelos ou simplesmente azuis, o único amieiro que conheci no qual rebentos azuis e eu a encontrar na prima Hortelinda o anelito que a rapariga trazia na imagem, um aro fininho, uma pérola descascada e a prima Hortelinda orgulhosa daquilo, tínhamos de levantar o meu avô depois de se ir embora porque a hérnia prendia-o de forma que panos quentes, massagens, uma artéria que podia romper-se, ameaça romper-se, se aguenta, o coração a vacilar num pulinho e o meu avô a exigir à minha mãe que lhe experimentasse uma veia

– Ainda bate ao menos?

ainda bate senhor, enfraquecida mas bate, o amieiro que os parasitas tolheram e os rebentos nem amarelos nem verdes nem azuis, cinzentos, eu para a prima Hortelinda

– Estes rebentos são seus?

e ela a fixar-me de um retrato com três mulheres e uma boneca ruiva diante de uma trepadeira a escorrer de um muro, metade de um cão preso por uma trela ao canto, a prima Hortelinda a entusiasmar-se com o cão

– Rajá

passando o indicador no bicho, o amieiro que o feitor derrubou de maneira que hoje em dia nenhuma sombra no poço salvo a dos milhafres vigiando os penedos ou a dos tucanos da lagoa na altura em que as rãs principiavam a elevar-se para nós, a minha mãe

– Que tem ele?

surpreendida por me refugiar numa esquina do quarto convicto que a casa me protegia e não protege, nunca me protegeu, as águas virão de qualquer maneira para me sumirem nelas que bem as oiço aumentar, não deixes que te apanhem, some-te, se eu conseguisse prevenia-os

– Cuidado

sobra uma pétala de goivo que o poço não engole e o meu avô a espalmar-se no peito

— Não sinto bater

à medida que os passos do mulo continuam sem ele na direcção da serra ou da vila, que importa, conservo na memória um passinho cada vez mais fraco de cascos desarrumando o centeio, o lápis intrigado

— Que estará ele a escutar?

sem concluir que era o nosso fim que eu previa, a prima Hortelinda de muito longe

— Adeus

tão longe que devo ter inventado o

— Adeus

a prima Hortelinda muda conforme eu mudo, não sei quê a tombar dentro de mim que não faço ideia o que seja, talvez a recordação da Maria Adelaide ou a minha avó a repreender-me

— Cala-te

e eu que nunca falei calado, vou calar-me, mais três ou quatro frases e calo-me, uma madrugada acompanhei o meu avô à caça e fiquei a assistir ao frenesim das codornizes nos buxos, o feitor entregava-lhe a caçadeira e o meu avô a puxar a culatra de joelhos no chão, com um bonezinho desencantado numa lixeira aposto, a minha mãe a ralhar-lhe

— Ao menos ao almoço tire-me isso da cabeça senhor

e ao tirar o boné cicatrizes, sardas, as injustiças do tempo, o meu avô

— Tenho vergonha de ser assim menina

enquanto as codornizes se erguiam uma a uma, o feitor

— Não dispara patrão?

e veio-me à memória a gaivota na Trafaria, as patas vermelhas e as penas sujas das asas, veio-me à memória que somos dois homens rapaz e Lisboa que a mão devolve ao rio com desprezo

— Toma

que nos interessa Lisboa, nenhuma codorniz para amostra, trocavam buxos pelo centeio ou o armazém onde só ratos agora e uma ou
outra doninha que resistiu ao inverno, a caçadeira do meu avô a voltar-se para ele e o feitor

– Senhor

a procurar o travão sem encontrar o travão, o lápis para os homens
do automóvel

– Não sentiram o estrondo?

podem não ter sentido o estrondo mas sentiram o estalar das árvores, o lápis

– Não deram pelo grito?

e o que interessava o grito, mais um grito somente, o meu avô
quase a tocar a terra, o feitor velho

– Senhor

de cócoras a seu lado

– Continua macho senhor

até a prima Hortelinda entornar sobre ele, abrindo os braços, uma
chuva de goivos.

5

Qual a minha idade hoje em dia e quantos anos passaram desde aquilo que contei? Há alturas em que me parece sentir o cavalo na argola sabendo que não existe cavalo nem argola e no entanto ignoro o quê a procurar-me, a bomba que tiraram do poço e apesar de ausente puxando, ficou o balde na corda e se girar a manivela quem chegará cá acima, o maquinista cego derivado aos diabetes a quem uma destas semanas iam cortar a perna

– Onde fica o poço menino?

sem que lhe distinguisse a cara na aba do chapéu, percebia os olhos a boiarem não no lugar das sobrancelhas, na boca, mastigue-os que não lhe servem de nada, se girar a manivela a perna aparece no balde e as pálpebras estéreis a perguntarem, não o queixo, não a língua

– Tiraram-ma menino?

conduzia o tractor a enganar-se nas leiras avançando rebanhos fora surdo aos lamentos das ovelhas, o meu avô acendeu-lhe um fósforo diante do nariz antes de o empurrar

– Não vês

quer dizer não a empurrar uma pessoa, a empurrar um saco, os olhos boiavam não perto da boca, na terra

– Não vês

o maquinista de gatas no meio dos animais a amparar-se a um cordeiro, a escorregar do cordeiro, a encontrar o chapéu e a sacudi-lo contra a anca com um dos olhos na palma

(não mastiga esse olho?)

– Não me despeça patrão

enquanto a chaminé do tractor ia cuspindo ciscos, o feitor a acompanhar o mulo no trigo que nessa época crescia quase até à vila não mencionando o pomar e as cegonhas no depósito da água

– Não te queremos cá amanhã

à medida que o maquinista continuava a sacudir o chapéu contra a anca, o cachorro do rebanho ladrava com demasiada energia para o pescoço fininho

(se tiver ocasião, e não terei ocasião, falarei das cegonhas que não voltaram mais)

e no dia seguinte o maquinista de jaqueta nova com um desses coletes que os ciganos vendem abotoado ao acaso

– Onde fica o poço menino?

de garganta atravessada por uma espécie de arame que dificultava as palavras

(pode ser que as cegonhas nasçam do vento, atarracha-se-lhes um bico de madeira e transformam-se em pássaros)

a jaqueta que lhe sobrava nas cavas, uma corrente a que faltava o relógio, o chapéu a procurar à direita e à esquerda e encontrando caules, espigas, nenhum cheiro de limos, nenhum eco molhado

– Ajude-me com o poço menino

o cavalo a roçar por nós os sininhos do estribo e ajudei-o

(os olhos do animal cegos também?)

com o poço, distingui a minha mãe no sótão e uma das empregadas da cozinha estendendo toalhas na corda, a certeza que o meu avô nos seguia do escritório, a minha mãe para o meu pai

– Já não se mexe notaste?

enganando-se dado que tudo se me revolve por dentro, o maquinista a apertar-me o cotovelo

– Falta muito para o poço menino?

com a tampa de zinco e o balde na tampa, tem medo de morrer amigo diga-me, deixe-me endireitar-lhe o colete, pôr os botões em ordem, descanse que não me esqueço do poço, eu tiro a tampa, eu ajudo, os ciganos estendiam pulseiras e barros em lonas e as mulheres deles assustavam-me, crianças vestidas de adultos, de sapatos de verniz e lacinho, a mamarem ainda, um papagaio no tejadilho de uma furgoneta conversando em espanhol, enfiei a corrente no bolso do colete, corrigi o chapéu e o maquinista perfeito, deve ser ele quem discursa na sala, o silêncio e a poeira são você, não me engana, se tivesse um relógio oferecia-lho para saber as horas na água, levanta-se o círculo de vidro e com o dedo nos ponteiros conhece-se, não é preciso ver, qual o sabor dos olhos quando a gente os mastiga, as lágrimas sem gosto mas os olhos não sei, não sente a terra que entristece a anteceder a chuva, o meu avô sem aparecer na janela e no entanto, pelo modo de dobrar-se para o caderno das contas e de pegar na caneta sem escrever com ela, estava a par de tudo, o feitor na barraca das ferramentas ou no armazém das sementes e agora sim o poço e a tampa de zinco mais pesada que eu supunha, ajudei o maquinista a deslocá-la

– Segure aí menino antes que a chuva comece

qualquer coisa a prender, uma irregularidade no cimento, um parafuso, um espigão

(aliviava-me poder falar das cegonhas)

o maquinista preocupado com o colete

– Está limpinho não está?

e está limpinho sossegue, nem uma nódoa para amostra, a esposa na cozinha em nova e o meu avô

– Chega cá

faleceu há dois anos de um problema de mulheres apesar dos xaropes do enfermeiro, caminhava de bengala sem protestar com as dores, quando apareciam as cólicas só o nariz aumentava nas bochechas sem carne, instalava-se num caixote a afastar uma palma invisível

– Impeçam esta mão de me levar para o fundo

o maquinista localizando-a pela voz a tirar-lhe a bengala e a esgrimir com ela a fingir que impedia

(uma cegonha ao menos que me safasse disto, pergunto-me onde farão os ninhos este ano)

a qualquer coisa que travava a tampa partiu-se num estalido semelhante ao dos fechos que batem nos quartos convidando-me a entrar para se cerrarem sobre mim numa volta de chave e me sufocarem conforme o poço sufocou o maquinista quando o feitor veio ajudar-me a cobri-lo e reparei que o meu avô começara a copiar facturas, de aparo difícil, para o caderno das contas, dizia-se que o maquinista e a esposa um filho da idade do meu pai e com a mesma mancha de nascença na cara a quem o meu avô pagou uma viagem para a América ou seja que o feitor acompanhou não se sabe onde, regressou com um risco que não lhe conhecia na testa e sumiu-se a tarde inteira ignorando o meu avô que o chamava, dizia-se que a chávena da minha avó a erguer-se e a descer sem descanso no pires e o meu avô apertando as orelhas como se a chávena gritos e dizia-se que foi buscar a caçadeira ao armário para disparar sobre os gritos, se a tivesse aqui disparava sobre a poeira e o silêncio ou as patinhas de texugo por baixo das tábuas, a minha mãe para o meu pai a designar-me com a cafeteira

– Que quer ele?

quero explicar que a América fica debaixo de pedras numa ponta da herdade que o feitor evitava e não consigo, o arame na garganta sou eu que o tenho afinal a dificultar as palavras, repito as dos outros, por exemplo

– Já nem se mexe notaste?

por exemplo

– Que quer ele?

não consigo pronunciar as minhas de forma que acabo por ir-me embora zangado comigo, a esbarrar nas sobras de mobília que nos atravancam não contando as parvoíces que o meu avô trazia constantemente da rua, arabescos de lustre, uma ventoinha empenada, a minha mãe a impedir-lhe as escadas

— Leve-me essa tralha de volta

e ele a descer os degraus com o seu lixo ao colo a perguntar-me

— Onde fica o poço rapaz?

impedindo uma lágrima de lhe tombar do dente, se mencionasse a Trafaria não se iluminava nem isto

— O quê?

vasculhando lembranças com uma lanterna apagada, trabalhou num armazém de loja a carregar fardos enquanto se impacientavam com ele

— É para hoje ao menos?

se eu por pena de você a oferecer-lhe uma herdade

— Tome lá

e cabras e milhafres e o feitor e o mulo não oiça a minha mãe

— Que vida

largue Lisboa no rio e ensine-me as gralhas, as rodas dentadas das asas, a forma de poisar, quando eu era pequeno

não

as rodas dentadas das asas, a forma de poisar, invente também, proteja-me, há alturas em que eu, como dizer, não digo e tanta lembrança ainda, a minha mãe no quarto

— E se ele ouve?

um par de respirações investigando o silêncio antes da cabeceira da cama a tremer de novo, não a cama de hoje, uma de ferro com bolas de latão na ponta que volta e meia se soltavam para rolar no soalho, punha-me de gatas para retirá-las com o cabo da esfregona entre o rodapé e a cómoda só que as bolas em lugar de virem ter comigo desapareciam sob o guarda-fato, a minha mãe a esconder-se no roupão com parte do cabelo no ar e a outra parte penteada

— Nem para isto serve

o meu pai com a tinta das pestanas dela na testa e eu a estender-lhes a bola em que nenhum pegou, há quanto tempo não me visitam, dois meses, três meses, os táxis dos outros e as famílias dos outros, nunca a minha a chegar e a observar-me do portão conforme eu na herdade procurava adivinhar a resistência das cabras nos penhascos, as patas antes do salto, a garganta inchada de veias

– Sou capaz não sou capaz?

e o branco dos olhos à vista em sinal de terror, o branco dos olhos do meu pai à vista ao anunciarem-lhe

– Operamo-lo quinta-feira amigo

e ele que na sua opinião não tinha idade para morrer a mastigar os olhos do maquinista remexendo nos bolsos à procura do lenço e ignorando o que fazer com o lenço, guarde o lenço que não o livra da agonia, o meu pai tão pesado no assento porque o corpo deixara de lhe pertencer, o que lhe pertencia era uma excrescência nesse corpo a enviar prolongamentos de dor

(não bem dor por enquanto, quase dor apenas)

para o peito e os braços, o relógio de pulso do médico a preencher tudo, o sangue nas veias dos outros grandes estrondos pausados, o mundo até então discreto a dilatar-se de sons com o caixão ao fundo no qual iriam estendê-lo, uma almofadinha de cetim para a nuca, rendas em torno e a cobertura vertical contra a parede, à espera, devolveu o lenço à algibeira, sentiu-se abandonado, tornou a puxá-lo mas o abandono continuava, as pessoas à volta, apesar de imóveis, recuavam sem cessar, a minha mãe, o meu avô, eu pregado ali, se estendesse os braços, e a gente a centímetros, não lograva tocar-nos, no caso de não estar doente

– Não tem nada senhor

e como estava doente

– Operamo-lo quinta-feira amigo

as bolas de latão sem tombarem da cama, a minha mãe ajudou-o a levantar-se no momento em que um dos prolongamentos da quase dor dor de facto, quer dizer uma impressão que aumentou e se desvaneceu, o meu pai

– Curei-me

e dor alguma, que sorte, enganaram-se, porém o médico a contornar com o dedo um arquipélago branco na radiografia aliás cheia de arquipélagos brancos, provavelmente um arquipélago normal entre dúzias de arquipélagos normais, para quê a indicação à minha mãe

– É aqui

um arquipélago normal, inocente e mesmo que não inocente os aparelhos enganam-se, tantos defeitos nos aparelhos, basta que a electricidade falhe ou uma lente menos limpa, chamem um técnico que conserte e repitam o exame, há-de existir uma reza eficaz, como se reza contem-me, uma das cabras alcançou o penhasco seguinte apesar dos milhafres de olhos mais duros que os meus que se turvam sem motivo, a minha avó sob a manta sem entender a doença

– Jaime?

numa alegria indecisa, todos nós indecisos afinal, que robertos de feira não somos, a mão desinteressada do médico a apertar a do meu pai isto é um bocado mão e um bocado lenço e os dedos dava ideia que pertencendo ao bocado lenço, não de carne, de pano

– Quinta-feira amigo

a chamar a minha mãe ao corredor enquanto o meu pai tentava compreendê-los inclinando-se no sentido da porta querendo e não querendo escutar, para quê escutar o que já conhecia, pessoas falando à sua volta sem que lhe interessassem as palavras mesmo depois de a luz no tecto, que se apagava aos poucos, se extinguir de vez, quer dizer a luz extinta para ele, não extinta para os demais que se aproximavam tocando-lhe e ele percebendo que lhe tocavam sem sentir que lhe tocavam, ele

– Não me fechem as pálpebras

ao fecharem-lhe as pálpebras

– Não me vistam esse fato

ao vestirem-lhe o fato, quis desprender o cavalo e não topou com a argola, roubaram-no, procurou melhor e lá estavam as rédeas, a sela, pensou

– Vou-me embora

deu fé do galope, dos candeeiros da vila e no entanto ele quieto ou seja o que se movia parado excepto o meu pai a escorregar de banda numa inércia de lodo, a minha mãe durante um segundo e depois nada ou antes ele herdade fora na direcção do pomar, o cheiro das cerejas, dos alperces, um pássaro, nenhum pássaro, uma espécie de brisa que o separava das coisas, lembrou-se do triciclo

— O meu triciclo?

e lá estava no pátio, sem um pedal mas funcionando ainda, o feitor

— Não ande tão depressa menino

o meu pai feliz, pela primeira vez em tantos anos feliz, o médico

— Realmente curou-se

e curei-me, tal como tinha a certeza foi um engano, um erro, dúzias de anos no mínimo e feliz, a cabra que alcançou o penhasco seguinte a balir dado que mais nenhum penhasco, uma ravina e os milhafres à espera, os dedos do meu pai cara fora

— De quem são estes tendões?

estes tendões, estas cartilagens, este enjoo que insiste, a bola de latão a rolar não sei onde, a cabra ajoelhada no penhasco a estremecer ao sol, se não fosse o arame na garganta o que eu poderia contar-vos, a queda do animal, os milhafres e os cachorros a disputarem os restos escapando, regressando, agrupando-se, o táxi finalmente de visita a semana passada e o meu avô

— Somos dois homens rapaz

com o pontão da Trafaria na ideia e a minha mãe a verificar a caixa do pão amarrotando facturas

— Que é do dinheiro senhor?

apetece-lhe o celeiro de volta mãe, apetece-lhe o sótão, a minha mãe a estranhar

— Que disse ele?

e o meu pai

— Não percebo

que celeiro, que sótão, que herdade, nunca existiu uma herdade, a Trafaria sim, as gralhas, Lisboa na outra extremidade da água, o meu avô

— Em que sítio Lisboa?

uma ilha de caniços em que íbis, narcejas e nem íbis nem narcejas, grazinas, não se incomodem comigo, deixem-me em paz aqui, a minha avó a pestanejar sob a manta

— Eu conheço-te?

não já avó, uma coisa, a pele coisa, as unhas coisas, a palha do cabelo coisa e no entanto, antes da chávena de chá a estremecer no pires, existiu uma época em que ela viva a calcular pelas fotografias, numa delas com uma criança ao colo

(o meu pai?)

na segunda com dois cachorros de que conheci um deles, já paralítico, confinado à cesta que a minha mãe desinfectava a contragosto

— Que vida

na terceira meio escondida num grupo de Carnaval porque narizes postiços e o meu avô mascarado de mulher a mandar beijos à câmara com o meu pai criança a olhá-lo perplexo, o cachorro que conheci na cesta sobressaltado de sonhos

(o meu avô para o meu pai

— No próximo ano visto-te de mulher também)

davam-se-lhe umas colheres de sopa de manhã e à noite, o meu avô segurava a gola do meu pai na moldura

— Onde pensas que vais?

para além das colheres de sopa de manhã e à noite água na goela com uma pipeta arredando as moscas que o cuidavam defunto, na época da saúde era a minha avó quem o passeava na rua, de pneu em pneu, todo esticado para diante saudoso de cheiros e a urinar com desdém, uma tarde encontrei a cesta vazia que a minha mãe mandou o meu avô jogar no barraco

— Tenha paciência leve-me isso daqui

onde provavelmente dúzias de cestas de que os ratos iam sumindo a verga porque dava com eles no forro do soalho sem força de levantar-me e enfrentá-los consoante não tenho força de me levantar hoje, estou no pátio diante do portão que ninguém abre, acabou-se a Trafaria, acabou-se a herdade embora às vezes me pareça sentir o cavalo na argola e não existe cavalo nem argola, as vozes do passado que se me não dirigem, me esqueceram

(quem se lembra do que fui e de quem fui?)

buscando-se no corredor

no que terá sido o corredor e móveis despedaçados, entulho, caliça, a cadeira que a prima Hortelinda ocupava queixando-se à minha mãe a acariciar os goivos

– Preferia mil vezes não me caber esta sina

não cavalo, não argola e no entanto não sei quê a perseguir-me

(que espécie de livro é este que custa tanto escrever?)

hei-de procurar a cesta no barraco para me deitar nela e que importam os ratos as doninhas os texugos as gralhas, arrastem-me convosco para as covas onde moram, coloquem-me na garupa do mulo até à lagoa a visitar as rãs, qual é a minha idade, quantos anos passaram, catorze, vinte, trezentos ou nenhum, o meu pai nas escadas para o sótão a dirigir-se às arcas onde a minha mãe não estava

– Não me deixes

dado que o ajudante do feitor no celeiro, há momentos em que se me afigura vê-lo encostado às grades a preocupar-se comigo, suponho que visita o cemitério com dificuldade em decifrar os nomes e receio de tombar no meu cuidando que lhe pertenço e o meu sangue o dele, na altura em que nasci andou à volta da casa a corrigir a vinha virgem e o meu avô

– Idiota

não se entendia para quem e dali a poucos tiros sobre as codornizes em que nos matava a todos, recusava jantar

– Para quê?

se conseguisse dizer

– Avô

ou tocar-lhe apenas

– Somos dois homens senhor

e não somos dois homens, somos

e não somos dois homens, somos um velho e um garoto no que ficou de um pontão ou seja umas traves, uns paus, um viscozito de espuma visto que

visco visto

a maré recuou e por baixo de nós gasóleo queimado, restos, o meu avô restos pisando restos e o ajudante do feitor

– Menino

embora a emoção nos camponeses seja difícil de entender, dão ideia que alheados e no entanto uma febre no que toma neles o lugar das vísceras, qual fígado, qual estômago, talos, cardos, seixos e portanto não doenças, podridões vegetais, desabamentos, quedas, primeiro cessam de andar, depois deitam-se nas suas cestas e uma colher de sopa de manhã e à noite, abrem os olhos, aparecem, fecham os olhos, ausentam-se e se por acaso conseguem arrastar-se

– Onde fica o poço menino?

com um desses coletes com um desses coletes com um desses coletes que os ciganos lhes vendem e gravata e chapéu, de garganta atravessada por um arame que dificulta as palavras

(cegonhas no depósito da água ou no vértice do celeiro, tinha jurado que se tivesse ocasião, e não terei ocasião, lhes falaria delas)

e uma corrente a que faltava o relógio a baloiçar nos joelhos

– Ajude-me com o poço menino

e ao encontrarem o poço pedras no lodo do fundo que não vêm à tona como vêm os talos e os cardos, não pensam, não sofrem, não lamuriam, emudecem, desprezamo-los e calam-se, zangamo-nos e aceitam, despedimo-los e agradecem, lá marcham eles para a estação dos comboios ou a paragem da camioneta que são os penhascos que lhes pertencem e onde os cascos lhes tremem, oferecem-nos carrinhos de madeira, ameixas, ninharias, tão acanhados, tão aselhas, tão burros, a rondarem as grades na esperança de me verem nos plátanos

– Menino

mesmo que filho deles

– Menino

e seixos sem ruído a chocalharem, se por acaso um sonzito

– Perdão

e estrangulam o som

(as cegonhas são aves de grande porte embora curiosamente leves podendo por vezes atingir os cento e cinquenta, cento e oitenta centímetros desde o vértice do bico à extremidade da cauda, normalmente de cor branca ou cinzenta clara e patas escarlates, com especial aptidão para escolherem os ventos e capazes de percorrerem por dia distâncias consideráveis da ordem dos trezentos/quatrocentos quilómetros

não sei o que isto faz em milhas terrestres e muito menos marítimas

alimentando-se de pequenos animais como batráquios e lagartos, surgem no nosso País depois do início da primavera, em geral nos meses de junho e julho)

e estrangulam o som

(para a postura e incubação dos ovos demorando-se até meados de setembro, altura em que regressam em bandos hierarquizados ao norte de África sobretudo Marrocos mas também Argélia, Tunísia ou inclusive a Líbia ou o Egipto em busca de um clima mais ameno visto não suportarem os rigores invernais, constroem os ninhos de preferência em lugares altos, campanários, chaminés, postes de alta tensão a fim de protegerem os ovos dos predadores mamíferos e de certas espécies de rapina

c.f. mochos peneireiros falcões corujas

sendo que os ditos ninhos se compõem de galhos, folhas secas e lodo de aspecto desordenado e quiçá anárquico mas sabiamente compostos do ponto de vista arquitectónico e relativo conforto, cabendo ao macho e à fêmea, formando casais de relativa estabilidade, alternarem nas tarefas de choco e busca de nutrientes que para além dos já referidos lagartos e batráquios podem incluir cobras, peixes e sobejos de refeições humanas, para além de fazerem parte do imaginário colectivo através de historietas fantasiosas onde lhes é reservado o desempenho simpático de veicularem infantes recém-nascidos de Paris a casa dos pais, púdico e precioso estímulo para a imaginação infantil contando-se por milhares as gravuras, aguarelas, estampas, desenhos e outras manifestações gráficas que as representam sustentando no bico, pela ponta da fralda, crianças de chupetas risonhas)

e estrangulam o som num embaraço culpado semelhante ao do meu pai

– Perdoa

quando a minha mãe

(as cegonhas são aves de grande porte embora curiosamente leves)

regressava do celeiro a sacudir a saia com pedaços de palha no cabelo e uma cor alegre na pele, Maria Adelaide, tudo aquilo que se tivesses crescido o meu irmão te daria, não eu, o arame na garganta impede-me as frases e depois não sei quê em mim que alarma as pessoas, o teu

aí está o que digo

a erguer o sacho ou a baixar-se para apanhar um torrão

– Vai-te embora

junto à figueira grande e o cheiro dos figos a doer-me, antes dos figos aquelas florzinhas onde abelhas e vespas zuniam

(podendo por vezes exceder os cento e cinquenta, cento e oitenta centímetros desde o vértice do bico à extremidade da cauda, normalmente de cor branca ou cinzenta clara e patas escarlates, roxas, lilases, em determinados tipos de cor de rosa pálido sendo as duas últimas cores menos frequentes)

cujas pétalas se soltavam dos ramos, mesmo sem chuva, tombando numa delicadeza de dedos nos meus ombros, nos teus, subindo e descendo de acordo com a terra que se contrai ou dilata conforme o peso das nuvens e as horas do dia, o teu pai a apanhar mais um torrão

– Vai-te embora

(dotadas de especial aptidão para escolherem os ventos e capazes de percorrerem por dia distâncias consideráveis da ordem dos trezentos/quatrocentos quilómetros, alimentam-se de animaizinhos repugnantes, batráquios e lagartos para além de mamíferos de dimensões reduzidas que partilham com a insaciável avidez das crias) a acertar-me no braço perante a indiferença e até aquisciência

(ou aquiescência?)

enquanto brincavas com pauzinhos levantando um açude na calha da rega, a tua mãe de costas para mim

(alguma vez a vi sem ser de costas para mim?)

à medida que eu me afastava pelas travessas ou becos ou ruelas da vila onde as cortinas inchavam e desinchavam nos postigos abertos, novos torrões me tombavam em torno, as flores da figueira sobre o galope do cavalo e o meu pai sem dar por mim no largo, lembro-me da noite que começava na serra e das vozes buscando-se no interior do silêncio, cheguei à

(surgem no nosso País depois do início da primavera ou do verão, nos meses de junho e julho, mais julho que junho

ou mais junho que julho?

consagrado por estas criaturas de Deus que tudo sabe e conhece à postura dos ovos e demorando-se até meados de setembro altura em que regressam em bando aos Estados mediterrânicos de África, Marrocos, Argélia, Tunísia, inclusive a Líbia ou o Egipto em busca da amenidade de um clima que pela sua temperatura as defenda dos perigos e rigores invernais)

cheguei à herdade só dando fé que a herdade pelos discursos do trigo

(transportando as crias que muitas vezes não sobrevivem à viagem procedendo-se assim à inevitável selecção natural tão importante para a sobrevivência da espécie)

e a seguir a casa com a lanterna do alpendre turva de besouros e dessas borboletas que não há de dia, horríveis, peludas

(edificam os ninhos de preferência em lugares altos, campanários, chaminés de fábrica, postes de alta tensão no fito de se protegerem dos predadores mamíferos e de certas criaturas de rapina

mochos peneireiros falcões corujas

sendo que os ditos ninhos se compõem)

e ao contrário da tua figueira, Maria Adelaide, as nossas sem flores, frutos que não cresceriam ou haviam de crescer não sei quando, ao deitar-me dei conta do cavalo a comer de uma alcofa, escutei os sininhos dos estribos

(continuo a escutá-los)

quando ele se movia

(continua a mover-se)

e o perfume da roupa no sótão que a minha mãe dobrava a descer sobre mim conforme penso que as águas se fecharam sobre o maquinista, tranquilas, o lápis para os meus pais da última vez que o táxi no portão

– Talvez esteja mais calmo

e é verdade, estou calmo

(de galhos, folhas secas e lodo possuindo um aspecto desordenado e quiçá anárquico porém sabiamente compostos do ponto de vista arquitectónico e relativo conforto cabendo ao macho e à fêmea alternarem nas tarefas do choco e busca dos nutrientes necessários à sua robustez física que para além dos já referidos, batráquios etc, podem incluir vermes, cobras, gramíneas e sobejos de refeições humanas para além de fazerem parte, crê-se que desde há séculos, do imaginário popular colectivo através de historietas fantasiosas nas quais lhes é reservado o simpático desempenho de veicularem)

deitado na minha cama, no meu quarto, depois de atravessar a sala

o que foi a sala sem reposteiros nem caixilhos, uma gaveta que ia perdendo papéis

o corredor

(o que foi o corredor e hoje móveis despedaçados, entulho)

e outros compartimentos que me dispenso de mencionar, encostei a almofada à cabeceira, puxei os lençóis, apaguei o candeeiro e principio a ter

principio a ter sono, deixei de ouvir o cavalo e os sinos dos estribos, as vozes do passado e os variados rumores do meu corpo, choques, gorgolejos, borbulhas, o lápis tinha razão mãe, estou calmo e à medida que adormeço com o cheiro dos teus figos na ideia Maria Ade

(infantes recém-nascidos de Paris a casa dos pais, púdico e precioso estímulo para a imaginação infantil tão necessitada de exemplos que a não escandalizem, contando-se por centenas, que digo eu, milhares, as gravuras, aguarelas, estampas, desenhos e outras manifestações gráficas mais ou menos felizes que as representam carregando)

laide apercebi-me do coração a

(carregando no bico, consegui mencionar isto)

parar e foi de coração parado que o mecânico

– Onde fica o poço menino?

não, que o meu avô

(pela ponta da fralda crianças de chupetas risonhas)

– Somos dois homens rapaz

a cerrar a tampa do poço sobre mim e a afastar-se nas ervas para eu não acordar.

III

1

Há momentos em que me sinto tão só que tudo grita o meu nome, naperons bibelots cabides loiças como antigamente a minha mãe a chamar-me para o quintal

– Maria Adelaide

onde me escondia num cantinho de muro a confundir-me com as pedras como os sapos e os lagartos faziam, isto é quase ajoelhada na terra a respirar-lhe o cheiro misturado no meu cheiro de forma que eu terra também, não tronco e braços e pernas, casulos, plantas, insectos e qualquer coisa que não sabia o que era na minha barriga a crescer, a espécie de lama de que as mulheres são feitas e notava na minha mãe às vezes, eu a construir um açude com pauzinhos e folhas sem pensar em nada, movendo as mãos para me assegurar que viva e a minha mãe enorme porque os adultos enormes

– Maria Adelaide

no degrau da cozinha, enorme como eu enorme agora, este sofá à noite com o meu sangue a latir não apenas nas veias, no apartamento todo, saíndo de mim para as prateleiras e as jarras e voltando-me ao peito, eu com seis anos no quintal e cinquenta aqui e no entanto a mesma pedra a esconder-me dos outros convencida que havia outros e não há outros, há o meu marido de quem prefiro dizer

– Ainda não chegou

e o meu cunhado desde o dia, depois da morte dos meus sogros, em que o trouxemos

(não sei bem como se escreve)

do hospital para morar connosco, ele sem cumprimentar

– O que fazes aqui se faleceste em criança?

a referir-se a um cortejo de círios em copos de papel e aos galhos das árvores quando os pardais os largavam comigo a pensar

– Não faleci porque a minha mãe não pára de chamar-me

e de facto o meu nome

– Maria Adelaide

vindo dela ou dos naperons dos bibelots dos cabides das loiças e eu a dirigir-me ao seu encontro com o meu cheiro de lama, aflita com a estranheza da minha mãe

– Já és mulher tu?

lembro-me das tangerinas que engordavam o verão

(tantos postigos abertos)

do meu cunhado a espreitar-me do muro e o meu pai a jogar-lhe torrões

– Vai-te embora

sem que ele parecesse notá-lo, acabou-se-me a lama, as minhas coxas secaram, a que cheiro hoje em dia, se perguntar ao meu marido

– Diz-me a que cheiro hoje em dia não mintas

um gesto que se dissolve no garfo e os ombros do meu cunhado a tremerem, dizem que me rondou o quarto horas a fio quando estive doente e o que recordo são sombras, a sombra da santinha na mesa, a sombra do enfermeiro, uma infusão num tacho

– Bebe isto

e a sombra da serra a pesar-me nos ossos impedindo-me de pedir ajuda e eu incapaz de chorar, eram as pregas do lençol que se queixa-vam de dores, a minha pele não se queixava de nada, o meu pai mais torrões

— Vai-te embora

e então sim, o meu cunhado a fugir, se calhar velhas de luto e portanto faleci em criança, as sombras da santinha e do enfermeiro sob a sombra da serra

— Diz-me se cheiro a defunta não mintas

e o meu cunhado a olhar para mim sem olhar para mim, ao dormir tinha a certeza, sem me erguer do interior do sono e jogar-lhe torrões

— Vai-te embora

que se aproximava da almofada, a lama de regresso ao meu corpo, eu mulher outra vez e detestando-o porque mulher outra vez, não atente no cheiro mãe, de que serve ser mulher se nem um filho tive, poisava a mão na barriga e a barriga mais imóvel que a espuma da lagoa, nenhuma rã, nenhuma cria de tucano a formar-se nos caniços do ninho, talvez o meu sogro a galopar trigo fora entre a herdade e a vila, talvez o pai do meu sogro no mulo a zangar-se

— Não semearam o milho

a apontar

— Falta cerca no pasto

a reprovar-me se me encontrava na sala

— Tão magra

e a reprovar o meu marido dado que eu magra

— Idiota

gastava as tardes no alpendre a ameaçar o mundo e eu com ganas de construir um açude com pauzinhos e folhas, o meu marido no colchão

— Maria Adelaide

sentia-o aumentar ao meu lado, desviar a coberta, despir-me e eu imóvel depois do suor e da tosse se afastarem, ou seja permanecerem ao meu lado numa indiferença cansada, a garrafa na mesa de cabeceira tão clara e o tecto, a mobília e nós invisíveis, parecia-me que a garrafa um círio num copo de papel ao vento, basta-me um círio para entender que acabei conforme os pais dos meus sogros e os meus sogros acabaram, conforme a minha mãe acabou a repetir

– Não vejo

eu a pegar-lhe nas mãos e ela

– Pega-me nas mãos não me deixes

incapaz de notar que as rodeava com as minhas, de olhos abertos sem darem por mim procurando-me na colcha

(não esquecer os moscardos, tantos moscardos no abajur)

herdada não sei de quem que provavelmente

– Não vejo

noutro lugar, noutro quarto, com plantas num vaso a roubarem-lhe o ar, o meu pai

– O que é isto?

a impedir que vestíssemos a minha mãe

– Vais consentir que te levem?

guardando-lhe a roupa no armário, fechando o armário e encostando-se a ele

– A tua mãe fica aqui

a mandar-nos pôr o vaso no corredor para que o ar lhe chegasse

– Depois do almoço melhora

trazendo-lhe sopa, uma fruta e um cálice de vinho, tão nervoso que a sopa e o cálice se entornavam e segurando com o polegar a fruta que rolava, o meu pai a deixar-lhe o tabuleiro no colo

– Come

seguro que a minha mãe lhe obedecia na morte consoante obedecera em vida, o meu pai de palmas na cintura, afastado da cama para que ela entendesse bem quem mandava, as duas sobrancelhas numa única sobrancelha severa

– Então?

e a minha mãe severa igualmente ou antes não severa, alheada, o guardanapo que não colocara ao pescoço com florinhas bordadas, não esqueço os caules de linha azul e as pétalas verdes como não esqueço as nuvens na janela, redondas antes das primeiras chuvas, da incomodidade, do frio, o meu pai segurando-lhe os ombros

– Estás a mangar comigo?

a entender por fim e a olhar-me apavorado sem deixar de segurá-la não como quem segura uma pessoa, como quem segura uma coisa, largando-a de repente e a minha mãe no travesseiro, mole, as flores do guardanapo davam ideia que indignadas com ele e o meu pai para as flores

— Calem-se

a recuar de palma na boca desviando as esquinas dos móveis sem perceber que as desviava, desprovido de autoridade a estrebuchar nos degraus, a tirar o medronho da adega, a examinar o medronho, a jogá--lo contra o muro onde o meu cunhado aparecia e enganei-me, a jogá--lo contra a minha mãe falecida

— Não te quero cá vai-te embora

e uma nódoa roxa misturada com cacos mudando de forma ao escorregar dos tijolos, o meu pai a pisar as cebolas feitas de superfícies sobrepostas exactamente como a vida, no dia seguinte sapatos e sapatos nas travessas da vila, centenas de cascos de cavalo ou de mulo e os homens atrás apertando os chapéus contra a anca, o meu pai no meio deles

— Vais consentir que te levem?

amparado à cruz de um soldado da França onde não se ouviam rezas nem picaretas nem pás, só pássaros nos choupos e o sino da capela a cantar

(quando digo cantar é cantar realmente, não dobrando, não triste ou pelo menos imagino, depois de todo este tempo, que a cantar realmente ou então o meu pai imaginava que a cantar realmente, amesquinhando-o

— Viúvo

tiveram de impedi-lo de subir as escadas para calar o som com a ajuda do medronho a pingar-lhe do bolso

— Ninguém manga comigo

e com a ajuda do medronho a esquecer-se do funeral e a ressonar sob a cruz depois de prometer cortar a goela ao sineiro

— Mato-te

que se limitou a tirar-lhe a navalha e a mandá-lo embora sem se exaltar, por dó)

e derivado ao falecimento da minha mãe não tornei a confundir--me com as pedras como os sapos e os lagartos porque desistiram de chamar-me

– Maria Adelaide

do degrau da cozinha e desde então o meu nome silêncio até os naperons os bibelots os cabides e as loiças se recordarem de mim, por dó como o sineiro com o meu pai de sabê-lo sozinho e embora sozinho a juntar todas as tardes a sopa e o cálice e a fruta e o guardanapo das flores no tabuleiro, a observá-lo um momento

(o tabuleiro com uma toalha de florinhas azuis e verdes também)

a entorná-lo no quintal

– Toma lá o teu almoço

não infeliz, zangado, tremendo como um cachorro idoso e sem expulsar o meu cunhado visto que não existia fosse o que fosse a não ser a minha mãe

– Estás a mangar comigo?

que lhe faltara ao respeito ao morrer, cercado de medronhos e a utilizar como lenço o guardanapo bordado, insultando um círio num copo de papel que espetou no chão à sua frente a ordenar

– Vai-te embora

até que principiou a desistir com as geadas de novembro, uma manhã ao recolher fronhas da corda dei com ele de braço espalmado no peito a fitar-me, vendo-me pela primeira vez e deixando de ver embora continuasse a fitar-me e continuou a fitar-me ao cair e depois de cair não no degrau, na latada borbulhando julgo que

(não estou segura)

– Não consintas que me levem

ou

– Depois do almoço melhoro

ou as duas frases misturadas com o nome da minha mãe

(disso não estou segura tão pouco)

não lhe perdoando nunca, exaltado com ela e eu a fitá-lo por meu turno com o relento das figueiras quase extinto no outono, uma essência difusa e era tudo, nenhuma folha nos galhos, nenhum galho até, um sapo a dobrar-se, de dedos afastados, do parapeito de si mesmo comigo a interrogar-me, dobrada como o bicho

– O que é que sinto?

a insistir

– Meu Deus o que é que sinto?

e sem achar o que sentia, consciente que o meu cunhado ignoro onde a observar-me, durante toda a vida o meu cunhado a observar-me

– Maria Adelaide

nos plátanos do hospital e nos compartimentos da casa, eu para o meu marido

– O teu irmão

o meu marido um gesto que se dissolvia no garfo e os ombros do meu cunhado a vibrarem gritando o meu nome sobre os naperons os bibelots os cabides a loiça, eu no falecimento do meu pai

– O que é que sinto?

e não a achar-me sozinha, apenas que a casa deixara de ser a casa e o quintal o quintal, os utensílios estranhos, as coisas cessaram de conversar comigo, a minha sombra a de uma criatura que não me pertencia, que Maria Adelaide sou procurando o que sobrava do cheiro das figueiras tão contrário ao cheiro de lama que me dava vergonha ser da terra de que as mulheres são feitas, menos que homens, menos que bichos e um segredo no meu sangue que

– O que vai ser de mim?

de modo que preparei o tabuleiro com a toalha e a sopa e a fruta e o cálice e o guardanapo azul e verde e apresentei-o ao meu pai levantando-lhe a cabeça do pátio

(o que sucede aos mortos que se tornam tão pesados expliquem-me)

a fim de que pudesse comer

– O seu almoço senhor

e apesar das pálpebras descidas

(desceram-lhe as pálpebras e não precisaram de moedas para as manterem cerradas)

ele a fitar-me sempre, estendido pelas vizinhas na coberta do enxoval com os sapatos de um primo e goivos em torno, o primo descalçou-lhe os sapatos antes de o baixarem à cova

– São meus

pedi

– Um momento

ao homem da pá, quis ir buscar-lhe as botas para entrar completo na morte e travaram-me o braço

– Não o incomodes menina

porque os defuntos não se aleijam ao caminharem lá em baixo, nessa noite dei por ele sob o soalho, aborrecido com a falta de luz, procurando comutadores a espantar-se

– O que é isto?

e isto é a sua sina senhor, andar às voltas no escuro numa casa ponto por ponto idêntica à nossa que não consegue ver, os mesmos móveis e entre os móveis o armário a que se encostou impedindo-nos a blusa

– A tua mãe fica aqui

se sobrasse uma garrafa entregava-lha juntamente com a cadela que usava na caça, falava-lhe das lebres que pendurava à cintura e a cadela a pular ou arranhando o soalho para o trazer de volta dado que perdizes nos arbustos e uma lebre num declive pelo sobressalto das giestas, o meu marido sem acreditar em mim

– Uma lebre em Lisboa?

ao passo que o meu cunhado a avistar a lebre seguindo-a nos caixilhos, há alturas em que me acho tão só que tudo grita o meu nome mesmo o meu pai sob a casa, lá continua ele a andar sem descanso e já não me interrogo

– O que é que sinto?

porque sei o que sinto, sinto-me a construir um açude com pauzinhos e seixos para estancar não a chuva, o tempo, por exemplo os anos em que a figueira floria duas vezes, figos quase no inverno, garanto, e a minha mãe a tirar-me o cesto alarmada com o milagre

– Não lhes mexas

de modo que tombavam intactos nas regueiras, ao adoecer o enfermeiro convenceu os meus pais a cortarem-me as tranças para que o sangue se não gastasse com elas, eu para o meu marido

– Lembras-te das minhas tranças?

e a convicção que o meu cunhado, que não falava com ninguém, se lembrava, porque não te sentas ao pé de mim e conversas comigo, porque tenho de deixar a comida na marquise a fim de que consintas jantar e te manténs voltado para as árvores da praça, a impressão que incluso o teu reflexo nos espelhos te assusta, se o meu marido o teu nome cobres os olhos com a manga na ideia que cobrindo os olhos não és, ficas a salvo contigo como fazia com a minha mãe a chamar-me e eu sem olhos nem ouvidos a afiançar a mim mesma

– Não disseram nem isto

ao abrir os olhos noite e a minha mãe comigo ao colo a caminho de casa, os meus pais outra filha antes de eu nascer ou seja não filha, um retrato de criança que se não parecia comigo com touca branca, gola branca, medalhinha ao pescoço e a minha mãe a persignar-se ao passar junto dela, a medalhinha numa caixa com uma pulseirita de prata de fecho quebrado, ao experimentá-la arrancaram-ma do braço

– Nem os finados respeitas

e eu sem entender o desrespeito dado que a pulseira autêntica era a da fotografia, não aquela, quando adoeci colocaram o retrato da minha irmã no meu quarto recomendando

– Ora por ela

na ideia de convencerem Deus a apiedar-se e o cheiro da figueira mais forte, o sino cantando aos domingos e eu a pensar

– Faleci

segura de ter falecido e oxalá que uma touca, uma medalhinha, uma gola, notava o sacho do meu pai na horta a enterrar-me entre o feijão e as couves, quando nasciam gatos a minha mãe amontoava-os num saco e afundava-os no tanque, uns esticõezitos ou seja quase nada, para quê afundá-los se quase nada, se nada, penso que a minha irmã na horta igualmente porque às vezes a cadela a cheirar, se cavasse com as mãos a touca, a pulseira, a golazita de renda

— Como se chamava a minha irmã pai?

e silêncio, os mortos perdem o nome e eu sem nome também, o fotógrafo a entrar com uma máquina enorme

— Não encolhas nem um dedo

a sumir-se no pano negro, a disparar um tiro de magnésio e aí estava eu a espantar-me com os vivos

— Quem são vocês?

conforme a minha irmã

— Quem és tu?

com ganas de adormecer ao meu lado

— Já começaste a sonhar?

se trocássemos de sonhos o que me aconteceria, serei a minha irmã, serei eu, qual das duas se casou, mora aqui, perguntar ao meu cunhado

— Há quantos anos me espias?

uma tarde deixou-me um carrito de pau que o meu pai lançou nas estevas, o médico para o meu marido a bater o lápis no tampo

— Querem levá-lo para casa a sério?

e ao tombar o carrito quebrou-se, no pátio do hospital uma fonte, plátanos, o meu marido abriu-lhe a porta do automóvel e ele

— Jaime?

ele

— Somos dois homens rapaz

e depois em silêncio no banco de mãos escondidas no interior do casaco, o carrito de pau que não valia um chavo e o meu cunhado a tentar consertá-lo ajustando peças à medida que os tucanos da lagoa latiam sobre nós, o meu retrato não numa moldura, no cartucho das coisas supérfluas

(pregos tortos, uma chave de parafusos sem cabo, frasquinhos)

e nem uma pulseira me deram, o meu marido

– Jaime?

com uma lembrança desbotada a tomar forma nele

– A minha avó

o eco do tilintar de uma chávena num pires

(que chávena em que pires?)

e o pai do meu sogro a descer do mulo diante da casa que não existe chegado de uma herdade que não existe, o meu marido

– Era ali que a minha mãe

e a interromper-se sob os morcegos nas traves, o meu cunhado vigiava o sótão como se alguém lá em cima entre baús e ele atento à espera como quando o meu marido e eu fechamos o quarto e o meu cunhado até de manhã no corredor sem um movimento, um gesto, quase encostado à maçaneta e a gente incapazes de dormir, eu de súbito sozinha de tal modo que tudo, naperonsbibelotscabidesloiças gritava o meu nome

– Maria Adelaide

apetecia-me uma touca branca, uma gola, uma medalhinha e deixar de ser, quantas vezes pedi ao meu marido que levasse o irmão de volta ao hospital e eu pudesse esquecer que faleci e achar que estou viva, não me habituo a Lisboa, estas avenidas que me assustam e esta gente que me ignora, quantas vezes perguntei ao meu marido

– Porque tenho de morar com o teu irmão?

e o meu marido um gesto que se dissolvia no garfo, uma única altura não gesto, uma vozinha infantil

– Porque não tenho mais ninguém

mais ninguém que me recorde o que fui e me mostre quem sou e não sei quê nos olhos que me fez apetecer, que difícil dizer isto, embalá-lo e então dei conta que vivia à minha beira, não comigo, ou com o irmão em vez de mim embora não se ocupasse dele salvo aos domingos ao levá-lo no barco da carreira à Trafaria que representava para ambos o limite do mundo, ficavam num pontão desmantelado com as gralhas em torno bicando algas na areia e uma dúzia de barracas que a mesma areia cobria, o meu marido e o meu cunhado nas tábuas molhadas, o meu cunhado no interior de si mesmo e o meu marido sem achar companhia e de tempos a tempos um dos irmãos, não, de tempos a tempos o meu cunhado

– Somos dois homens rapaz

numa voz que não era a sua, a voz do pai do meu sogro a exprimir-se por ele, que não lograva exprimir-se, numa época em que a casa intacta e o trigo crescido, o feitor primeiro, outro feitor depois, cabras em penhascos e eu sem a certeza de com qual dos dois estou, o que dorme comigo ou o que espera na porta, o médico a bater o lápis no tampo

– Porque não o deixam aqui?

e concluindo ao senti-los de regresso nas escadas que não estou com nenhum, vontade que a minha mãe

– Maria Adelaide

e eu não sapo, não lagarto, eu mulher a caminhar para casa, o meu marido não como um adulto ordena

– Espera

como uma criança pede num sopro a diminuir e a nascer de novo

– Não me abandones espera

ele que nunca me procurou na vila, procurava-o eu conforme o meu cunhado me procurava a mim, aguardava-o no quintal espreitando a cancela e aguardava-o ainda mais quando me tornei lama e o meu cheiro e o meu corpo mudaram tal como continuei a aguardá-lo quando já morávamos os dois porque ele não era a mão que me puxava sem palavras nem o peso no corpo nem a dor acompanhando o peso que me prendia primeiro e repelia depois, era um catraio abraçado ao pai na garupa do cavalo pelas travessas da vila, se o meu marido

– Maria Adelaide

eu tão feliz senhores, se empurrasses a porta como se empurra uma cancela eu a saber que eras tu porque o ruído teu, a minha lama em repouso como antes de eu nascer no interior de mim e não um peso no meu corpo e uma dor acompanhando o peso

– Não vais magoar-me?

dado que não magoavas, não magoaste, nunca me magoaste antes do teu irmão connosco, se ao pisares o tapete desses pelo açude que continuo a levantar para ti no corredor, na cozinha, por que razão não és mulher como eu continuando a ser homem, no momento em que os candeeiros se acendem e por um instante Lisboa me parece íntima, nossa e não uma cidade, não um lugar, o quarto, apetecia-me que tu, que nós sem o teu irmão, qual o motivo dele aqui

(o médico a bater o lápis no tampo

– Querem levá-lo a sério?)

a espiar-me, a espiar-te e a desconfiar da gente, vai jogar-nos torrões como se um degrau e um quintal nesta casa

– Vão-se embora

ou pegar numa faca, num martelo, não sei e nós devorados pelas doninhas no quintal, o meu marido um gesto que se dissolvia no garfo comigo a pensar tens medo de ao perderes o teu irmão te perderes como perdeste os teus avós, os teus pais e a tua infância com eles, de ficar nos campos um cavalo sem freio nem selim, o som dos cascos na tua cabeça e tu de pé no meio da sala

– Por amor de Deus parem

o amor que deixaste de dar-me e não sei se me deste visto que não era amor o teu peso ou o teu silêncio se falava contigo e a chávena de uma velha num pires, dedos fininhos que te estendiam biscoitos

– Menino

e os cascos não param porque o cavalo galopa para sempre, tens medo de ficar sozinho numa casa que cessou de existir se é que alguma vez existiu ainda que tenha visto de longe as estátuas de loiça a que faltavam dedos no varandim do telhado, quem me garante não haver falecido em criança consoante o meu cunhado pensava e o retrato da minha irmã com a touca e a gola o meu, por conseguinte irmã nenhuma, eu, isto não é um livro, é um sonho, levanta-te do açude, Maria Adelaide, não acredites nos que te rondam a horta chamados pela tua lama como as cabras chamam os milhafres cuidando afastá-los, levanta-te, Maria Adelaide, do banquinho na sala, roda a fechadura do quarto, impede-os de entrar, distrai-te com a pulseirinha, a gola e a boneca que tiveste sem uma perna coitada que a tua tia ofereceu e o teu marido

– O que é isso?

quando a deitei só com uma sobrancelha, um terço da boca, alguns fios de lã a fingirem cabelo no teu canto da cama e ele a pegar--lhe no pescoço conforme o avô com as perdizes magoando-a como me magoavas ao apagar a luz

– O que é isso?

jogando-a no soalho sem consideração por ela, o teu marido a impedir-te de apanhar a boneca

– Para que queres essa bodega?

agarrando-te o pulso conforme o avô agarrava o pulso das empregadas da cozinha

– Chega cá

empurrando-as para a despensa, a adega, a lenha do fogão, o feitor a animá-lo

– Ainda é macho patrão

e ele a repeli-las do mesmo modo que o teu marido repeliu a única companhia que tiveste e com quem durante anos podias conversar protegendo-vos uma à outra contra a tua mãe, o teu pai e as ameaças da aurora nas alturas em que tudo à tua volta

– Maria Adelaide

diante de cada passo um abismo que te separava dos outros, a boneca que escondias, antes que ele entrasse em casa, nos cobertores, no armário e quando ele não estava prometia que não morrerias nunca tu que morreste em criança e o que vive de ti uma sombra que o teu cunhado persegue, um dedo que te procura e se esconde no bolso sem se atrever a tocar-te ele que não sabe o que a lama significa

– Está mais ele hoje não está?

desejoso de um dono, o teu cunhado

– Que vida

sem dar fé do que diz, levanta-te Maria Adelaide, regressa à vila, confunde-te com as pedras e esquece, tens seis anos, sete anos e daqui a pouco a febre, a indiferença, a distância, um relento de xaropes, um hálito de cânfora e não é a tua mãe que insiste

— Não vejo

és tu no interior uma espiral de névoa até que não mais que uma névoa também, apequenas-te no colchão na esperança que o teu marido se esqueça de te roubar a ti mesma, com o teu cunhado à porta não a escutar-vos mas às ondas da Trafaria contra os pilares do pontão transformando-os em sobras que a maré abandona na praia final que visitarás um dia e ao visitá-la a perdes, quer dizer nem uma marca na areia ou um sinal dos teus passos, uma planície intacta sem gaivotas nem gralhas, um lugar de silêncio onde a ausência de ti se dilata e dissolve porque não és ninguém já, o teu cunhado que acabaram por deixar não no hospital

(— O meu irmão não volta para ali)

numa casa junto ao Tejo encostada a um barraco em que velhos jogavam às cartas sobre uma mesa que era um pedaço de porta com o fecho pegado à madeira, o teu marido demorava-se com ele julgando-o sozinho até compreender que não sozinho

(o lápis do médico

— Vivem rodeados de vozes)

e não vozes, presenças, não espectros, criaturas autênticas, o teu cunhado com o pai e a mãe e o avô e a avó e tu e o teu marido e o feitor e o celeiro e as cabras, o teu cunhado ao mesmo tempo na herdade e em Lisboa, convencido que as rãs subiriam dos caniços um dia, sem necessitar de vozes porque nos tinha consigo do mesmo modo que a caixa do pão e a falta de dinheiro e o avô que não se preocupava fosse com quem fosse tirando o mulo e as colheitas a preocupar-se com ele e uma prima Hortelinda, de chapelinho de véu, extraída pelo teu cunhado de um dos retratos da sala quando na realidade nenhuma prima Hortelinda, tombando pétalas de goivo sobre nós a desculpar-se

— Tem de ser perdoem

de modo que não te inquietes por ele que continua convosco excepto nos domingos em que o avô que não existe a chamá-lo em Lisboa

— Tu

ambos no barco da carreira, não no mulo com o feitor ao lado e o avô

— A cerca

ou

— O trigo

para a outra margem do rio cercados de narcejas e andorinhas do mar a devorarem a ferrugem que o casco ia largando na espuma

(como podem alimentar-se de ferrugem e espuma?)

de visita ao pontão no tal lugar a que chamam Trafaria, o avô a explicar-lhe

— O mundo é grande rapaz

e realmente o mundo sem fim, do tamanho de uma hortazita de vila na qual uma menina construía um açude com uma boneca ao pé, sem responder à mãe que a chamava de casa

— Maria Adelaide

e a menina confundida com as pedras como os sapos e os lagartos, ajoelhada no chão a sentir o cheiro da terra.

2

De pouco me recordo antes da herdade e da casa, lembro-me de um homem deitado quase às escuras porque um dente de metal brilhava a dizer a outros homens difíceis de distinguir no quarto, fazendo parte do reboco talvez

— Ou me tapam a cara ou levam o miúdo daqui

um dos outros homens tornou-se mais pessoa ao destacar-se da parede

(a loiça de uma tigela brilhava também, fixa, sobre uma mesa ou assim)

— Anda lá para fora garoto

enquanto o dente de metal aparecia e sumia-se respirando sozinho, lembro-me que o um dos outros homens me deixou no quintal à entrada da porta, das folhas do limoeiro ora castanhas ora verdes a tilintarem murmúrios de maneira que me agachei para escutar melhor um jarro a verter água num tacho, o padre com uma malinha cheia da bondade de Deus e de milagres lá dentro e depois lembro-me de ser noite e nenhum brilho agora, o padre apertava mãos a desculpar Jesus

— O Senhor tem manias que a gente não percebe

comparando-o com o antigo barbeiro que subiu ao campanário

– Sei voar reparem

e passou meses no hospital a endireitar a espinha, explicava-se arrastando a perna

– Ideias

a construir num segredo que toda a gente conhecia asas de pano entremeadas de varetas de guarda-chuva na arrecadação da loja, o enfermeiro sossegava a mulher

– Com o joelho em papas nem um degrau sobe quanto mais o campanário todo

lembro-me do começo do dia, primeiro branco e o limoeiro sem cor, depois lilás e o limoeiro roxo enquanto a horta cinzenta e depois os pardais negros a tornarem-se claros, dos outros homens a saírem com uma caixa comprida arredando galinhas, do feitor a designar-me no cemitério

– É este

e o patrão no mulo a observar-me

– Não tem nada de mim tens a certeza que é este?

avançando numa fieira de lápides com o mulo a coxear para me estudar melhor, de charuto que parecia morto e no entanto capaz de nuvenzinhas enérgicas

(o barbeiro para a mulher prendendo as asas com correias

– Quem lhe afiançou que não voo sua estúpida?)

o patrão inclinou-se até mim numa careta de dúvida com a caçadeira entalada nos arreios

– Aproxima-te menino

a entornar-me cinza na roupa, o barbeiro batia as asas para cima e para baixo na soleira e népia, estátuas, cruzes, um sujeito ao fundo a catar ervas sem pressa, o patrão para o feitor

– Vês alguma coisa de meu nesse esqueleto?

dobrando os óculos no casaco a pensar, o feitor mediu-me por seu turno

– Não fujas

enquanto o patrão me mostrava dois anjos de gesso puxando a caçadeira dos arreios

– Há uma maneira de saber

enfiou duas balas na culatra, uma para cada gatilho, ao mesmo tempo que um melro mudava de cipreste e oculta nos ramos uma nota de escárnio, apontou aos anjos com o indicador no gatilho direito e não dei por nenhum ruído, ecos sucessivos que se distanciavam de nós até à falda da serra e um dos anjos degolado, o barbeiro ergueu-se um palmo

– Voo ou não voo sua estúpida?

e tornou a cair embrulhado nas varetas, o patrão entregou-me a caçadeira eu que nunca segurara numa caçadeira na vida

– Mata-me o outro menino

comigo a esconder atrás das costas o que podia de mim, braços, cara, barriga, o homem deitado a interrogar o escuro

– Levaram o miúdo ao menos?

com o dente de metal a embaciar-se e a voz sílabas transportadas à força sem que eu entendesse o motivo das palavras custarem, a caçadeira pesada demais cuja coronha o feitor me apoiou nas costelas, a mulher do barbeiro ia-o apanhando aos pedaços do chão, cada pedaço a garantir

– Espera só quinze dias até eu aumentar as asas um palmo

a caçadeira ainda quente que cheirava a texugo queimado e se contraía e distendia como no final das tosses, o melro passou do segundo cipreste para um dos freixos do muro quase pegado aos soldados da França

(aposto que os soldados gostariam de regressar de capacete e polainas)

o feitor colocou-me o indicador no gatilho esquerdo

– Vamos lá

o patrão à espera a mirar o charuto, olhei o anjo, olhei a caçadeira, voltei a olhar o anjo, os outros homens continuavam a sair com a caixa oblíqua para um lado porque um deles

(o único de gravata)

mais baixo e ninguém na cama, nenhum lençol, nenhum colchão, tábuas, o gatilho fácil de mover de início e a seguir difícil, não dei por nenhum ruído de novo, dei pelos tais ecos que se distanciavam até à falda da serra, o patrão para o feitor, sem pena dos anjos degolados

— Senta-te na garupa do mulo

e a gente os três a atravessarmos a herdade na direcção da casa escutando os corvos que se erguiam do centeio a ladrar para tombarem feitos calhaus na terra, o mulo não cheirava a texugo queimado, cheirava a poeira de tapete como os animais idosos cujas cartilagens furam a lã, vi um celeiro, um depósito de água, um pomar, o barbeiro aumentava as asas com toalhas e fronhas numa teimosia paciente, vi um balde num poço e uma arrecadação de foices, o feitor ajudou o patrão a apear-se diante da cozinha com as empregadas

(cinco ou seis nessa época ao passo que anos depois dez, doze)

de um lado para o outro entre o fogão e a tulha, o barbeiro palpava as asas certificando-se das costuras

— Isto vai

o feitor colocou-me no chão e o mulo de pata aleijada obediente, à espera, com um metro de corda a servir de rédea e uma tira de cobertor por selim não porque o patrão fosse pobre mas porque o bicho o era, prestes a desfazer-se em torrões, a dizer para outros mulos difíceis de distinguir no quarto, fazendo parte do reboco talvez

— Ou me tapam a cara ou levam o miúdo daqui

só que o não sepultariam no cemitério mas nas piteiras da herdade como os mulos antes dele, os cães das perdizes e se calhar pessoas visto que a minha família faltava nas veredas de lousas se é que tive família

(o melro a sustentar que não com a sua troça sem fim)

e que parentesco, pergunto, entre eu e o dente de metal, dava-me de comer, vestia-me, o patrão entregou-me às empregadas

— Ora aqui têm para se entreter

comigo a pensar lembrando-me da caçadeira

— Se me der na gana degolo-as

e sangue algum ou sofrimento algum porque nós ocos, de gesso, deslocando-nos aos sacões como os espantalhos do trigo quando o vento se altera, lembro-me do meu medo dos assobios nas telhas

— Nasceste onde garoto?

e eu à chuva no alpendre da casa vendo as gotas amarelas e azuis na lanterna, por cima das gotas amarelas e azuis gotas cor de rosa, negras, vermelhas, lembro-me do cobertor que me deram para dormir no celeiro e dos morcegos a abandonarem as vigas numa desordem de guinchos, de imaginar

— Vão comer-me não tarda

eu que não tive mãe, tive um dente de metal suponho que casado com a mãe que não tive, dava-me de comer e tomava conta de mim, imaginava-me seu filho para não carregar com o insulto de morar com o filho de outro de tal modo que nem filho poderia chamar-me, por que razão não me degolou com a sua caçadeira, que retrato tinha estado no caixote do quarto e ele encarando a moldura de garganta aos saltinhos, o barbeiro finalmente a voar em redor do campanário

— Eu não disse eu não disse?

o homem a chegar-se à moldura e a recuar de imediato, na gaveta um missal sem capa e um frasquinho de perfume, o homem calado mesmo quando o patrão, também calado, lhe ficava na porta a acender o charuto de vergasta contra a anca enquanto o mulo e o feitor esperavam na rua e uma mulher

(não a minha mãe que nunca tive mãe)

diante do fogão sem cozinhar fosse o que fosse porque a frigideira vazia, o barbeiro agitava as asas sobre as árvores a exultar

— Olha para mim Mariana

e quando o mulo ia embora e o homem em casa de novo

(disse que de pouco me recordo antes da herdade e não minto)

a mulher a alinhar dois pratos na mesa

(não minto)

e os cascos do mulo cada vez mais ténues excepto aquele que mancava dando ideia de continuar presente, incapaz de acompanhar os restantes na direcção da herdade de mistura com os primeiros besouros e os últimos cachorros a essa hora em que os latidos vão tão longe que a lagoa ou a fronteira os sentem, as vozes, mesmo em surdina, atingem toda a vila e a criada do padre aferrolha a sacristia

(a chave move-se dentro de nós voltando-nos o fígado)

por temor aos gatunos das esmolas das Almas, durante o dia acompanhava o feitor a tratar do milho e o patrão a desfazer a brasa do charuto com a unha

– É tão idiota como o outro?

(o barbeiro foi-se embora com os tucanos, de início em círculos e depois, a ganhar confiança, até à primavera seguinte)

referindo-se ao filho interessado nas begónias da escada, o patrão espetou o charuto apagado nas

(um cacho de rolas ocupava o pombal)

gengivas ao mesmo tempo que o feitor

– Menos

e foi uma das raras ocasiões em que o ouvi falar, conduzia os camponeses com o cabo da navalha sem necessitar de instruções conforme não necessitava de ouvir o patrão para entender o que ele queria e não sei porquê vieram-me à ideia os dois anjos impedidos de rezar pela salvação dos defuntos a quem a humidade ia vergando os tornozelos e amarrotando as túnicas de maneira que se eu precisasse de um auxiliozinho que íntimo do Senhor poderia dar-mo, não era o homem do dente de metal que eu procurava no cemitério, era que Deus, esquecido do episódio da caçadeira, se interessasse por mim e nem um sinal Seu para amostra sob a forma de uma língua de fogo, se pedisse ao patrão talvez metesse Deus na linha mas nos intervalos do mulo o patrão no escritório a somar enquanto o feitor e eu esperávamos de chapéu ao peito, ele de colete abotoado e eu de mangas descidas a compor-me na blusa, um galo cujo relógio se enganara anunciava a meio da tarde manhãs na capoeira e quanto à mulher do homem não me lembro dela

(eu não minto)

tenho a impressão que me pegavam ao colo e o cheiro do frasquinho de perfume adensava-se mas era de certeza outra pessoa, não gosto de perfumes mãe, não me aborreça, o homem do dente de metal acocorado com um sacho numa curva do centeio, a levantar-se com o sacho e o patrão sem alterar a cadência do mulo

(ajudei a enterrar esse mulo depois de lhe quebrarem as pernas para caber na cova, antes tivesse ajudado a mulher falecida ao que me disseram de um azar no pulmão)

nem tocar na caçadeira

– Idiota

o feitor nenhum movimento também e o homem a deixar cair o sacho, um fraco como o filho do patrão a desprender o cavalo e a trotar na vila, encontrei o sacho muitos anos depois, de lâmina quebradiça de ferrugem, o barbeiro regressou na primavera não para morar com a mulher, para chocar ovos na lagoa procurando girinos com o bico, o patrão fechou o caderno e caminhou para a saída com o feitor e eu atrás pisando as tábuas de leve, por respeito, como durante os lausperenes, dois ou três mendigos na cozinha a tropeçarem pedidos

– Senhor

(uma rola escondida a chorar, quem concebeu as rolas fê-las de porcelana e lágrimas)

e o patrão já com os saltos das botas no pátio sem se voltar para nós e embora falando a ninguém sabíamos que era ao feitor que se dirigia porque tirando o

– Chega cá

destinado às empregadas da cozinha e o

– Idiota

ao filho não comunicava com quem quer que fosse

– O gaiato está pronto a ocupar-te o lugar quando rebentares como um cão?

desinteressado da resposta dado que lhe bastava o silêncio, que estranha coisa pássaros de porcelana e lágrimas numa terra onde as pessoas, excepto o filho enternecido com as begónias, eram de basalto, violência e cardos e só as mulheres permitiam sem queixas

– Sinto-me bem

que as vissem morrer continuando a insistir

– Sinto-me bem

numa altura em que o

– Sinto-me bem

não embaciava sequer os espelhos e da mesma maneira que o patrão sem necessidade de dirigir-se ao feitor o feitor sem necessidade de responder, tomava a rédea do mulo e segurava-lhe uma das coxas para que o outro montasse, zangado consigo mesmo pelos anos que tinha

– Jesus

não uma súplica, um sentimento de ultraje contra a injustiça do tempo, o idiota a cavalo e o patrão condenado a um animal tão agonizante quanto ele que de vez em quando desistia e o obrigava a apear--se, o mulo a que com os anos mesmo que o não admitisse ou aceitasse que o admitissem ganhara afeição e agora ambos tão próximos da morte que principiava a resignar-se

(não o admitindo tão pouco)

e as lágrimas das rolas e a chávena da esposa no pires, havia de rebentar como um cão igualmente deixando uma herdade que rebentaria por seu turno visto que o filho incapaz de orientá-la e então compreendi a pergunta ao feitor

– Achas que o gaiato está pronto para ocupar-te o lugar?

na esperança que não faleceria se o trigo e a aveia e o centeio que semeou lutando com a resistência da terra a crescerem e as empregadas mantendo a casa que construíra desde os alicerces, na mira que a sua memória permanecesse viva inclusive numa época em que os ossos faziam parte dos choupos que depois de beberem o sangue aos mortos lhes bebem as faculdades e então compreendi o seu desejo de durar através de paredes e colheitas, ausente como o Criador e no entanto connosco, compreendi que na sua ideia Deus finado também e todavia existindo nas aldeias de britadores nos desníveis da serra e para lá da fronteira que ninguém atravessa salvo os tucanos e o barbeiro da vila com as suas asas postiças, compreendi o ódio pelo filho que lhe anularia a memória consentindo na ruína da casa, com a esposa que tirou da cozinha onde preguiçava com as restantes empregadas e depois que ele a escolheu

– Agora ficas comigo

a dobrar lençóis no sótão sem descer ao seu encontro, era o filho que subia até ela o impedir de subir, eu junto ao tanque da roupa afiando um pedacito de cana e o patrão que a visitava de tempos a tempos

– Chega cá

a dar fé em silêncio na esperança que o ajudasse a manter-lhe o nome eu que ignoro o motivo de chamar casa a uma construção feita de sucessivos remendos e acrescentos inúteis convencido de uma eternidade que não alcançaria nunca visto que hoje andaimes ao acaso e tijolos quebrados, o cavalo do filho, sem dono, a girar entre ruínas e os móveis poeirentos, as cortinas rasgadas, os objectos dispersos

(bengaleiros, espelhos, fragmentos de oratório)

texugos e doninhas sim, não pessoas tirando eu no celeiro à noite e encostado durante o dia ao tanque da roupa a abrir a navalha, a apanhar do chão um pedaço de madeira que pertencera ao pombal

(lágrimas, lágrimas)

onde as rolas de porcelana haviam chorado dantes, eu junto do depósito da água sem me ralar com o trigo ou a horta ou os cachorros que me pediam comida enrolando-se-me nas calças a aguardarem que o patrão voltasse num mulo novo apontando com a vergasta o que era necessário fazer e eu a espiar a janela do andar de cima desejando que a esposa do filho baixasse ao meu encontro, nunca disse nada, nunca perguntou nada, nunca deu mostras de conhecer-me ou de gostar de mim, limitava-se a atravessar o pátio, entrar no celeiro e estender-se na palha como se fosse meu dever de criado do sogro ir ao seu encontro e servi-la de forma que largava a navalha e o pedaço de cana, ia ao seu encontro e servia-a não como servia as outras servindo-me delas, sem me servir a mim mesmo, consciente de não ser comigo que ela estava, permanecia sozinha, de olhos escancarados, impacientando-se que eu acabasse, porque ela não acabava o que nunca teve, para se afastar de mim como se não me tivesse encontrado, ignorava o meu nome, a minha idade e o que eu podia sentir dado que na sua ideia não sentia nada, uma única ocasião, a sacudir restos de palha ou seja a sacudir-me a mim porque eu restos de palha, não gente

– A tua mãe como era?

eu

– Não tive mãe

acabou de sacudir a palha, regressou a casa e foi tudo, pareceu-me que dizia

– Não teve mãe

mas não estou certo ou antes estou certo que não disse

– Não teve mãe

visto que uma não pessoa apenas pode ter uma não mãe e foi tudo, apanhava a navalha e o pedaço de cana do chão, encostava-me ao tanque da roupa e continuava a aparar pensando no homem com o dente de metal

– Ou me tapam a cara ou levam o miúdo daqui

e o homem uma não pessoa igualmente porque só o patrão e a sua família, incluindo o filho das begónias, eram pessoas na herdade, não os camponeses nem as empregadas da cozinha, não eu que não falecíamos como gente, rebentávamos como cães um dia, uma não pessoa também aquele que encerraram numa caixa comprida que outras não pessoas levavam, oblíqua visto que uma das não pessoas mais baixa de forma que o homem não ao centro, não composto, encostado de banda a um dos lados da urna, com não criaturas de não luto, várias de não bengalas derivado ao não reumático ou outra não doença qualquer a cantarem um não canto e a conversarem não conversas acerca do não finado com não recordações e não desgosto enquanto eu permanecia no quintal esperando que o homem

(o não homem)

voltasse para falecer de novo

– Ou me tapam a cara ou

e não lhe taparam a cara ou taparam-na depois de me levarem dali visto termos direito à solidão ao morrermos, a estarmos connosco entre ânsias confusas e medos confusos até a confusão se diluir numa espécie de voz que fala do que julgamos não nos dizer respeito, diz-nos respeito e ao dizer-nos respeito não somos, eu encostado ao tanque não sendo, não a cortar uma cana, a fixar a navalha

(lágrimas não minhas, eu não de porcelana, são as rolas que choram)

à altura do pescoço encostada à garganta, setembro de volta ou março ou outubro, o que interessam os meses, não acredito que haja doze num ano, há muito menos, tenho uma sobra de celeiro e uma sobra de palha e quando tudo acabar como-me a mim mesmo, este dedo, aquele dedo, o cotovelo esquerdo, há quem se coma a si mesmo, a esposa do filho dois filhos por seu turno, um incapaz de exprimir-se sem atentar em ninguém ao qual o patrão

— Idiota

e um que atentava e ao qual o patrão

— Há-de herdar isto tudo

e se foi embora sem herdar fosse o que fosse levando o irmão para quem eu afeiçoava carritos porque

para quem eu afeiçoava carritos com arames e paus, lixava um volante, arranjava portas que funcionavam, colocava um boneco no assento fingindo guiar e deixava aquilo tudo

(a mulher do barbeiro à entrada da barbearia à espera de quê?)

onde o filho incapaz de exprimir-se passava e ele a trazer um martelo, a desfazer o carrito que me custara uma semana de esforços e depois de destruí-lo tentando unir as peças para o destruir de novo

(o barbeiro não surgiu com os tucanos)

a largar tudo de súbito e a quedar-se pasmado a murmurar não sei quê, afigurou-se-me que

— Jaime

mas enganei-me de certeza por não haver nenhum Jaime na herdade, assisti à chegada da parteira quando o filho nasceu, uma criatura que morava sozinha, com duas ou três cabras, a seguir à última travessa antes do caminho da serra e a cujo telhado os garotos lançavam ratos mortos enquanto as cabras baliam e ela

— Malvados

com os ratos mortos a descerem de cambulhada pelas placas de zinco, assisti às empregadas da cozinha a levarem água quente para o sótão e sabonete e panos, o filho do patrão atando e desatando com mãos difíceis o cavalo da argola e o patrão

– Idiota

frente ao caderno das contas sem pensar em números nem pegar na caneta, de queixo na palma até ao primeiro choro no sótão e na sequência do primeiro choro a levantar-se da secretária apoiando-se nela como se as pernas sem força, a dirigir-se ao tanque onde eu afiava uma cana, a olhar-me que tempos com as árvores em volta, acácias, freixos, uma oliveira que nunca se decidiu a cortar e os freixos, as acácias e a oliveira conversando sobre a gente afirmando isto e aquilo que preferíamos não ouvir, deixou de olhar-me quando o neto se calou ameaçando

– Tu

e desapareceu para se trancar no escritório a puxar da garrafa destinada aos clientes do trigo tomando consciência de que o seu tempo findara e a herdade e a casa com ele, o filho incapaz de detestar-me, incapaz de vingar-se e nisto as rolas do pombal não a chorarem, mudas e não de loiça, de carne, comê-las-ei um dia antes de comer os meus dedos, o filho do patrão a escapar-se do choro com vontade de pegar na vergasta e sem coragem de bater-me ou pedir ao feitor que me batesse por si, eu encostado ao tanque à medida que a parteira regressava à vila onde os garotos nascidos pela sua mão e que embrulhara depois de os limpar com a própria saia da mãe numa manta ou num xaile a esperavam, a cozinha finalmente em sossego, um pardal

(ou o barbeiro?)

no rebordo do balde do poço com um insecto no bico cujas asas vibravam e no andar de cima nenhum choro como ninguém na janela, pensei

– Morreu

pensei

– Morreram os dois

a conversa das árvores a dizer mal de mim, calem-se, tantas folhas, tantos ramos, tanto tronco a insistir, o cheiro da terra sangue e água morna e gordura e suor, não laranjas, não milho, julguei que o cavalo voltava e enganei-me, era qualquer coisa a pulsar a que de início não liguei dado que no interior das costelas apenas uma chávena num pires na cadência do sangue e o patrão a teimar na garrafa até que duas pálpebras só, vermelhas ou cor de rosa tanto faz, não por causa do desgosto ou da raiva ou da certeza que a sua vida terminara com o terminar da herdade mas por causa do vinho e apesar do vinho riscando algarismos caderno fora, uns traços, uns círculos, arabescos sem nexo, somando nada com nada, tirando a prova dos noves a nada e a adormecer sobre a mesa com a caneta a escrever antes de lhe cair da palma, o feitor e o mulo aguardando-o e o automóvel de um negociante de fruta sujo do pó das veredas

– O teu patrão onde pára?

o patrão que parara de facto, desistiu, acabou, não espere mais amigo, não temos seja o que for à venda, olhe esta cicatriz na fachada e a trepadeira a mirrar, depois de aguçar a caninha agucei outra cana e outra cana e outra cana e depois das canas agucei o polegar visto que o meu polegar de madeira, não osso e as minhas aparas de osso a tombarem no chão, o filho do filho do patrão, o meu

não meu, o filho do filho do patrão a quem o patrão

– Idiota

incapaz de exprimir-se e viver com a gente, visitei-o no hospital onde o irmão o guardou como quem guarda o que não serve ou jamais serviu na cave, o filho do filho do patrão não filho do filho do patrão que visitei no hospital muitos anos depois, um edifício rodeado de grades e plátanos no pátio em torno de uma fonte que ninguém usava, eu com um saquito de ameixas porque se calhar o não alimentavam e o deixavam sozinho sem tomar conta dele conforme nem a mãe nem o filho do patrão tomavam, a mãe trancada no sótão a dobrar lençóis nas arcas e o filho a chamá-la da base das escadas

– Não me deixas subir?

eu a escutá-lo cá fora aparando a cana com mais força ou a completar carritos a que ninguém ligava excepto para os desfazer a golpes

de martelo, eu vigiando-o de longe preocupado com a guarita das ferramentas onde podia aleijar-se e os desníveis das leiras onde podia cair,
eu à entrada do hospital com o meu fato novo comprado há seis anos
e o meu saquito na mão, o porteiro do hospital

— Ainda há roupa dessa?

quando um fato normal, um pouco largo talvez mas elegante, verde, de lapelas doiradas e uma faixa nas calças e no entanto não era
a largura do fato que espantava o porteiro mas qualquer coisa que eu
não adivinhava o que fosse quando ele

— Você trabalha num circo?

eu que trabalhava na terra ou antes que trabalhei na terra antes da
terra acabar e agora estendia armadilhas aos pássaros a falecer lenta-
mente, o porteiro para um colega tão admirado quanto ele e nós no
pátio dos plátanos cujo pólen em lugar de baixar flutuava no meio da
gente acrescentando mais doirado às lapelas, às calças, às paletas dos
bolsos

— Está aqui um palhaço para visitar o autista

e o filho do filho do patrão

(não filho do filho do patrão, não filho dele, juro que não filho
dele, pode ser que meu filho mas não filho dele, eu não minto)

no pátio comigo sem me reconhecer conforme não reconhecia
ninguém, dirigia-se para aqui e para ali, imobilizava-se

— Jaime

e caminhava de novo até se acocorar num tronco cruzando falanges fascinado com o adejar das unhas ou para se ver livre de mim, não
sei, conforme não sei o que pensa, o que imagina, o que quer, eu com
o saquito a espreitá-lo

(se me aproximasse afastava-se)

a estender-lhe o saquito, a poisá-lo num banco e a arredar-me na
esperança que se eu não por perto o viesse apanhar, eu para ele

— Menino

não em voz alta, manso

— Menino

quando era outra palavra que a minha boca dizia e no entanto
– Menino
com um dente de metal a teimar em mim
– Ou me tapam a cara ou me levam daqui
o porteiro
– Passa da hora da visita palhaço
e eu diante das grades a ouvir os plátanos que segredavam sem fim.

3

Se ao menos conseguisse chorar. Se fosse capaz. Se pudesse. Em
tantas ocasiões lágrimas quase porque não é fácil quando tenho de
escolher esta pessoa ou aquela, eu muitas vezes com pena ao pergunta-
rem-me se o meu dedo pára de repente nelas

— Tenho mesmo de falecer prima Hortelinda?

na esperança que me tenha enganado e não há engano, é assim,
o dedo pára e acabou-se, tomara eu que continuasse a andar para
sempre

— Não tens de falecer enganei-me nunca te enganaste na vida?

e depois, claro, a pergunta do costume

— Porquê eu?

como se houvesse um motivo, não há motivo algum

— Aguenta-te

e não se aguentam, os pobres, tentam argumentar, pedir, de quando em quando um sorrisinho trémulo que procura segurar-se, não
segura

— Foi a brincar não foi?

prendas aflitas, um frango, um leitãozito, dinheiro que vão pedir
emprestado

– Não dá um jeito amiga?

tomara eu dar um jeito mas já escrevi no livro e se riscasse notava-
-se, canso-me a explicar

– Hoje tu amanhã outro ninguém cá fica palavra

sem servir de nada porque lá vem o frango, o leitão, o colar de tur-
malinas

– Fica-lhe melhor a si do que a mim desenrasque-me uns anitos
há por aí tanto velho

e o dedo deles, por seu turno, demorando-se num parente a tentar
convencer-me

– Porque não aquele que não dá uma para a caixa por exemplo?

se calhar não dá uma para a caixa mas não consta do livro, mos-
tro-lhes a lista de nomes

– Não consta do livro

e não ligam, o frango a tremer por sua conta mais do que lhes tremem as mãos, o leitão preso num pedaço de guita, o dinheiro num
envelope dobrado procurando-me a carteira para o meterem dentro,
graças a Deus com o nervoso não conseguem tirar o fio do pescoço,
para que quero mais fios, em pequena, com quatro ou cinco anos,
o meu saudoso pai levava-me a passear pelo bosque de castanheiros do
caminho da serra à procura de gatos bravos e o cheiro dos troncos
ficou comigo até hoje, pensei que o dos goivos me ajudasse a esquecer
e não esqueço nem meia, lá estamos nós a caminhar na noite das árvores incapazes de nos vermos um ao outro mesmo a meio da tarde e o
meu saudoso pai

– Ainda aí estás filha?

com a chuva enredada nos galhos à espera do outono para começar a cair, de repente um bicho de unhas arregaçadas a fitar-nos

(se aceitasse todos os fios que me tentaram dar estava rica)

o meu saudoso pai à cata da pistola no bolso e sem a achar com
o medo, quando a descobria o resto de uma cauda a fugir, o escuro
dos castanheiros à nossa volta, em nós, foi o escuro que me fez designar um vizinho ao acaso cujo nome nem apontei no livro e não sabia
ao certo

– Como se chama você?

o gato bravo olhou para trás antes de desaparecer, por que razão vivemos numa terra como esta, tão violenta, tão dura, lembro-me de embrulhos ensanguentados de tucanos com uma das patas mexendo--se ainda e do vento que chegava da fronteira a ladrar porque tudo ladra aqui até as coisas, a meio do sono, na cama, ouvem-se os latidos daquilo que não queremos dizer e todo o mundo escuta, velhas em grupos de três ou quatro nos bancos de calcário colados às paredes das casas tornando-se calcário também, se informasse uma delas

– Tenha paciência senhora

um silêncio de calcário sem argumentar nem pedir, ninguém sabe o que pensam sob os xailes de luto a roerem os mesmos cardos que as ovelhas, lembro-me da minha mãe coitada a queixar-se das costas e o enfermeiro

– É o rim flutuante

comigo a imaginar um pato de brinquedo, de sobrancelhas dese-nhadas no plástico e bico cor de laranja, ondulando na banheira do corpo a comer-lhe o fígado, as tripas, a minha mãe para o meu saudo-so pai pelo mecanismo da garganta que se carrega numa tecla para cada palavra

– Não te atrevas a tocar-me

ele que dobrava a manga para a salvar do pato e o rim flutuante a comer as teclas também, o meu saudoso pai

– Que diz ela?

sempre composto o infeliz, de gravatinha direita e calcinha vinca-da, algumas teclas que sobravam

– Não te atrevas a

e eu a perguntar

– Faziam-lhe jeito os castanheiros agora para se esconder senhor?

o cheiro dos troncos que se tornou parte de mim quantos ouriços carrega, quantos ossos de rebanho limpos de carne, nus, custa orientar--me nesta noite

– Onde fica a minha casa?

e hesito, tropeço, os meus vasos de goivos, retratos comigo enver-
gonhada e seja o que for ao colo que não distingo bem, não uma
boneca, um cachorro miúdo, um cordeiro, gostava de sentir criaturas
animadas nas mãos para as estrangular, a minha mãe

— Não te atrevas a

sem lograr o tocar-me, lograva-o eu por ela a informar o meu saudoso pai

— A mãe disse não te atrevas a tocar-me

e a entregar-lhe a frase

(o que me assusta nas velhas?)

que ele recebia sem ouvir, a minha mãe tão magra, o que me
assusta nas velhas é não dar fé da parte da cara em que a boca se encontra, qual a ruga por onde os sons se exprimem, por vezes um chapéu
de homem sobre o xaile e a aliança do marido no médio, o enfermeiro
xaropes

— Uma colherzinha amiga

e uma tecla a vibrar, não sei qual

(os olhos delas afogados numa aguazita de cera, quando seguem
seja o que for o que vêem, expliquem-me)

a cara da minha mãe desviou-se de nós sem se desviar de nós,
a minha mãe e outra pessoa ao mesmo tempo, mais importante, mais
grave

(se calhar vêem episódios antigos, o marquês de bigode branco,
dono de toda a vila, a chamá-las

— Meninas

nas almofadas de trás do automóvel com o chofer ao volante e as
velhas umas para as outras

— Não lhe dês confiança

pela boca no lugar da boca que na altura tinham e as línguas não
de calcário, vivas, lembras-te do meu cabelo nessa época, da blusa que
fiz?)

o meu saudoso pai sem lhe tocar, obediente, o enfermeiro guardou
os xaropes na pasta, com o fogo de há vinte anos o bosque de casta-

nheiros cessou de existir, durante muito tempo cinzas e agora mato, a casa do marquês uma parede com chifres de veado pendurados de um prego, logo que os passos do enfermeiro lá fora perguntei ao meu saudoso pai

— Porque não o deixava ela tocar-lhe?

e um grifo no pessegueiro da horta à espera, não era o que plantávamos que lhe interessava, era a minha mãe na cama, eu para o meu saudoso pai

— Não permita que a devorem

e o meu saudoso pai surdo, um tio dele trabalhou para o marquês, punha-se-lhe um cigarro apagado na mandíbula e demorava horas a fio com o cigarro a tremer, a filha limpava-lhe o bigode

— Já nem o cuspo segura

ia-se embora com o lenço e o tio do meu saudoso pai contente, nunca se aborreceu

— Tenho de falecer mesmo?

ocupado a rejubilar por uma nesga do cérebro, se o apontasse com o dedo troçava de mim a mudar o cigarro de canto

— E o que é a morte pequena?

nem durante as despedidas no cemitério o meu saudoso pai se atreveu a tocar-lhe, ficou à parte de nós contando os próprios dedos a enganar-se e a repetir a contagem, pareceu-me que se espantava

— Treze?

se pendurava em mim interrogando-se

— Esta quem é?

e a desistir atarefado com os dedos a mais

— Não é ninguém enganei-me

não pegou na pá e não cumprimentou as pessoas receoso que lhe tirassem falanges, depois do marquês morrer o chofer continuou a passear o automóvel como se nas almofadas um senhor de idade

— Meninas

já não para raparigas, para velhas de calcário no interior do seu luto sem o notarem sequer, à saída o padre estendeu-nos a mão a beijar e o meu saudoso pai

– Cinco?

quando ele dezanove agora, contei os meus por descargo de consciência e catorze, tornei a contá-los e onze, o que lhes acontece que
aumentam e diminuem desde que a minha mãe faleceu, que estranho
a roupa dela no cabide a pedir

– Não me deitem fora vistam-me

e o meu saudoso pai na cozinha com a sua multidão de dedos
à espera do jantar que não chegava, nós dois à mesa e nenhuma caçarola no fogão, nenhum prato, ele com a noite dos castanheiros na
ideia onde a minha mãe um gato bravo a arregaçar as unhas

– Não te atrevas a tocar-me

não me recordo de se ocupar de mim, se a minha mãe fosse
o marquês aposto que não

– Menina

num regozijo esperançoso, apenas o automóvel a baloiçar na direcção dos chifres de veado junto aos quais o chofer de uniforme e boné
sacudia a poeira, quase todas as manhãs escutava o motor a rondar-
-me, se falhava o chofer armava-se de uma manivela e arrepiava
o mundo de guinchos até que tudo aquilo em movimento de novo,
um dia destes os meus olhos uma aguazita de cera e o que verei então,
uma criança de bibe, o cabrito para assar na Páscoa preso por um cordel a um gancho e depois a faca no pescoço e ele ajoelhado de espanto,
eu para a minha mãe onde é que você foi senhora que não nos dá de
comer, porque me desperta de mistura com os gatos bravos à volta da
casa, no dia seguinte marcas de patas nas abóboras

– Não tem pena da gente?

o meu saudoso pai a estender as palmas para mim

– Dez como eles repara

e qual o motivo de não te atreves a tocar-me, o que lhe fez você,
porque o desprezam na vila, cravaram um espantalho ataviado de
mulher nas abóboras de chapelinho de véu igual ao meu mas amolgado, sujo, esclareça-me porque não de colete e camisa de homem e o
meu saudoso pai calado, desejoso de sumir-se castanheiros fora com os

dedos a somarem-se de novo onde o automóvel do marquês o não podia alcançar nem as almofadas

— Menina

eu vou consigo para os castanheiros, espere, mesmo que só cinzas, carvões, não julgue que a minha vida é fácil, não é, ter o livro em ordem, escolher as pessoas, custou-me escolher a minha mãe sabia, vê-la com um rim flutuante de bico cor de laranja e sobrancelhas pintadas, a vontade que tive de o furar com um prego e a barriga para cima, branca

(o resto do corpo amarelo ou antes amarelo outrora, cinzento que até os patos se gastam)

à deriva na banheira do corpo sem incomodar ninguém e os talheres postos na mesa, o comer no fogão, a minha mãe a fixar o espantalho e a fixá-lo a si, foi por sua causa que lhe disse

— Vou tentar que não sofra senhora

lhe prendi o mecanismo da fala, a emagreci depressa porque estas coisas doem e a certeza que você a compreender que era eu a matá-la e no entanto sem dizer ao enfermeiro ou às visitas, olhou o meu saudoso pai, olhou-me

— Porque proteges o teu pai e me matas a mim?

e foi tudo. Se ao menos conseguisse chorar. Se fosse capaz. Se pudesse. Quantas vezes lágrimas quase mãezinha, se tivesse passeado connosco no bosque de castanheiros e notado a chuva a engrossar nos ramos aguardando o outono para poder cair, se o tivesse visto sem achar a pistola não por causa dos gatos bravos, por causa dele mesmo e do espantalho ataviado de mulher com o chapéu igual ao meu a desmantelar-se no chão e você

— Não te atrevas a tocar-me

detestando-o, quando eu adoecia era ele que cozia borrachinhos para me dar força e rondava o quarto multiplicando dedos, se você fosse o marquês a chamar-me

— Menina

mas nasci dele e por consequência a detestar-me igualmente, se nos encontrava um com o outro o seu desdém

– Logo os dois

dado que o sangue do meu pai no meu sangue e portanto eu não

– Vou tentar que não sofra senhora

eu

– Não me importo que sofra

e o pato de brinquedo que me compraram na festa de São Januá-
rio a moê-la, tentei apanhar o pato e escapou-se, impedir que deixasse
de respirar e falhei, pedi-lhe ao ouvido

– Não morra

disposta a cozer um borrachinho, apetecia-me que se tornasse uma
velha num banco de calcário a lembrar-se do cabelo castanho, não
morra, fique para aí com as outras a mastigar surpresas

– Olha o que sucedeu ao meu corpo

o meu avô a levantá-la no ar

– És mais alta que eu

escondendo pacotinhos de doce na casa

– Procura

e você a abrir gavetas e a espreitar sob a cómoda, o meu avô
a mostrar-lhe a fruteira de loiça a imitar um cestinho a que faltava
uma asa

– Mais longe

os doces sob as maçãs e as peras, ele orgulhoso da sua esperteza

– Acertaste

e hoje nenhum avô, nenhum fruto, se o mecanismo da garganta
funcionasse a minha mãe

– Tenho frio

e claro que tem frio apesar dos cobertores que lhe trouxe, o seu
corpo gelado, o enfermeiro

– Aquece-lhe os pés

com um pedaço de lã e mais frio, não se vá embora, fique, já não
é isto que eu quero, o meu saudoso pai agora não saudoso e eu furiosa
com ele

– Maricas maricas

um maricas só dedos não um homem que horror, não se atreva a tocar-lhe, deixe-a em paz, eu com a minha mãe no bosque de casta-nheiros, não com você, não nos toque, oxalá um gato bravo o des-cubra e os milhafres o rasguem, eu uma senhora gorda a chegar à vila na camioneta da carreira, o condutor a ajudar-me

— Atenção dona Hortelinda

a descer os degraus e eu com medo de cair porque as pernas me atraiçoam, vou muito bem a andar e desaparece uma delas, fico apoia-da a um algeroz esperando que a perna se reconstrua sozinha e lá se reconstrói, a pobre, de sapato a pesar-lhe na ponta, não sinto o sapato no outro pé, sinto neste conforme sinto os desníveis do soalho, ao menos poupei-lhe isso senhora, ajudei-a, não há-de assistir ao que desiste ou lhe falta, daqui a um ou dois anos aponto sem vontade o condutor da camioneta que me perguntava sempre

— Sente-se bem dona Hortelinda?

ao poisar-me no chão

— Sente-se bem a sério?

receoso do peso da mala

— Cuidado

e aviso-o com dó

— É a sua vez amigo

ele a olhar-me como se eu mal agradecida e não era isso, se depen-desse de mim poupava-os a todos, tornem-se eternos, de calcário, sen-tadinhos em bancos a recordar o passado que não significa nada, o que viveram, o que foram, o que devia ter sucedido e não sucedeu nunca, mesmo com o ouvido duro ainda escuto os tucanos a rarearem no outono conforme tudo rareia nestas bandas, qualquer dia nenhum nome para eu poder riscar tirando as cabras que não valem, o automó-vel do marquês a decompor-se num cruzamento e um dos faróis a per-seguir-me apagado, ordenar-lhe

— Não me aborreças tu

quebrá-lo com uma pedra, impedi-lo de ver-me, não mora nin-guém na herdade salvo o ajudante do feitor a aguçar um caniço, se me aproximo esmaga o chapéu no peito

– Senhora

desejoso que o aponte e não aponto, para quê, continue à espera convencido que lhe acenarão do sótão, pode ser que a minha mãe não fosse assim dantes e se interessasse por nós, ela nas fotografias ao lado do meu saudoso pai com um carrapito que nunca lhe vi e a mão no ombro dele e depois a afastar-se com o girar dos anos, uma pessoa entre ambos, duas pessoas entre ambos, toda a gente entre ambos, não apenas mais longe um do outro, o meu pai

(ia dizer o meu saudoso pai e contive-me)

só metade da cara, só um terço da cara, só um pedaço de casaco e evaporou-se por fim, nalgumas delas eu mas sem sorrir, tão séria, isto na altura em que gente na vila, o meu primo a apear-se do mulo

– Escusas de me apontar que não morro

e eu esquecida do nome dele no livro, um dos braços movia-se devagar e obrigava-o a dobrar-se consoante desde o princípio obrigou toda a gente a obedecer-lhe aos caprichos, até a mim uma ocasião me segurou o pulso na cozinha

– Chega cá

me apertou contra a tulha e de súbito, ao mexer-me na saia, os olhos dele órfãos e não o vi como homem, vi uma criança agachada nos tomateiros a sulcar a terra com uma colher, parecido com a minha mãe quando o rim flutuante a maçá-la e a cara a apequenar-se com a dor, ao dar fé que o observava

– Eu não morro

como um miúdo ganhando coragem ao caminhar no escuro, se conseguir falar aguento, se conseguir falar salvo-me e ao entender que não se salvava

– Não morro pois não?

mais pedido que certeza

– Não consintas que eu morra

o meu primo a atravessar a cozinha arrumando o braço lento no bolso

– Não morro compreendes?

sepultado pelo ajudante do feitor onde outrora o pomar, provavelmente continua a garantir

— Estou vivo

e se calhar um dia destes volta à superfície e recomeça a herdade
com um saquito de trigo e um saquito de milho, não era pessoa para
ficar morta às primeiras apesar dos olhos órfãos e da colher

(se eu tivesse casado, se eu tivesse um filho)

a teimar, já nessa época o feitor, com treze ou catorze anos também embora mais pequeno, mais magro

— Não tenha medo patrão

o enteado do enfermeiro entregou-me duas cartas à saída da igreja

— Esconde isso

e amores perfeitos achatados lá dentro a apagarem as letras comigo
fascinada pelo ombro que se contraía a ajudar o esconde isso

— Vai dar-lhe qualquer coisa

e apesar do ombro tê-lo-ia aceite se o dedo, desobedecendo-me,
lhe não parasse em cima, tentei alertá-lo

— Fuja daqui

e ele a aproximar-se mais

— Perdão?

dilatado de esperança até que febres e os círios rua adiante com os
tambores das solas na calçada, tapar as orelhas com as palmas, tapar-
-me toda, correr até onde os sapatos deixassem e a conversa do enteado do enfermeiro não fosse capaz de atingir-me de modo que o meu
corpo

(deixei-lhe numa jarrinha da lápide os amores perfeitos achatados)

nunca chegou a abrir-se, as águas cessaram e eu trancada pela
minha própria carne a descer da camioneta da carreira de chapelinho
de véu, lutando contra as tonturas que às vezes

— Atenção dona Hortelinda

me obrigam a baixar as persianas e a demorar-me no escuro como
no bosque de castanheiros com o meu saudoso pai

(que gato bravo arregaça as unhas para mim?)

se ao menos conseguisse chorar, se fosse capaz, se pudesse, há ocasiões em que lágrimas quase, experimento com o lenço e lágrima alguma, não faça pouco de mim, não me ofenda senhor marquês
a segredar

— Menina

do automóvel no cruzamento, fica o farol a procurar-me no chão
e encontrando-me a sombra, a mesma que o meu saudoso pai descobriu, meses depois da minha mãe falecer, ao voltar a cabeça na direcção da tangerineira a que eu me encostava a pensar

— Tinha razão mãezinha

a pensar

— Deus queira que não se atreva a tocar-me

e desta feita o pato de brinquedo era a mim que aleijava a comer
-me os pulmões

(há momentos em que lágrimas quase)

e o estômago

(há momentos em que lágrimas para quem é capaz, quem pode)

a tangerineira que se plantou sozinha, ao dar pelas primeiras folhas
a minha mãe

— O que é isto?

e logo a seguir porque tudo logo a seguir frutozitos, o meu saudoso pai a descobrir a minha sombra ao voltar a cabeça

(pergunto-me se o meu filho um ombro contraído também)

enquanto o outro homem desaparecia na cancela e o gonzo que
sobrava

(o de cima quebrou-se)

a estalar, o outro homem na direcção dos campos e fiquei na
laranjeira a lutar com o pato que me escorregava das mãos magoando
-me mais, não supunha que um bico de plástico ferisse tanto e tenho
a certeza que o meu saudoso pai um pato nele também, não conte os
dedos, não se aproxime de mim, não entro em casa com você porque
deixei de ter casa, suma-se-me da frente senhor, deixe-me em paz com
a roupa da minha mãe pendurada no armário que principia a cheirar

de forma que não dei por si a tirar a corda do estendal, uma tecla na garganta

– Filha

sem que o

– Filha

lhe valesse, não o enxerguei nas traseiras, enxerguei as borboletas nos galhos e no campanário o badalo das cinco

(se o enteado do enfermeiro não falecesse eu casada, uma cozinha e um quarto para descansar aos domingos junto ao aparelho de rádio, engordar acompanhada, não como engordei, sem ninguém, até me tornar de calcário)

não enxerguei o meu saudoso pai nas traseiras, enxerguei a escada oblíqua na parede

(faltava-lhe um degrau)

a corda na empena, a camisa fora do cinto com várias marcas de fivela

(duas marcas de fivela)

– Emagreceu senhor?

que não chegou a apertar, um bigode que se me afigurou postiço numa cara postiça conforme sucede nos retratos em que somos nós e não somos, colocam-nos o mindinho em cima

– Este és tu

e mentira, as mesmas feições mas diferentes e como se diz isto às pessoas, o meu saudoso pai a quem não tive tempo de apontar com o dedo, olha a Hortelinda sem família em casa a hesitar

– Quantos garfos?

e um apenas que não precisa de vocês, precisa que a ajudem a descer da camioneta da carreira, lhe entreguem a mala e não

– Quer que lhe leve a mala dona Hortelinda?

lhe entreguem a mala e é tudo, ainda rega os goivos, varre o sobrado, verte a água na bacia e se lava mas não tarda muito

(dois anos, três?)

começo a acompanhar as outras velhas e nenhum lenço na cabeça, o chapelinho de véu que desencantei na caixa dos sobejos juntamente com um pedaço de terço e um pisa-papéis com palhetas doiradas, no meu caso são as cartas do enteado do enfermeiro que apanharão um dia, decifrava-se respeitosos cumprimentos, o nome no fim e eu solteira, dei-tei fogo ao bosque de castanheiros pai para me esquecer de si e no entanto o cheiro permanece, se não fosse a corda do estendal ia buscar a pistola ou antes mesmo com a corda do estendal fui buscar a pistola

— Você não tinha o direito

e o cunhado do meu pai a suspender-se no beco, calado porque não falamos aqui com a serra à esquerda e a lagoa à direita e os gatos bravos e os martelos dos britadores afogando-nos as vozes, aponta-se com o dedo

— Vais morrer

e basta, desfiz a cancela com o machado para a impedir de girar e tentava desfazer a minha sombra quando o cunhado do meu pai

— Querias matá-lo outra vez?

e quase ninguém com a gente excepto os defuntos

— Dêem-nos uma mãozinha que temos de fazer aí em cima

desarrumando tralha e entornando caixas no chão, que é das minhas agulhas, faltam travessas no louceiro, quem me ficou com o anel ao passo que os soldados da França em sentido a aguardarem o Hino, esperei semanas pelo outro homem no lameiro entre insectos que saíam da erva, escutava-se a campainha da escola, matilhas de cães vadios a farejarem texugos esses sim, a chorarem, não eu que me debruço da janela a assistir aos crepúsculos, o outro homem a dez passos com um saco

(deu-me ideia que um saco)

no cabo da enxada e uma foice à cintura, porque não te enforcaste igualmente com a corda do estendal e me obrigas a isto, porque me tiraste o cheiro dos castanheiros e mataste os meus pais, nove passos, cinco passos e eu a apoiar o revólver num penedo, escolho dois dos meus oito indicadores, os maiores, para puxar o gatilho, o outro homem com a corrente de relógio que o meu saudoso pai jurava ter perdido a atravessar-lhe o umbigo de maneira que disparei o primeiro tiro contra o relógio, não contra ele, o segundo esparvoou as gralhas que nos ladravam em torno e o outro homem ajoelhando devagarinho sem largar a enxada, examinou o relógio, disse

– Cinco para as seis

a responder a um pedido que não lhe dirigira, corrigiu a fazer contas no interior da cabeça

– Talvez doze para as seis que esta coisa adianta-se sete minutos por dia

(eu a assistir aos crepúsculos quase alegre com a vida julgando-me não só eterna mas abençoada por Deus que se preocupou comigo e derramou sobre mim um pouco do Seu infinito Amor e da)

a enxada tombou primeiro enquanto ele miudinho com os minutos

– Doze ou onze não sei

encostando-o à orelha a verificar se funcionava e radiante porque funcionava, a levantar a tampa verificando as rodinhas, os volantes, as molas, uma peça numa cadência obesa

– Chegando a casa afino-o pelo grande da sala

e só então percebeu que era ele, não o relógio, que se desacertava do tempo, perguntou-me

– És a filha?

(e da Sua infinita Bondade de forma que só posso agradecer a Misericórdia da Sua Protecção porque Vosso é o Reino, o Poder e a Glória para sempre Ámen)

à medida que o saco preso à enxada deslaçava o seu nó revelando meia dúzia de tordos na armadilha que deixou no mato, os tordos mortos como nós todos mortos um dia dado que uma geração vai e uma geração vem porém a Terra para sempre permanece até ao fim dos Tempos excepto o bosque de castanheiros que Lhe aprouve destruir e em que tive a honra de ajudá-Lo lançando-lhe fogo para que o cheiro da infância me não atormentasse mais, o outro homem de joelhos ou não de joelhos, de bruços, amável para mim, sem ressentimento que o Senhor protegia-me

– Mostrou-me o teu retrato há semanas

isto é o meu saudoso pai à procura no meio do que guardava nos bolsos, papéis, guitas, um postal que a mãe lhe mandou de França em pequeno

– A minha filha

e o outro homem a espiolhar parecenças, as cabeças deles juntas, ombros que se confundiam, dúzias de dedos misturados que horror, os indicadores na pistola e desta feita o tiro não no relógio, na garganta adormecendo-o mais enquanto eu

– Cale-se

o outro homem indiferente à pistola à medida que as gralhas ladravam e ladravam, no saco não apenas tordos, uma poupa, um estorninho

– Duas para as seis neste instante

a emendar

– Nove para as seis calculo

a assentar a cara no chão

– Tens o nariz do teu pai

e por estranho que pareça eu vaidosa por ter o nariz do meu saudoso pai, obrigada por mais esta prova de Amor que a Tua infinita Delicadeza se dignou ofertar-me, entregaste-me o nariz a fim de que eu, pecadora indigna que não mereço atenção nem cuidado lhe prolongue a existência, o nariz do meu saudoso pai perpetuando-se em mim, pensava que não conseguisse chorar, não fosse capaz, não pudesse e estendo-Te as minhas lágrimas como preito de reconhecimento e gratidão e sinal do meu humilíssimo afecto por Ti, eu à minha janela ao crepúsculo

(nuvens cor de rosa e roxas)

quase bem disposta

qual quase bem disposta, bem disposta com a vida, o nariz do meu saudoso pai que esfreguei com a manga antes de me designar a mim mesma e anunciar à prima Hortelinda quase com pena dela

(com pena dela)

– Tem paciência acabou-se vais falecer agora.

4

Porque chegámos a isto, como foi possível termos chegado a isto? Se subisse as escadas, dissesse o teu nome, pedisse

– Quero falar contigo

deixavas de dobrar a roupa nas arcas, davas-me atenção, escutavas-me? Perguntava-te

– O que nos aconteceu explica-me

enquanto na janela o celeiro e o ajudante do feitor lá em baixo a fingir-se ocupado

(dói-me no coração que o ajudante do feitor lá em baixo)

silencioso como todos estes camponeses silenciosos, sem pensarem ou escondendo de si mesmos o que pensam seguros que não lhes serve de nada pensar, teimosos, alheados, lentos, obedecendo ao meu pai não da forma que as pessoas obedecem, da forma que os bichos se submetem por hábito ou medo, mandamo-los aproximarem-se e aproximam-se a arrastarem o corpo conforme arrastam os pés

– Patrão

espessos, opacos, sem vontade mas de navalha no bolso pronta a desaparecer-nos nas costelas num ângulo da casa ou a esperarem-nos com a caçadeira na volta de um freixo, sou eu quem se ocupa do cavalo para que o não envenenem, lhe escolho as favas e a aveia, o vigio na argola, quando o feitor despediu o carpinteiro a pata do mulo do meu pai, que ficou a coxear toda a vida, partida com um malho, o meu pai e o feitor apanharam-no antes da estação da camioneta da carreira, na extrema da herdade onde o milho fica mais fraco porque tocas de raposa e silvas, o carpinteiro com a mulher atrás, transportando uma trouxa de panelas e mantas, calado diante do meu pai dado que se calam, não contradizem, não discutem, emudecem e dois fardos no chão, para além do carpinteiro e da mulher uma criança com um boné de pala que roubou a um espantalho e só não escondia a cara porque as orelhas impediam, também ele com uma trouxa às costas de que saía um cabo de caçarola torto, o céu tão baixo que desorientava as rolas, o meu pai para o feitor

– Tens aí o malho com que partiram a pata ao animal?

de voz apagada pelo alumínio das folhas, a mulher estacou e ao estacar um tinir de vidros e a trouxa de súbito cheia de coisas vivas que interromperam por um segundo os insectos

(às vezes sinto-os a caminharem no lençol determinados, cegos, desvio-os com um piparote e recomeçam na mesma determinação e na mesma cegueira num sentido diferente)

o malho de cravar as cercas surgiu nas mãos do feitor à medida que o meu pai tirava uma sobra de charuto do colete, o feitor ergueu o malho

(escreveriam isto por mim?)

o tornozelo do carpinteiro um estalo e o homem de gatas enquanto um canivete de cabo de cerejeira pulava do casaco sumindo-se nos caules, o boné da criança principiou a fungar com o cabo da caçarola dançando-lhe nos ossos, pensei aproveita para chorares agora o que não vais chorar em adulto porque não é só o corpo que murcha nesta herdade, as aflições também, o meu pai para o feitor, cada vez mais interessado no charuto que lambia antes de o enfiar no bigode

– Diz-lhe que se levante e manque como o mulo

o vento engrossava espirais de poeira e esquecia-as, um cão ladrou longe ou perto dado que não havia distâncias, o poço e o depósito da água, por exemplo, afastados do meu pai e ali, por um pouco não se apercebiam as empregadas na cozinha e a chávena da minha mãe no seu pires, o feitor espevitou o homem com a bota

— O patrão quer que manques

e o capinteiro um impulso e a tombar de novo

(se subisse as escadas e pronunciasse o teu nome deixavas de alinhar a roupa nas arcas?)

a boca da mulher enorme com a criança a agarrar-se-lhe à blusa, que galinha, a pedrês, a mais negra, a de pescoço pelado as empregadas vão servir ao almoço, o meu pai lembrando-se de não sei quê que o comovia, à cata de fósforos e a desistir dos fósforos

— Mesmo degoladas continuam a andar

talvez que com a idade da criança, ao pelarem os bichos, ele a ondear de aflição

(perguntava-te

— O que nos aconteceu explica

e pode ser que respondesses)

os coelhos que a minha mãe matava com uma pancada na nuca e depois de matá-los acariciava-os no colo, era isso que o fazia dormir sem ela, de caçadeira ao lado, e o enervava senhor, tantas dúvidas eu, tantas indecisões, obrigando o cavalo a correr mais depressa

(o suor do animal o meu suor, qual de nós dois com os flancos molhados, de quem esta urina que o humedece e me humedece, este pânico?)

em círculos sobre círculos torcendo-lhe a rédea no largo, se as cortinas dos postigos pararem de inchar, e por favor não parem, os pulmões detêm-se, o meu pai para o feitor, de charuto a dividir-lhe o bigode

— Ele que chegue ao pé de mim e me acenda esta coisa

vasos só na terra sem alma, um menino que se esconde de mim, procuro-o melhor e menino nenhum, tijolos, eu que por um instante julgava ter-me encontrado observando os ruídos, não as coisas, na interrogação de sempre e o desprezo do meu pai

– Idiota

porque tudo o que saiu dele não prestava, de quem gostou de facto confesse, codornizes e lebres mortas com raiva e por baixo da raiva uma ânsia de companhia que recusava, pedindo enquanto recusava

– Não se vão embora fiquem

e querendo-se mal por pedir, uma vontade de ser dois que se entendessem, falassem, o carpinteiro tocou-lhe nas botas e o meu pai para o feitor

– Proíbe-o de me tocar

o homem que não encontrava nas calças o isqueiro com um pavio semelhante aos das lamparinas de igreja que resistem ao vento e o meu pai à espera não curvado, direito, em pequeno julgava-o enorme, capaz de prender o mundo com os braços e afinal insignificante, magro, se calhar é ele que se esconde de mim e ao procurar melhor os tijolos, um poste, o carpinteiro a equilibrar-se na perna intacta oscilando com o milho

– Patrão

e um animal confuso

(um ouriço?)

a cheirá-los, o polegar do homem não conseguia acender o pavio, ia-se-lhe a força, desistia, o resto da vida a coxear como o mulo num tornozelo rígido, o motor da camioneta da carreira ressonava na estrada, o que me ficou da herdade não é a casa, é o poço, águas que ninguém repara que iam subindo, subindo, quero ir-me embora, não me quero ir embora, tenho um filho doente que nem conhece o meu nome, quando a minha mulher lá em baixo a porta do celeiro fechada e porque chegámos a isto, como foi possível termos chegado a isto, a criança do carpinteiro contra a saia da mãe, oliveiras, nogueiras

(oliveiras e uma nogueira a emagrecer, isto não é terra de nogueiras, desanda daqui)

o carpinteiro a acender o charuto do meu pai amparando-se a ele e o meu pai para o feitor, a recuar um palmo

– Não te mandei que o proibisses de tocar-me?

de modo que o homem de gatas com a chamazita do isqueiro a vacilar, que difícil, palavra, contar isto a vocês

(– Quero falar contigo escuta-me)

a mulher apanhou os fardos e o boné da criança, agora sim, a descer das orelhas, se o plantassem na horta talvez desassossegasse os pardais com a cabeça de maçaroca e os membros de cana, uma labita tapando a palha do corpo, a mesma de que a minha mulher se limpava ao regressar do celeiro arrancando as unhas das espigas que se pegavam ao tecido recusando soltar-se enquanto o veterinário consertava a pata do mulo

– Qual dos dois vai mancar mais o carpinteiro ou o bicho?

e eu vomitava na latada não o que tinha comido, o que sou, eu ao colo da minha mãe e os dedos dela a percorrerem-me o corpo depois de me matarem, o meu filho doente, que não me deixaram ver nascer, desfazendo um carrito de pau com um martelo e a caminhar para a eira estendendo as mãos aos pombos, não comia connosco, levava o prato para o corredor sem acender a luz e ao irmos buscá-lo reparávamos que não usara os talheres, o meu pai

– Que filhos se podem esperar de um idiota?

a porta do celeiro aberta e o ajudante do feitor aguçando uma cana ou o bico de um pau, os perús a incharem penas de cartolina fazendo pouco de mim consoante as empregadas da cozinha faziam pouco de mim, nunca trabalhei na herdade, nunca ajudei o meu pai, sentava-me no alpendre a pensar

– Vou-me embora

sem ter partido nunca, sentia o silêncio no interior do silêncio, no interior do silêncio o relógio de parede tão seguro de si e no interior do relógio uma vozita miúda

(a minha?)

– Quem sou eu?

sem que lhe respondessem coitada, esta casa cheia de interrogações que se destrói a si mesma, retratos dos parentes na sala discutindo uns com os outros sem repararem na gente, a prima Hortelinda a escrever nomes no livro num vagar decidido e todavia no caso de avançar para eles perdia-os, tio Baltazar, tia Ofélia, se eu subisse as escadas, pedisse

– Quero falar contigo

deixavas de dobrar a roupa nas arcas, escutavas-me ao perguntar

– O que nos aconteceu explica-me

o meu pai para o feitor

– Devias ter feito o mesmo à criança a fim de que não surja um dia a vingar-se

a colocar a caçadeira entre o estribo e a anca, ao visitá-lo no hospital o meu filho fechava os olhos porque ao fechar os olhos não existíamos mais, quando muito interessava-se pela minha mãe no táxi sempre que ela

– Jaime

como se entendesse quem o tal Jaime era, se permitisses que subisse as escadas e conversasse contigo, quando a prima Hortelinda apontou a minha mãe não acreditei porque se falecesse quem me deitaria no colo no caso de eu gaiato de novo, que dedos a consolarem-me

– Dorme

o algeroz na cadência do relógio a insistir

– Quem sou eu?

e apesar de não saber quem sou eu sei que eras uma das empregadas da cozinha que quase sem colher

(sem escolher)

que quase sem escolher mandei ao andar de cima

– Tu

e os teus passos à minha frente porque acreditavas nessa altura que qualquer coisa do meu pai em mim, a minha mão no teu pulso

– Chega cá

e a desistir logo numa espécie de medo, seremos assim tão diferentes, ao chamar-me

– Idiota

a qual de nós dois chama

– Idiota

a mim ou a você trancado no escritório e torcido sobre a mesa a somar não números, a sua vida e após um traço por baixo você

– Nada

nem sequer desiludido, conformado

– Nada

e a esconder o nada do feitor, de nós, disfarçando-o com mais trigo, mais milho e avançando as extremas da herdade embora a herdade nada tal como a casa nada, tal como nós nada para si

– Idiotas

sobrava-lhe o feitor que acreditava em você

– Patrão

dando pelo meu pai as ordens que ele já não sabia ocupado a contabilizar misérias no escritório desejando que a prima Hortelinda lhe apertasse a mão no braço

– É a tua vez vamos lá

e o meu pai a soltar a caneta no tampo, aliviado, a puxar a caçadeira do armário e a introduzir dois cartuchos nos canos para que o nada completo e um silêncio com pardais após a vibração do tiro

(quem falou no bosque de castanheiros antes de mim não sei, sei que o cheiro permanecia connosco e o vento sacudia os ouriços, o bosque agora cinzas tal como eu cinzas, o meu filho cinzas, este livro cinzas, adeus)

se quisesse resumir a sua vida senhor traços ao acaso num caderno, que é das suas mulheres, do seu dinheiro, dos seus móveis baratos porque nunca se ralou com os móveis, continuou toda a vida no mesmo ângulo de paredes de quando era catraio com os mesmos pânicos e a mesma orfandade, o mulo que mal podia consigo ou você com ele, meia dúzia de bamboleios e não conseguia, parava

(quando o mulo morrer o que vai ser de si?)

e um feitor da sua idade que não lhe valia como eu não lhe vali e portanto não casa, não herdade, ei-lo de noite receoso do orvalho que lhe repete o nome distraído dado que o seu nome não conta, conta o choque da caçadeira desarrumando a mobília, um corpo na sala

de jantar em intenção do qual o padre uma reza apressada e a entrar
a porta, mancando, o carpinteiro a pedir-me trabalho convencido que
sou eu que mando agora e não quero mandar, quero subir as escadas
e dizer o teu nome, pedir

— Ouve-me

e tu largando a roupa nas arcas a escutar-me, o corpo do meu pai
na sala, o carpinteiro para mim

— Patrão

o feitor para mim

— Patrão

e eu a escapar deles para desprender o cavalo e ir-me embora sem
me ir embora porque não conheço senão este trigo, esta aveia

(a pata errada do mulo semelhante ao relógio e ao algeroz

— Quem sou eu?)

mandei-te subir em vez de te usar na despensa ou na tulha, o meu
pai

— Idiota

porque os camponeses não merecem uma casa sequer, dormem
nas travessas da vila, o meu pai que durante tantos anos dormiu num
casinhoto deserto e os olhos dele

— Ajudem-me

não só te mandei subir como casei contigo e o notário

— Casar-se?

tu que não querias casar

— Não precisa de casar comigo menino o seu pai nunca casou
comigo

vontade de perguntar-te

— Com o feitor também?

e não perguntei

— Com o feitor também?

porque sabia que com o feitor também e no entanto eu para o
notário

— Casar-me

seguro que ele

– Idiota

apesar de calado, a prima Hortelinda a apontar no livro

– Não esquecer o notário

e ao chegar a tua vez de escreveres o nome no Registo tu igual ao meu pai com os números, a boca só língua e a caneta mais pesada que o mundo a escorregar dos dedos, uma letra enorme, uma letra minúscula, outra letra enorme compostas numa lentidão concentrada sem mencionar o vestido que uma colega te emprestou e a que faltavam rendas, continuaste a comer na cozinha com as outras, a ajudar na lenha e no fogão e a rodeares-te de galinhas ao entrar na capoeira com uma lata de sêmola, o feitor sem se esconder de mim

– Chega cá

não apenas sem se esconder de mim, à minha frente quase

(à minha frente)

comigo a pensar

– Foi o meu pai que te mandou

o malho de cravar as estacas a doer-me no corpo inteiro, não só na perna, o feitor para a minha mulher

– Chega cá

e o meu pai a assistir ao mulo manco que sou, sentado no alpendre com vontade de dizer

– Quero falar contigo ouve-me

e incapaz de dizer, na travessa uma mulher tangia um cabrito com a bengala, o cabrito escapou-se para uma transversal e a mulher

– Malvado

a remar com o ponteiro nas pedras, quem me garante que não a minha avó ou isso, a caneta a penar não acertando na linha, tu tão hábil com a criação e os porcos, apanhavas um leitão pelo pescoço e rompias-lhe a coluna sem necessitar de uma faca, quando os meus filhos nasceram o feitor a comparar-se com eles

– Não sei

enquanto eu soltava o cavalo mais depressa que a desilusão e o desgosto de forma a que nem uma nem outro me incomodassem mais, a prima Hortelinda regava os goivos duas vezes por dia, trazia um pacotinho de fertilizante e espalhava um pó branco

(ou verde?)

nas pétalas, as pessoas com medo dos goivos

— Não mos ofereça obrigado

comigo a pensar no que haverá de tão importante na vida que as faz pegarem-se a ela detestando morrer e isto não apenas a gente, os cachorros, os pássaros, se um milhafre levava um frango o frango a esbracejar latindo a antecipar o desespero e a agonia dos ossos perdidos, as pessoas detestando morrer e ao mesmo tempo com medo de ofenderem a prima Hortelinda recusando-lhe os goivos

— Não leve a mal mas não tenho uma jarra capaz

espiando-os como se fossem os seus próprios nervos defuntos com um resto de carne ou de tecido em cima a moverem-se sob a terra à procura de uma luz que os abandonava deixando-os às escuras entre remorsos e fantasmas, se a luz se aproximasse não a sentiam chegar de tão ténue ou não a reconheciam

— Não sei

o relógio de parede

— Quem sou eu?

e a chuva

(cada segundo um pingo)

a minar o trigo e a despedaçar o tractor, o carpinteiro saltitando na muleta

— Deixe-me comer ao menos

até se ir embora vencido, silencioso como estes camponeses silenciosos, sem pensarem ou escondendo de si mesmos o que pensam seguros de que não lhes serve de nada pensar, obedecendo não da forma que a gente obedece mas da forma que os bichos se submetem por hábito ou medo

— Patrão

teimosos, humildes, lentos e contudo de navalha no bolso pronta a desaparecer-nos nas costelas ou a esperarem-nos com a caçadeira na volta de um freixo, o feitor a levantar a vergasta para o carpinteiro como o meu pai faria e a mulher com a sua trouxa e um lenço de luto, eu para a prima Hortelinda

— O filho dela senhora?

a prima Hortelinda a sorrir

— As sezões

e quais sezões, mentira, um risco no livro sem se importar com ele, devem ter morado numa barraca de pastor a comerem folhas e grilos, conheci mendigos que os assavam numa vara, digam-me quem sou e deixo-vos em paz, não maço ninguém, vou-me embora e a cadeira do alpendre vazia com a marca das minhas costas na lona, o meu filho doente que não se sentava nunca marchando pela casa à procura de quê, o carpinteiro e a mulher a diminuírem no celeiro, no casinhoto das ferramentas, na eira, ainda haverá grilos para comer senhores, ainda haverá folhas, não se sentava nunca dado que mesmo à noite o seu frenesim no quarto a impedir-nos de dormir, os ramos da árvore do poço tão negros e a minha mulher lá em cima, de tempos a tempos as botas do meu pai na escada, um intervalo de silêncio, pés descalços nas tábuas, um olho que se adivinhava a espreitar, uma das alças da camisa tombada e as pernas dela meu Deus, dêem-me um ponto de apoio e levantarei o mundo, o professor em maiúsculas no quadro

Arquimedes

a voltar-se para nós sacudindo as palmas de giz, o meu pai

— O teu marido é um idiota pequena

qualquer coisa

(um castiçal de barro?)

a tombar e eu a saber que o meu outro filho, o que herdaria a casa e não recebeu fosse o que fosse salvo poeira e ruínas, conhecia a verdade, como te lembrarás de mim, o que não dirás por vergonha, nunca

— Bom dia pai

nunca

— Boa tarde pai

e o meu pai a descer a escada enquanto um voo de coruja raspava a chaminé, se me perguntarem se acredito em Deus não respondo

— Deus existe prima Hortelinda?

e ela a erguer-se do livro compondo o chapelinho de véu, o professor a achatar a régua no nome Arquimedes

— Repitam

a desenhar uma alavanca

(um voo de coruja raspava a chaminé, oblíquo)

na ponta direita da alavanca A, no meio da alavanca B, na ponta esquerda o círculo que representava o mundo C e as palmas de novo a sacudirem o giz uma da outra e das lapelas depois

— Compreendem?

a prima Hortelinda decidindo-se finalmente

— Deus?

dúzias de mártires torturados na igreja, o fumo do incenso nas colunas geladas e a prima Hortelinda quase a

(o meu pai na cama dele por fim)

troçar-me

— Deus?

o professor considerando o nome Arquimedes com veneração distraído de nós, a palmeira do recreio tinha um milhafre em cima e eu

— Deus chama-se Arquimedes senhor?

sempre que o meu pai no sótão o meu filho doente a caminhar mais rápido e alguma coisa tens de sentir afinal, dizem que as corujas piam como recém-nascidos e não as oiço piar, oiço a bronquite das galinhas e o tecto a apagar-se telha a telha, em certas ocasiões os rebentos onde o vento se prende

(como foi possível termos chegado a isto?)

descosendo a própria roupa a tentar libertar-se, a lua que atira as nuvens para um lado e para o outro quando se despe, no hospital plátanos, uma fonte com uma torneira empenada e a minha mulher para mim

— Está mais ele hoje não achas?

a prima Hortelinda regressando aos goivos a encolher os ombros

– Deus

nós com um saquinho de bolachas que ele nunca comia, ocupado a espreitar a minha mãe no táxi e a dizer

– Jaime

também só que o

– Jaime

dele oco, uma casca sem recordações dentro, quando lhe dava a sopa a minha mãe para mim

– Jaime?

e portanto se calhar outro homem a subir a escada não para o sótão, para o primeiro andar e não você pai, a bater à porta e após um intervalo de silêncio um olho numa fresta, a minha mãe a abrir e o homem a escapar-se para dentro de banda

(quando se morre o que sucede à gente?)

carrega-se no ponto A da alavanca, o mundo ergue-se e nós com ele tão alto, o outro homem

– O teu marido é um idiota pequena

de forma que quer sentar-se no alpendre também pai, se lhe apetece empresto-lhe o cavalo para galopar na vila, a prima Hortelinda fechando o livro

– Sei pouco de Deus

à procura do estrume dos goivos, o meu pai para o feitor numa vozinha antiga como se um bocado de estuque o protegesse ainda contra os ratos e o frio

– Sou idiota eu?

giz na gravata do professor, nas sobrancelhas, no queixo, morava nas traseiras da escola e a esposa dele enorme sem alavanca que a erguesse mesmo que a colocássemos no ponto C, o exacto centro do mundo, de vez em quando durante o recreio e o professor no quarto a conversar consigo mesmo

– Arquimedes

chamava um de nós a mostrar-nos o peito

– Experimenta aqui menino

uma saleta cheia de coisas que oscilavam, naperons jarras santinhos ou então era ela que oscilava ou então era eu que oscilava ou
então eram os naperons as jarras os santinhos ela e eu que oscilávamos
com os meus colegas a espreitarem contra a janela, de mãos em pala
dos dois lados da cara, a esposa do professor ajudava-os arredando
a cortina

– Tão lindos

e o ruço que usava óculos com uma lente tapada feliz, mal os sapatos do professor a caminho da aula empurrava-me com força

– Vai-te

à medida que as cabeças se sumiam da vidraça e as coisas sólidas,
quietas, sobrava eu a oscilar, o professor para mim

– Estavas aqui tu?

a esposa a arrumar no vestido o ponto A e o ponto B num gesto
casual

– Enganou-se no caminho coitado

retomando o crochet a afagar o novelo, Santa Eulália, Santo Estêvão, São Boaventura mártir, os irmãos Cirilo e Método numa pagela
de esquadria, o ruço de óculos com uma lente tapada a trabalhar para
o meu pai nas colheitas, a esposa do professor, viúva, agora magra
e doente aos encontrões na vila, nenhum cacho de catraios às cavalitas
dos mais altos a vigiar os caixilhos, espreitei-os eu de mãos em pala dos
dois lados da cara e a saleta deserta, a esquadria dos irmãos Cirilo
e Método quebrada no chão

(a prima Hortelinda num movimento de desgosto

– Deus)

e a esposa com uma botija de água quente no estômago

(o estômago o ponto C, o exacto centro do mundo)

larguei as vidraças a sacudir-me do giz que não havia, o recreio
entulho e um boné demasiado grande, com o forro rasgado, que se
calhar pertenceu à criança do carpinteiro e como foi possível termos
chegado a isto, o mulo a mancar no silêncio e o meu pai para o feitor,
de mãos nas costelas

– Ajuda-me

a dobrar-se devagar, a dar por mim no alpendre

– Idiota

e a mão cada vez maior no pescoço, no ventre, o charuto a pingar-
-lhe da boca e ele

– Não percas o charuto

que o feitor lhe enfiou na algibeira do colete, o meu filho doente
(uma cotovia não sei onde a cantar)

pela primeira vez a estudá-lo não curioso, ausente, a insistir no seu

– Jaime

o meu outro filho deu-me ideia que a andar para eles e afinal não
a andar, parado, foi a cotovia a soltar-se num atropelo de penas, o relógio de parede tão seguro de si e no interior do relógio uma vozita

(a minha?)

– Quem sou eu?

sem que ninguém lhe respondesse, o meu pai um impulso e a perna que lhe faltava como se um malho no tornozelo a dobrá-lo, ele de
gatas a tocar-me os sapatos e eu, o idiota, a ordenar ao feitor

– Proíbe-o de tocar-me

não por você

– Proíba-o de tocar-me

pela primeira vez para o feitor por tu

– Proíbe-o de tocar-me

as empregadas à entrada da cozinha imóveis como o meu outro
filho, o poço imóvel, os milhafres imóveis, as cabras nos penhascos
não soltando uma pedrinha sequer, a minha mãe ou o meu filho
doente a insistir

– Jaime

e o

– Jaime

a única cotovia que não mudava de galho, eu para o feitor

– Não te mandei que o proibisses de tocar-me?

na ponta direita da alavanca que designaremos por A, o meu pai na ponta esquerda que designaremos por B, entre A e B o feitor que designaremos por C e o meu pai tão fácil de erguer accionando o ponto A e utilizando o C como fulcro, apesar de fácil eu sem o poder levantar como Arquimedes levantava o mundo porque a esposa do professor me chamou durante o recreio

– Menino

o professor no quarto a conversar consigo mesmo e a herdade cheia de coisas que oscilavam ou então era o meu pai que oscilava ou então era eu que oscilava ou então o meu pai e eu que oscilávamos com os meus filhos a espreitarem de mãos em pala dos dois lados da cara escutando-me a dizer ao meu pai

– Idiota

e a enxotá-lo com o sapato a fim de voltar para o alpendre, me sentar na cadeira de lona e ficar que tempos, mas o que se chama que tempos, a olhar a serra sob as nuvens da tarde.

5

O que podia fazer com a minha mulher a queixar-se o tempo inteiro do meu irmão que cirandava pela casa a espiá-la, demorando-se na cozinha quando ela na cozinha com os olhos que procuravam dizer e os gestos que procuravam explicar e não dizia nem explicava, queda-va-se ali na esperança que a minha mulher o entendesse e como enten-dê-lo visto que perguntas absurdas

— Lembras-te de te cortarem as tranças quando adoeceste em criança?

ou

— Esqueceste os círios nos copos de papel a galgarem a calçada por ti?

a minha mulher a dar conta de um sino distante ou do enfermeiro para a minha sogra que lhe limpava a boca com a toalha

— Já não engole o xarope senhora

episódios perdidos que voltavam, o pai a expulsar o meu irmão jogando-lhe torrões

— Vai-te embora

e a minha mulher, no interior da febre, a libertar-se de si mesma como um saco de chá num bule vendo sair manchas de recordações

que se diluíam no ar, uma mosca voltando-lhe à cara apesar da mãe
a afastá-la, um prego na parede onde outrora uma estampa e não compreendia o motivo pelo qual o prego a doer-lhe, a tia impedindo-a de
respirar com um abano de verga, o gato no peitoril numa crueldade
amarela, se não estava na cozinha o meu irmão batia à porta do quarto
a pedir não sei quê visto que nenhum som salvo o estalar das falanges,
se existissem torrões no soalho afugentava-o

— Vai-te embora

e o meu irmão a escapar-se por um buraco do muro e a voltar
logo a seguir recordando-me esses cães largados no pinhal que desco-
brem o caminho de casa e nos vêm tossir contra o degrau, à chuva, de
maneira que outra coisa podia eu fazer

(tantos saquinhos de chá no bule do meu corpo, tantas manchas
a diluírem-se, um lagarto espetado num pau, a espanhola de turbante
que lia a sina na feira a mexer-me nos bolsos com as unhas vermelhas

— Não tens dinheiro meia-leca?

O turco que bebia petróleo e expulsava labaredas a pisar cacos de
garrafa num tapete enquanto o filho de cartola aleijava um tambor)

senão mete-lo no

(a cartola que nos estendia depois com duas ou três moedas no
fundo)

hospital de novo ou arranjar um sítio onde nos deixasse em paz
sem vasculhar gavetas numa pressa de zanga ou ameaçar

— Jaime

se nos encontrava juntos

(a espanhola da sina a abotoar-se

— Nunca serás ninguém meia-leca

e nunca fui ninguém realmente, acertou)

achámos um lugar junto ao rio onde lhe levávamos comida e aos
domingos passeava-o na Trafaria vendo as gralhas no pontão e uma
velha

(a prima Hortelinda desinteressada da morte?)

a descascar batatas frente ao mar, qualquer coisa no meu irmão,
não a voz, uma mola na tripa sem relação com ele

– Somos dois homens não somos?

os dedos a aproximarem-se-me da nuca

(dedos sem mão, sozinhos)

e a retraírem-se logo, as gralhas põem ovos na areia ou na raiz dos cactos, suponho, e pergunto-me em que parte da herdade a minha mãe nos chocou, seria alguém para a espanhola se tivesse dinheiro, tomava banho numa selha ao lado da tenda quando a feira acabava e o vento, armado em cachorro, brincava com cascas e pedaços de papel no adro, largando-os, correndo atrás deles, abocanhando-os e largan-do-os de novo, o cabelo da espanhola descia-lhe a nuca e eu sem futu-ro senhores, reduzido a um presente de peças dispersas que não era capaz de reunir, o casamento, a minha mulher, o meu irmão, a memó-ria da herdade, se lá entrasse agora caniços e as aldeias dos britadores de pedra na serra, nenhumas luzes pelas covas à noite, nenhum eco, pergunto-me se o meu irmão saberia o próprio nome e o meu nome, sei o nome dele e o meu mas não sei o que um nome significa, se me aproximo da minha mulher, mesmo sem o meu irmão em casa, alguém do outro lado da porta e as gavetas a abrirem e a fecharem sozinhas, eu

– Não ouves?

e ela, que não ouve, à minha espera calada sem dar fé de uma inquietude nas coisas, nunca vi o meu irmão sorrir-me porque longe da minha mulher não sou tal como para o ajudante do feitor não era igualmente, passava por mim sem me ver ou empurrava-me com o cotovelo no caso de endireitar por minha conta um pedaço da cerca, se tivesse uma vergasta marcava-o

– Se tivesse uma vergasta marcava-te

e ele a endireitar a estaca por mim, trouxe a vergasta do escritório, atravessei-lhe o ombro com ela e o ajudante do feitor continuou mar-telando sem alterar a cadência apesar da camisa rasgada

(quais as manchas de sangue e quais as manchas de terra?)

percebia-lhe a indiferença pelo modo como as costas se inclinavam e atravessou-me a ideia que a indiferença não por mim, pelo meu pai ou o meu avô ou o feitor e na minha cabeça

– Qual deles?

a porta do celeiro fechada, a minha mãe a dobrar roupa em cima e o ajudante do feitor a tirar-me a vergasta da mão e a arrepender-se, submisso como todos estes camponeses submissos

– Anda aqui

e vêm

– Some-te da minha vista

e vão porque nasceram para obedecer, são menos que nós e sabem-no, sempre

– Menino

sempre

– Diga menino

sempre

– Faça de mim o que quiser menino

interrogo-me se pessoas no sentido em que a gente pessoas, terão o mesmo Deus que nós ou um Deus inferior, também pobre, num céu quase sem anjos e os raros que lá estão depenados, o ajudante do feitor a entregar-me a vergasta e a martelar outra vez

(um Deus que não manda, obedece

– Menino)

riscos na pele nem sequer vermelhos, brancos

(como esses vagabundos que pedem esmola no alpendre

– Um caldinho não tem?

e se deitam nos valados com uma serapilheira por coberta)

nos intervalos da camisa, o meu irmão parando de destruir o carrito de madeira que não sei quem lhe deu

(o Deus dos camponeses incapaz de brinquedos a sério

– Toma estes paus e estas latas que não tenho cabedal para mais)

o mar da Trafaria não azul nem verde, amarelo, o meu irmão fugia do ajudante do feitor mais depressa do que fugia da gente como se qualquer coisa nele quisesse e não quisesse escapar-se, talvez preferisse a sua companhia na Trafaria descobrindo em conjunto ovos de gralha nos chorões ao ponto de eu imaginar, não acreditando nisso, que o meu irmão um camponês, adivinham a chuva, acertam na hora mesmo com o céu coberto, ficam à entrada da igreja pasmados com as imagens, não se lamentam, aceitam

(dizem que os pretos assim mas não conheço nenhum)

e eu a olhar a janela da minha mãe e a perceber finalmente, se fosse buscar a caçadeira o mundo em ordem de novo isto é o cavalo na argola e o meu avô para o meu pai não

— Idiota

calado e talvez que a herdade continuasse em lugar do abandono dos campos, a espanhola do turbante espalhando búzios num pano

— Morreram todos

até o vento que não persegue cascas nem papéis noutro lado onde pessoas como nós continuam com a sua criação e o seu trigo e um feitor guia o patrão pela corda do mulo porque foram crianças juntos e cresceram juntos na vila roubando frangos e couves até que os primeiros pés de milho, as primeiras macieiras, a casa construída com as sobras do convento que os frades desertaram dado que esta terra amarga sem que o Senhor se manifeste em sua proteção e auxílio, o cabelo do ajudante do feitor e do meu irmão idênticos, o mesmo queixo, a mesma espinha oblíqua, se entregassem ao doente uma navalha e um pedaço de cana afiava-o encostado ao tanque da roupa com o meu pai a olhá-lo, porquê a minha mãe pai, uma empregada da cozinha, uma cabra de penhasco que não conhece o dono e qualquer macho que se demore mais tempo à volta delas, paciente e estúpido, aceitam-no, podia matá-los a ambos com a caçadeira do meu avô sem que o Deus deles se indignasse, obsequioso, servil, desejando agradar-me

— Menino

e eles obsequiosos e servis por seu turno, nunca disse

— Mãe

(nunca me veio ao pensamento dizer

— Mãe

tal como nunca disse

— Pai

ou

– Avô

encarava-os como os estranhos que eram)

nunca lhe respondi se me chamava

(de quem nasci eu?)

nunca subi ao sótão, via-a na cozinha a almoçar com as colegas e a levantar-se com elas de guardanapo nos dedos, é o neto do patrão que não trabalha na herdade e acabou-se, talvez nascido de uma criatura que não era minha mãe conforme o meu pai não era meu pai, eu sozinho, o meu avô

– Hás-de ficar com isto tudo

num gesto que incluía os milhafres, a lagoa, a serra ou seja o nada a que chamavam milhafres e lagoa e serra quando a única coisa que me interessava eram os reflexos do poço onde a minha cara se decompunha sem se reunir nunca, estilhaços que não me pertenciam em gritos sem som, pertence-me a minha mulher que morreu em criança

(lembro-me do pai no cemitério a cavar mais que os outros)

e portanto não tenho senão uma mulher inventada a respirar do lado da consola numa cama de estilo, a prima Hortelinda a mostrar-me o livro

– Não constas aqui

e por consequência não vivo para além dos gritos sem som, não encontro o meu irmão quando lhe levo comida porque se esconde no canto oposto da casa, oiço-o a jogar coisas no chão e as traineiras no rio, nem doninhas nem trigo em Lisboa que horror, pavões no castelo e de repente, sem que eu esperasse

(estou a tentar escrever a minha parte depressa)

saudades não bem da herdade, das manhãs em que a segadora cortava a cada rotação uma fatia de luz e o cheiro dos pêssegos quando os tucanos na direcção da lagoa em que exalações, vapores e o canto das rãs, costumava agachar-me, perto da nora e das mimosas a escutar os escaravelhos

(escaravelhos?)

e a ver as borboletas na tileira

(escrever a minha parte, livrar-me dela, deixar-vos)

não me arrependo de ter disparado sobre o ajudante do feitor depois da minha mãe abandonar o celeiro e ele encostado ao tanque com a navalha e a cana, as rolas do pombal não choravam, ordenavam-me

— Mata-o

não no poleiro, no tecto, nunca as vi no poleiro, a prima Hortelinda ao pedir-lhe que conferisse melhor a percorrer páginas inteiras com a unha, minuciosa, prestável

— Não constas aqui

com vontade de ajudar-me e impedida de ajudar-me

— Infelizmente não depende de mim

perguntei-lhe

— Quem é que manda em você?

e um olhar para o tecto

— Ele já não sabe mandar

porque até a Deus, com a idade, se lhe turvou a cabeça, amolecia num banco a repetir perplexo, esfregando as mãos nos joelhos

— Que estranha coisa é a vida

esquecido da gente, a prima Hortelinda com desgosto

— Tardes a fio naquilo

o meu avô somava colheitas no escritório a enganar-se nos números, a derramar a cinza do charuto sobre eles, a sacudir o caderno e a soprar a cinza desordenando as facturas, nunca um charuto completo, a pontinha quase no interior das gengivas de modo que o bigode fumegava vazio, perguntei ao meu avô

— Empresta-me a caçadeira senhor?

as cabras em repouso nos penhascos como peças de xadrez mudando no tabuleiro quando o rei fazia anos e um público de milhafres à espera, a caçadeira contra uma estante de garrafas e copos, tudo poeirento aliás porque Deus e o meu avô se iam turvando juntos, as mesmas palavras truncadas e a mesma severidade vaga, o ajudante do feitor a aperceber-se da caçadeira não largando a navalha nem interrompendo o trabalho ou seja a forma dos camponeses receberem as coisas sem protesto ou revolta conforme os bois ou os cavalos, um soslaio que consente e o corpo tranquilo, zangam-se entre eles, não se zangam connosco, a minha mãe, que as rolas avisaram, parada na janela do sótão com uma fronha nos braços

(entre parêntesis o que é feito de si mãe, dobra roupa hoje em dia?)

as empregadas da cozinha ocupadas com as galinhas

(depois de escolhido o frango os outros indiferentes)

excepto a filha do feitor à beira de uma frase sem pronunciar a frase, às vezes dava por ela a seguir-me, preocupada comigo, quando ia observar os estilhaços de mim mesmo no poço ou no caso de me aproximar das armadilhas das raposas com espigões que desfazem os ossos e as deixam não a gemer, não a soprar, a lamentarem-se toda a noite quebrando os dentes no ferro num sofrimento de pessoas até um camponês, tão desesperado quanto elas, as calar com um machado

(– Também tem uma lista de raposas prima Hortelinda?

e a prima Hortelinda ofendida com o silêncio de Deus a interromper o fertilizador dos goivos

– Rapaz)

a filha do feitor, no receio que eu de ossos desfeitos e alguém a emudecer-me por dó com uma poia, a abrir a armadilha, a pendurar-me pela cauda e a mostrar-me aos parentes de língua grande, roxa

– Um zorro

a chegar-se a mim

– Não é zorro nenhum é o menino

a única criatura na herdade que se inquietava comigo, me avaliava o corpo a medo

– Perdeu carnes não foi?

me deixava às escondidas no quarto, em atenções desajeitadas, caramelos, gelatinas, filhós e eu

– Não me maces

enquanto qualquer coisa me doía e me irritava por doer ao ordenar

– Não me maces

a única mãe que tive e desprezando-a por isso visto que no fundo de mim não me sentia com direito a ter mãe e de resto para que serve uma mãe, o que se faz com uma mãe, como se agradece, o que se diz, que canseira preocuparmo-nos, gostar, a filha do feitor de que as colegas da cozinha troçavam

(uma segunda cabra mudou de penhasco neutralizando a primeira)

dos olhos de cão viúvo dela e do seu alvoroço com a matança do porco quando se punha o alguidar sob o sangue e o bicho de pernas atadas a suplicar auxílios, ela de mãos nas orelhas

– Cala-te

(serei um porco eu?)

morava com o pai mais uns pintos magros e uns talozitos de alface, não quero uma mãe quase tão gorda como a prima Hortelinda a equilibrar-se a custo sobre o inchaço das pernas, o enfermeiro a examinar-lhe os tornozelos

– A tensão

e a parva da filha do feitor à chuva sem um xaile sequer certificando-se através das persianas se duas mantas na cama, não tosse, não febre, eu por uma ranhura da cara incomodado com ela

– Hás-de rebentar da tensão

enquanto se afastava a pingar da roupa, das sobrancelhas, da testa, deixava os sapatos a secarem na lareira desprendendo bolhinhas que estalavam ao lume, perguntei ao meu avô que recomeçava as contas

– Empresta-me a caçadeira um momento?

e o ajudante do feitor a aperceber-se da arma sem largar a navalha nem interromper o trabalho como se me aguardasse há anos, a atitude dele, não a boca

– Estava à sua espera menino

sabendo que o mataria e sem se ralar comigo, a camisa sem colarinho, as calças com remendos de outro tecido no joelho, não fazenda de homem, uma bata ou uma saia, ele pobre e eu a pensar

– Não tem nada

no momento em que ergui a arma mais difícil do que de facto era, maior, e a minha mãe desapareceu da janela, não imagina o que me encantava em pequeno o perfume dos seus baús senhora, cheirava-me e encontrava-o na pele de maneira que eu você por momentos e por momentos você sim, minha mãe, uma espécie de

ia escrever amor, que exagero, qual amor, não amor, a aumentar em mim e reflectindo melhor amor se calhar, quem me garante o contrário, somos tão complicados prima Hortelinda

(– Ele já não manda nada

e mãos para diante e para trás nos joelhos)

tão esquisitos, se nessas alturas encontrasse a filha do feitor era pessoa para abraçá-la, que cretino

(acaba a tua parte o mais rápido que puderes)

acertei num ombro porque a articulação desceu e no entanto a navalha continuou a afiar só que movimentos menos seguros, vagarosos, um olhar para mim e um desamparo igual ao meu com idêntica surpresa e idêntica censura, lembro-me de frutos a caírem no pomar e de uma dança de folhas, não a maneira levezinha de caírem no outono, uma fúria de galhos, de entrar no escritório e arrumar a caçadeira contra a estante das garrafas enquanto o meu avô

– Tens lume?

sem se aperceber quem eu era ocupado com as facturas que se lhe escapavam dos dedos, o ajudante do feitor sumiu-se no celeiro a segurar o braço que se me afigurava postiço e uma nódoa escura a aumentar no sovaco, o meu pai espevitou o cavalo, deu meia volta como que agradecido e recomeçou o galope, o braço do ajudante do feitor demorou um mês a tornar a ser braço, o meu avô desistindo das facturas

– Hás-de endireitar tudo isto

e não endireitei fosse o que fosse, desiludi-o, escapei-me, o meu irmão na Trafaria perseguindo as gralhas, se alguma levantava as penas para ele recuava a dizer

– Jaime

e ia-se embora vencido, o ajudante do feitor mais tempo com os carritos de madeira porque o braço largava os pregos no chão, tinha de mudar de membro para conseguir apanhá-los e apesar disso

– Menino

sem ressentimento

– Menino

e era tudo porque eu pessoa e ele não, cresceu na cozinha a obedecer às empregadas e a comer-lhes os restos, pasmava para os retratos

– Nem uma alma conheço

os camponeses todos idênticos senhores, nascidos para terem fome e serem escravos da gente, a minha mãe regressou à janela a pouco e pouco, a porta do celeiro fechava-se e não os escutava a eles, escutava o relógio da sala a acertar os minutos pelo passo do mulo e o meu avô trigo fora sem energia, sem ânimo, sem

– Idiota

até ou se ralar com a cerca, os tucanos num círculo comprido farejando caminhos com uma fêmea a conduzir o bando

(como serão os campos vistos de cima?)

uma das empregadas da cozinha lavava-se na torneira do depósito da água formando um charco que excitava as vespas e os cachorros lambiam, a minha mãe uma camponesa a sacudir-se de palhas e o meu avô derrotado a perder a força do mando, o tecto principiava a dobrar-se, os tijolos apareciam sob a caliça e a lanterna do alpendre apagada, cortaram as tranças da minha mulher para lhe aliviar a dor concentrando no coração o sangue que o cabelo precisava, a filha do feitor quase impedida de andar já não aflita comigo, aflita com ela, esclareci-a por delicadeza

– Vais morrer

e as narinas a alargarem-se reconhecidas, procurei a prima Hortelinda e achei-a a consertar os goivos de forma a que se orientassem na direcção do sol

– Vai escolhê-la?

mais idosa que o meu avô e sem envelhecer nunca, tirava os óculos

do avental para consultar o livro seguindo a lista com o bico da tesoura e movendo as gengivas à medida que lia, percebia-se quando pensava porque o caroço da garganta a pular, soltava os retratos dos pregos
conforme as pessoas faleciam, nas fotografias de grupo cobria-as com
um traço e tudo isto sem o conhecimento de Deus que se esqueceu da
gente, ao fim de dois ou três domingos na Trafaria as gralhas já não se
importavam com o meu irmão, se calhar fazem o ninho nos pinheiros
em lugar das piteiras e as crias de bico ao alto, peladas, ilhas de lixo
com a vazante e o milho a secar, no caso de me perguntarem se gosto
da minha mãe não respondo, ao cortarem-te as tranças tiraram-te
a franja também e tu na almofada de feições líquidas da febre, vais
perder as bochechas que escorriam para a fronha, vais perder as orelhas, o sacristão desembrulhou uma santa e deixou-a no quarto a
negociar a tua cura com Deus, o meu sogro a amparar-se a uma empena calado, a minha sogra em cantorias de igreja, tiraram os chumbos
ao ajudante do feitor com uma pinça e ele entre berlindes de suor e
pestanas a passearem na testa

— Não me aleija

pisando os tornozelos um com o outro

— Não me aleija

os chumbos não pretos, castanhos com gotas castanhas, mesmo
em gaiato, quando o meu avô o descobriu no cemitério, sem lamentos, sem queixas, sem dizer o nome apesar do meu avô

— Como te chamas tu?

nunca disse o nome que talvez desconhecesse ou talvez não tinha
e portanto a prima Hortelinda não poderia escrevê-lo a menos que um
gatafunho a substituir as palavras, em chegando a altura do gatafunho
ela

— O ajudante do feitor

a procurá-lo com o dedo junto ao tanque ou no celeiro frente
à ruína da casa, foi-se o alpendre avô, foi-se o armazém das sementes,
arbustos que nasciam das rachaduras da eira, o pontão da Trafaria perdendo estacas e cordas, se a idade não turvasse a cabeça de Deus, amo-
lecido num banco a esfregar as mãos nos joelhos

– Que estranha coisa é a vida

pode ser que se desse ao incómodo de melhorar o meu irmão e ele morando connosco sem nos incomodar com os olhos que procuram dizer e os gestos que procuram explicar e não dizia nem explicava, fugia, ele à porta do quarto a pedir não sei quê visto que nenhum som tirando as falanges que estalavam, o meu irmão na casa ao pé do Tejo de persianas descidas, ponho a comida na entrada e fico uns minutos a recordar-me da gente e a sentir-me mal com a minha vida de agora, não era isto que eu queria, era conversarmos no alpendre e a casa intacta, o trigo vendido, mais empregadas na cozinha, a minha mãe connosco e a gente

– Mãe

o meu pai connosco e a gente

– Pai

o feitor de chapéu no peito

– Patrão

e as ondas da lagoa, não da Trafaria, a embalarem-nos tranquilas enquanto Deus esfrega as mãos nos joelhos a admirar-se do que fez

– Que estranha coisa é a vida

se a idade O não tivesse turvado e eu conversasse com Ele talvez fôssemos, por assim dizer, alegres em lugar do meu irmão evitando-me e eu a ir-me embora sem o ver, que estranha coisa é a vida prima Hortelinda, ponha os nossos nomes no livro e aponte-nos com o dedo, é um favor que nos faz, a minha mulher na cama à minha espera e em mim

– Tu morreste

a assistir aos círios ladeira adiante, como posso deitar-me ao teu lado se faleceste diz-me, ao tocar as tuas tranças toco cabelos defuntos, no caso de ir ao cemitério dou com o teu nome na pedra

Maria Adelaide

e tenho medo de uma criança fria como em pequeno tinha medo das lagartixas, dos sapos, mandava um camponês acabá-los por mim e ficava a ver os corvos bicá-los, ao descer as escadas a voz do meu irmão

– Jaime

e de súbito tantos patamares e tantos degraus antes da rua onde outrora tão poucos, a certeza que não havia rua, havia mais patamares, mais degraus, uma viagem sem fim prima Hortelinda, você que se entende com Deus não consegue resolver isto pois não e a prima Hortelinda a erguer-se dos goivos abrindo e fechando a tesoura como se lhe apetecesse cortar-me

(apetecia-lhe cortar-me?)

– Tem paciência rapaz

o meu irmão que lhe apetecia cortar-me

– Jaime

não só no capacho, no meu ouvido também, eu apoiado ao corrimão continuando a descer

– Desculpa mano

(mano?)

e a minha voz não em Lisboa, no interior do poço onde a minha cara ondulava, desculpa mas não tenho tempo para ti, nunca tive tempo para ti e tu desiludido comigo embora me fugisses, se te agarrasse talvez fosses capaz de

talvez fosses capaz de ficar, não me agarrarias de volta mas repetias

– Jaime

e

– Jaime

e

– Jaime

numa espécie de

não ternura, porquê ternura, que exagero ternura, numa espécie por assim dizer de amizade, de

– Não te vás embora

de

– Fica comigo

e eu a partir desculpa, tu doente, tu filho do ajudante do feitor, tu um camponês, tu malsão, passa bem, deixa-me, mais patamares, mais degraus e eu a descer de luz apagada com as gralhas da Trafaria a romperem os ovos de cabeças molhadas, a prima Hortelinda descalçando as luvas

— Tem paciência rapaz

de livro fechado à procura do crochet no cestinho, quem havia de pensar que a morte uma senhora compreensiva, amável, apontando-nos um dedo contrariado e fazendo os seus naperons devagar, em pequeno tentaram explicar-me que a morte um esqueleto com uma foice e mentira, uma senhora de chapelinho de véu aborrecida de nos levar consigo, a única pessoa até hoje que me tratou por

— Filho

numa espécie de dó penso eu, de ternura tanto quanto podia haver ternura na vila, demasiada pobreza, demasiada violência, demasiado frio no inverno e a criação e as hortas demasiado magras para os alimentarem e portanto não admira que a minha mulher tivesse falecido em criança e eu com uma defunta em casa, há-de haver uma estação de comboios que me leve à fronteira onde as pessoas não morrem, a prima Hortelinda sem trabalho com elas a acabar os seus crochets em paz, a não ter de viajar tantas vezes com o condutor da camioneta da carreira ajudando-a com a mala

— Tem a certeza que está bem dona Hortelinda?

a certificar-se que era capaz de caminhar sem ajuda entre as poças do último outubro à medida que eu, tão longe, na direcção de casa igualmente, dono de Lisboa, das pessoas, do mundo porque o meu avô

— Hás-de mandar nisto tudo

e o camponês do meu irmão a verificar a caçarola de comida que lhe deixei

(os plátanos do hospital, a fonte)

na entrada, nunca imaginei que acabássemos assim, tinha esperança que o depósito da água e a minha mãe e o tractor

(da minha mãe nada sei)

durassem eternamente, eu capaz de jurar

– Duramos eternamente

e enganei-me, se voltasse à herdade

(falta um niquinho, não pares)

o que veria hoje, resta-nos a Trafaria, um par de indianos com um cesto e o atracadouro dos barcos, tão pouca coisa afinal, o meu irmão aos círculos na areia a examinar uma lata vazia e a jogá-la fora, pessoas que vão surgindo das cabanas nas dunas e caminham para nós, consintam que me demore aqui e esqueçam-me conforme esqueci a mão da minha avó a erguer e a baixar o braço julgando que nos dedos uma chávena a sério, o meu pai para a minha mãe no limiar do sótão

– Proíbes-me de entrar?

segurando o fecho com demasiada força, de falanges brancas, como se fosse caminhar e no entanto parado, a minha mulher para mim

– Ficarmos juntos nós?

e como ficarmos juntos se apesar de crescida morri em criança, não vês as mulheres que abraçam a minha mãe sustentando-lhe o desgosto nós que ignoramos o que desgosto significa e a ausência de espelhos para que a dona Hortelinda não nos reflicta neles, não nos tratava como os ricos, demorava-se com a gente, perdia tempo, interessava-se, o meu pai a diminuir no interior de si mesmo

– Proíbes-me de entrar?

atravessando a casa sem ver ninguém a bater a chibatinha do cavalo

(não uma vergasta como o meu avô)

contra a coxa, atravessava a sala, a cozinha, o ajudante do feitor tirava a navalha e um toco de madeira do bolso principiando a afiá-lo, o meu pai junto à porta aberta do celeiro como se a minha mãe em vez de estar no sótão surgisse do escuro, chamasse por ele

(nunca soube distinguir as cegonhas machos das fêmeas, com as galinhas é fácil, com os perús é fácil, com os pombos observa-se um segundo e é fácil também)

e o meu pai a obedecer enquanto a navalha do ajudante do feitor quebrava a madeira e a voz do trigo sem voz a dissertar sobre a gente,

a prima Hortelinda indicando-o com o lábio, obrigada a escolher dada
a ausência de Deus

– Com uma bronquite daquelas não fica cá muito tempo

e não ficou cá muito tempo, como será o cemitério hoje em

(os machos maiores?)

dia, as cruzes dos soldados da França, o portãozito, os parentes

– O que o miúdo mudou

tenho visto que as pessoas ao morrerem se alteram nos retratos,
em vivas distraíam-se de nós e agora sérias, atentas, a prima Hortelinda a desculpar-se com o livro

– Não sou eu quem decide

e não era ela que decidia de facto, nunca lhe quis mal senhora, que
culpa lhe cabia, de vez em quando Deus cessava de esfregar os joelhos,
consultava a memória e suspirava-lhe nomes a maior parte errados que
ela tinha de decifrar porque não lhe respondiam, se existisse a herdade
e a caçadeira do meu avô no escritório visitava o meu irmão com ela
na casa ao pé do rio e dormia descansado

(os machos chocam ovos mais tempo ou menos tempo?)

o meu pai junto à porta e ninguém no celeiro para além de humidade e morcegos, a esta hora a minha mulher à espera acabando o jantar, talvez um vestido novo, um penteado de cabeleireiro, pérolas de
cultura a enfeitarem as orelhas e eu a demorar-me de propósito à
entrada do prédio, a tirar a chave do bolso, a guardar a chave no bolso,
aliás várias chaves com um macaquinho de feltro preso à argola, a descer para o cais, a tomar o barco da Trafaria e a água esmeralda e azeitona ou seja a maior parte esmeralda e azeitona e aqui e ali
tornando-se lilás no casco, um cego a pedir esmola em que as pessoas
esbarravam impedindo-o de encaixar o acordeão no peito, deve ter
conseguido porque entrando no barco dei pelo início de um valsa,
qual a percentagem do esmeralda e do azeitona no interior de mim,
que mais cores terei, uma esteira de espuma amarela

(quanto amarelo?)

a transformar-se em pássaros, não gaivotas, escuros, pequenos, com as patas rosadas, de que desconheço o nome, um paquete inglês com música também, provavelmente centenas de acordeões com centenas de cegos tocando em uníssono só que desta feita não uma valsa, outra coisa, pingos de óleo que tombavam de um cano perto do meu banco e alastravam nas pranchas

(estou a acabar prima Hortelinda e estou vivo)

um empregado verificava os bilhetes com três anéis no dedo não contando a aliança, o motor trouxe o meu avô a apanhar ao acaso uma empregada da cozinha

– Chega cá

e apesar de trôpego

(no que você se tornou senhor)

a sumir-se com ela na despensa

(os milhafres exactamente iguais com os cabritos)

e a abandonar a despensa no instante seguinte limpando a testa na manga, dantes um quarto de hora e agora minutos, o feitor

– Continua homem patrão

e o meu avô empoleirando-se no mulo a compor o colete

– Setenta e oito amigo mais dois meses que tu

a Caparica à distância, o Bico da Areia, a Trafaria a crescer, o feitor

– Setenta e nove em março

menos gotas de óleo dado que o motor a abrandar e o apeadeiro iluminado, a minha mulher suponho que a tirar as pérolas e a instalar--se à mesa, de lenço na mão, diante da comida fria

(não sei se gosto de ti Maria Adelaide, não devo gostar, era o meu irmão quem gostava, olha as gaivotas para aqui e para ali e um prato a quebrar-se no chão, por que motivo não ficaram os dois na herdade pisando o trigo seco, felizes?)

a Trafaria arbustos dunas silêncio, o que restava do pontão mais adivinhado que visto pelos reflexos da água, a prima Hortelinda a cha-mar-me

– Tu

a prevenir

– Olha que não podes afogar-te porque não constas do livro

à medida que eu ultrapassava o que me pareceu um balde, um rolo de cordas que desviei sem dar fé e como não consto do livro

(a prima Hortelinda

– Quantas vezes é preciso dizer que não constas do livro?)

agachei-me de bochechas nas palmas a pensar

– Daqui a nada é manhã

e não será manhã nunca.

FINIS LAUS DEO

(escrito por António Lobo Antunes em 2006 e 2007)